KB012191

Kineko shibai
키네코 시바이 지음
ill:Hisasi

온라인게임의신부는 여자아이가아니라고 생각한거야?

Lv.23

CONTENTS

1장

"믿어도…… 되는 거죠……?"

11

2장

"레전더리 에이지의 엔딩을 보자!"

95

3장

"마왕 앨리 캣츠다!"

165

4장

"이것이 레전더리 에이지, 마지막 퀘스트예요!"

251

5장

"온라인 게임의 신부는 여자아이가 아니라고 생각한 거야?"

313

에필로그

"루시안, 정말 좋아해요!"

369

And you thought there is Never a girl online?

DESIGNED BY AFTERGLOW

오 생각한 거야? 여자아이가 아니라고 온라인게임의 신부는

키네코 시바이 지음

Hisasi 일러스트

이경인 옮김

Lv.23

1장

"믿어도 …… 되는 거죠 ……?"

집을 나왔을 때는 아직 쌀쌀했던 공기가 지금은 어딘가 따스하게 느껴진다.

3월도 중순을 지났으니까, 불어오는 남풍이 기온을 올리고 있는 걸까, 아니면 긴장감으로 핏기가 가셨던 몸이 안심감에 풀려서 따스해진 걸까.

적어도 이 방에 설치된 신형 에어컨은 아직 켜지 않아도 문제는 없어 보인다.

그렇게 느끼고 있는 건 눈앞의 상대도 마찬가지겠지.

그녀는 코트를 벗고 긴 흑발을 활짝 펼치면서 얇은 외출복 차림으로 거실 의자에 앉았다.

기다란 앞머리에 가려진 눈동자는 의외로 크고, 평소에도 주눅이 들 정도로 단정한 얼굴은 절친 두 사람이 기품있게 화장을 해준 탓인지 귀여움과 아름다움의 중간 정도여서 숨이 막힐 만큼 매력적으로 보였다.

그러나 아름다울 뿐만 아니라, 그 시선이 이쪽을 바라볼 때마다 행복한 듯이 확 풀리는 것이 정말 기쁘다. 이 사람이 내 평생의 파트너라고 창밖에 대고 외치고 싶을 정도다.

그 파트너는, 평소에는 하지 않는 화장 때문에 진정되지 않는지 몇 번이고 뺨을 어루만지면서 말했다.

"설명이 길어진다면 차를 타고 싶었는데, 멋대로 부엌을 써도 될지 무서워서 손댈 수가 없었어요……."

"여기서 신혼 생활을 보내는 거니까, 얼마든지 써도 괜찮아."

"모르는 사이에 준비된 새로운 생활……. 이런 건 제가 해야 했는데요."

"범행 예고는 그만둬. 반복하는데, 범행 예고는 그만둬."

처음 들어오는 방, 처음 앉는 의자.

아코는 역시 진정되지 않는지 복잡한 분위기를 드러냈다.

"그런고로, 상황 설명을 요구해요!"

"지당한 말이군요."

굉장히 굉장히 타당한 요망이다.

그보다 여기까지 제대로 설명도 하지 않고 밀어붙인 게 문제였다는 자각은 있다. 아코가 아니었다면 요 몇 시간 사이 열 번 정도는 폭발했을 거다.

"아까 말했듯이, 조금 길어질 테니까 처음부터 이야기할게."

나와 아코의 결혼식, 그리고 사랑의 도피는 지난 2주일의 결과 같은 일이다.

갑자기 그걸 설명하면 반대로 이해하지 못할 테니까.

"사태의 시작은 마스터의 졸업식, 레전더리 에이지가 서비스 종료를 발표한 날의 일이야."

"거기까지 돌아가는 건가요."

스타트 지점은 거기가 되는 셈이니까.

2월 28일, 마스터의 졸업식. 그 새출발의 날에 우리가 줄곧 즐겨왔던, 줄곧 살아오던 온라인 게임, 레전더리 에이지의 서비스 종료가 발표되었다.

"물론 섭종은 쇼크였고, 납득도 안 가고 포기하고 싶지도 않았고, 그래도 완전히 절망하지는 않는 마음도 있어서, 내 감정은 엉망진창이었어. 하지만 그 와중에 한 가지 의문이 생겼어."

혼란에 빠져서 혼자가 될 때까지 알아채지 못했던, 그러나 무의식의 자신에게는 굉장히 무겁게 드리워진 의문.

"LA가 사라지면 나와 아코는 어떻게 되느냐는 것."

"그건—"

아코가 눈을 크게 뜨고는 짧게 숨을 들이쉬었다. 의자에 앉은 몸이 확 굳어지는 걸 알 수 있었다.

그러나 그 긴장은 곧장 풀렸다. 크게 떴던 눈도 바로 평온하게 돌아왔다.

"LA가 사라지더라도, 저와 루시안이 사라지더라도, 그래도 언제나 함께예요."

아코는 조금도 의심 없이, 자신감을 가지고 말했다.

"그래, 절대 떨어지지 않아."

누구에게도 넘겨주지 않는다. 누구에게도 양보하지 않는다.

나와 아코, 그리고 동료들만 지켜보는 결혼식장에서, 우리는 영원한 사랑을 맹세했다.

겉치레 같은 게 아니라, 번드르르한 말뿐인 게 아니라, 불안도 불신도 욕망도 모두 뒤섞여서 하나가 되는 것을 원했다.

그러니까 자신감을 가지고 말할 수 있지만, 그건 지금이라서 할 수 있는 이야기다.

"그래도 그때는 아직 마음 어딘가에 불안감이랄까, 진정되지 않는 마음이 있었어. 확실하게 이야기를 나눠야겠다, 근데 무슨 이야기를 할까, 그런 마음이 있었던 거야."

LA가 사라지더라도 우리는 함께지?

그렇게 묻는 것도 좀 어떤가 해서 말을 꺼내기가 힘들었다.

게다가 그런 상황에서.

"아코는 바로 LA는 안 끝난다는 말을 꺼내버렸고."

"하웃."

이번에야말로 확실하게 대미지가 들어갔는지, 아코가 가슴을 눌렀다.

"그치만, 그치마안…… 지금까지 어떻게든 됐으니까, 이번에도 어떻게든 되지 않을까 생각하게 되잖아요……."

"나도 생각하고 싶었지만…… 무리인 건 무리니까……."

LA의 현재 상황은 심각했다.

레전더리 에이지는 게임으로 완성된 시점부터 향후 새로운 요소를 추가하기 위한 확장성이나 계속 서비스를 이어가기 위한 안정성이 부족한 디자인이 되어버렸다.

그래도 인기를 얻게 된 LA는 무리한 확장을 했고, 억지로 서비스를 이어가면서 점점 알맹이가 엉망진창이 되어버렸다.

결국에는 안정적으로 서버를 유지하는 것조차 불가능하게 되어서 서비스 종료를 발표하게 된 것이다.

운영 이관이니, 자금 조달이니, 서비스 유지니, 그런 희망을 가질 수 있는 상황이 아니다. 이제 어찌하지 못할 만큼 끝장이었다.

"그래도 아코는 LA가 안 끝난다고 말하니까, 서비스가 끝난 이후의 미래에 관해 이야기할 상황이 아니게 됐거든. 제대로 이야기하지 못한 채 시간이 흘러가 버렸어."

"그때는 정말로 미안하다고 생각하지만…… 그래도 저도 나름대로 열심히 살아가려고 했으니까 용서해 달라는 마음도 있거든요……."

"알고 있어. 질책하는 게 아니야. 그냥 상황 이야기를 하는 거니까."

실제로 아코는 확실히 노력하고 있었다.

우리가 시작한 LA 인생을 끝내기 위한 활동.

처음에는 섭종한다는 현실을 인정하지 못했던 아코도 우리의 마지막 활동에 협력하는 사이 서서히 현실을 받아들이게 되었다.

줄곧 눈을 돌리고 있었다면 절대 그렇게 되지는 않았다. 아코는 현실도피를 하기만 한 게 아니라, 자기 나름대로 마주하려고 했던 거다.

그러나, 그건 좋은 일이기만 한 건 아니었다.

레전더리 에이지를 진짜 세계라고 생각하던 아코에게는, 현실과 마주할 정도의 힘이 없었다.

미련이 끝나고, LA는 끝이라고 진심으로 인식했을 때.

그녀는 마음에 금이 갈 정도로 심각한 쇼크를 받고 말았다.

"아코가 쓰러진 날, 나는 자신이 한심해서 견딜 수가 없었어. 아코를 상처입혔다고, 나 때문이라고."

"그렇지 않아요! 제가 혼자서 대미지를 받았을 뿐이니까요!"

"아니, 아코에 대해 제대로 생각하지도 않고 현실을 밀어붙인 나에게 책임이…… 이렇게 말하는 것도 이기적인 이야기이긴 하지만."

나 때문이고 자시고, 애초에 아코에 대해 뭔가 책임을 짊어질 수 있는 처지인가 싶으니까.

"사실은 그날 바로 움직이려고 했어. 아코의 곁에서 뒷받침 해주자, 할 수 있는 일을 하자고. 그게 나의 책임이라고 생각해서."

하지만 할 수 없었다.

"무리였어. 책임 같은 논리로는 움직일 수 없었어."

LA가 끝난 뒤의 우리는 어떻게 되는가.

세계가 사라지더라도 아코는 나와 함께 살아줄까.

루시안이 사라지더라도 나를 좋아해줄까.

그런 것조차 자신이 없는 내가, 책임이라는 말로 한 사람의 인생을 짊어질 수 있을 리가 없었다.

"그래도 모두가 등을 밀어주고, 자신의 마음과 마주하면서, 그래서— 아무리 무리를 하더라도 아코와 결혼식을 열자고 결심한 거야."

"그렇군요!"

—그렇군요, 로 넘어가는 거야?

아코는 즉답하며 끄덕였지만, 그렇게 바로 납득해도 되겠어?

"내가 말하는 것도 이상하지만, 이 상황, 연결되지 않잖아? 이 흐름에서 프러포즈하고 결혼하자는 게 말이 돼?"

"어? 전혀 위화감 없었는데요."

"없는 건가아."

없는 모양이다. 그것도 전혀 없는 모양이다.

확실히 식장에서 아코는 딱히 의문도 위화감도 없어 보였으니까, 그녀의 마음속에서는 확실히 논리가 정립된 거겠지.

우리는 정말 잘맞는 부부란 말이지.

"그래도 일단 이야기하자면. 내가 아코를 뒷받침 해주고 싶고, 내가 아코를 지켜주는 거야! 그렇게 결심했지만, 그걸 책임이라는 말로 떠넘기고 싶지 않았던 거야."

책임 때문에 같이 있는 게 아니다.

아코를 좋아하고, 누구보다 사랑하고, 언제나 함께 있고 싶고, 누구에게도 옆을 양보하고 싶지 않다.

책임 같은 논리가 아니라, 사랑하니까 아코의 힘이 되어주고 싶다. 내가 뒷받침하고 싶다.

"그걸 제대로 전하기 위해 그 자리가 필요했던 거야."

"저기, 기뻤고요, 감동하기도 했지만…… 준비, 힘들었잖아요?"

"그야 뭐, 평생 분량으로 고개를 숙이고, 다음 생 분량까지 부탁하기는 했지."

아까 식전 준비는 모두의 협력을 받아서 진행했다.

교회가 있는 호텔과의 교섭이나 의상 준비는 마스터에게 부탁했다.

밤중에 교회를 쓰게 해달라는 이야기는 신뢰가 있는 조직을 통하지 않으면 도저히 들어줄 수 없는 일이고, 며칠 안에 4인분의 정장을 준비하는 것도 상당히 무리한 일이었을 거다.

그것도 나의 턱시도는 물론이거니와 아코의 웨딩드레스까지. 본인은 그다지 자각이 없지만, 아코의 스타일에 맞는 드레스는 기성품에서 찾을 수 있는 게 아니다. 프로에게 의뢰해서 직접 만들어 달라고 했던 모양이라서, 나로서는 도저히 불가능한 일이었다.

세가와와 아키야마에게는 아코의 의상 착용이나 메이크를 부탁했다.

전문가가 아닌데도 아코와 드레스의 상성을 고려한 메이크와 헤어 메이크를 준비해줬고, 실제로 해냈다. 들인 시간과 노력을 생각하면 두 사람이 제일 고생했을 거다. 나도 회의에는 참가했지만 전혀 도움이 되지 못했으니까.

헬기에서 내리고 나서 호텔까지 이동하는 수단이나 교회의 음향은 선생님이 해줬다.

완전한 후방 작업인 데다 학교에 들키면 귀찮은 일이 벌어진다는, 리스크밖에 존재하지 않는 일이었다. 그래도 나의 부탁을 듣고 「어쩔 수 없다냐」라고 말해주었다.

아코의 아버지와 어머니는 사랑의 도피에 협력해 주었고, 우리 부모님도 무슨 일이 생길 때 움직일 수 있게끔 대기하고 있었다. 내일도 일을 나가야 하는데 방금 잠들었을 정도다.

—아니, 네 분 모두 식전에 참가하고 싶다고 말했었지만, 아무리 그래도 부모님과 아코의 부모님 앞에서 프러포즈하는 건 토할 만큼 힘드니까 전력으로 사양했다.

"정말로 모두의 협력 덕분에 실현할 수 있었던 거고, 차이는 것도 각오했는데 아코가 받아들여 줘서…… 그 덕분에 관성이나 타협이 아니라 제대로 마음이 통한 사랑의 도피를 할 수 있었다는 거야."

"제가 모르는 곳에서 굉장히 노력했던 거네요."

아코는 「그래도 제가 루시안의 프러포즈를 거절할 리가 없잖아요」라면서 약간 내 마음에 대미지를 주는 말을 하면서 미소 지었다.

노력했다고는 해도, 실제 결혼식과 비교하면 준비하는 게 한참 적었을 거다.

인생의 중대사라는 걸 잘 알 수 있었다.

"지금까지의 상황은 거의 설명했네. 요컨대 아코는 나의 어리광에 말려든 거야. 정말로 미안하다고 생각해."

"무슨 소리예요. 오늘의 저는 세상에서 제일 행복하거든요?"

아코는 에헤헤헤헤, 하고 녹아내리는 듯한, 정말로 흐물흐물해질 만큼 풀어진 미소를 지었다.

나의 신부(확정)는 정말 귀엽네.

"제대로 말로 들어서 알게 된 건 아니지만, 그래도 마음은 굉장히 전해졌어요. 루시안도 저처럼 불안하게 생각하고, 그걸 넘어서서 이 시간을 준비해 준 거네요."

아코는 정말로 행복한 듯이 말하고는 왼손 약지를 살며시 어루만졌다.

그곳에 끼워진 은색 반지의 감촉을 느끼며 더욱 뺨의 힘을 풀고는— 문득 고개를 갸웃했다.

"……저기, 딱 하나 의문이."

"오히려 왜 의문이 하나밖에 없는 건가 싶은데, 뭐야?"

"이 반지 말인데요…… 비쌌던 게…….."

아코는 손등을 살짝 이쪽으로 들면서 반지를 보여줬다.

당연하게도, 사이즈만 다른 똑같은 것이 내 손가락에도 있다.

의식하지 않으려 하고 있지만, 그 딱딱한 감촉에 조금 고양되는 건 부정할 수 없습니다.

하지만, 그런가.

가격, 가격이라. 보통은 신경 쓰겠지.

"아~, 미안. 물론 장난감인 건 아니지만, 그렇게 비싸지도 않아. 이것만큼은 내가 사지 않으면 의미가 없다고 생각했으니까."

뭐든지 의지했다고 말하기는 했지만, 빚을 져서 산 근사한 반지야! 라고 하는 것도 좀 아니라고 생각했으니까. 적어도 내가 움직일 수 있는 돈으로 사야 했다.

"사실은 제대로 된 걸 선물하고 싶었지만, 예산도 시간도 부족해서……."

마스터의 지인이 운영하는 가게에서 골랐지만, 예산이 전혀 없고 사이즈 변경을 초고속으로 해결해야 하는 상황이라서 그다지 선택지도 없었다.

결과적으로 싸구려 같지는 않지만 장식도 없는, 심플한 반지를 구했다.

"약혼반지를 건너 뛰고 결혼반지만 선물해버렸으니까. 지금은 그냥 임시 후보라는 걸로 부탁해."

"저는 정말 좋은데요? 필요한 것을 필요한 때에, 라는 게 굉장히 루시안 같아서 근사해요."

반지를 만지던 아코는 거짓 없이 정말 만족스러워 보였다.

그 마음은 정말 기쁘지만.

"그래도 아코는 조금 장식이 있는 귀여운 걸 좋아할 것 같앗거든. 그러니까 두 사람의 중간 정도 되는 걸 찾자. 아직 정말로 반지를 낄 때까지는 시간이 있으니까."

레벨이 올라가면 장비도 강화하는 게 우리 게이머의 스타일이기도 하다.

지금은 아직 임시 반지. 둘이서 레벨을 올려서, 새로운 반지를 찾으러 가자.

"정말로 혼인신고서를 내러 갈 때는 결혼식도 다시 해야 하잖아? 그때 같이 고르자."

"그건 기대되지만…… 그래도 현실의 결혼식은 준비 같은 게 정말 힘들겠죠……."

드레스를 부지런히 입고, 귀기 서린 세가와와 아키야마에게 화장을 받고, 그것만으로도 상당히 고생했던 것이리라. 아코는 복잡한 표정으로 나를 바라봤다.

"아까 그게 저희의 결혼식이었다고 치고, 현실 결혼식은 스킵하는 것도 괜찮지 않을까요?"

"휩쓸릴 것 같으니까 유혹하지 말아줘."

마음은 굉장히 이해하지만, 일단 부모님들은 슬퍼할 테니까.

이야기가 일단락되어서 한숨 돌린 참에.

"그럼 다른 질문은? 상황 파악은 OK지?"

"네. 사정은 대체로 알았어요……."

그렇게 말하려던 아코가 움직임을 우뚝 멈췄다.

"아뇨, 잠깐만요! 알지 못했어요! 제일 큰 문제가 남아있어요!"

아코는 새삼스럽게 방을 돌아보고, 자기가 앉은 의자 팔걸이를 툭툭 두드렸다.

"이 방이요, 이 방! 굉장히 넓고 예쁘고 비싸 보이잖아요! 여기서 사는 건가요?! 저희가 환생한 날부터 사흘 지났거든요?! 이런 방이 준비될 리가 없잖아요!"

굉장히 타당한 질문이 날아왔다.

그보다 처음부터 그걸 물어볼 줄 알았어.

"좋은 질문이구나, 아코 군."

"마스터처럼 말하면서 얼버무리지 말아 주세요!"

"그 지적도 날카롭네."

감이 꽤 예리하잖아, 아코.

"그래. 전제는 다 말했으니까 본론으로 들어가자. 이 사랑의 도피에 대해서 말이야."

의자에서 일어나 아코의 컴퓨터에 접속되어 있던 USB 메모리에서 새로운 동영상을 선택했다.

"아코, 이걸 봐."

거실 모니터에서 동영상을 재생했다.

지금까지 LA가 비치고 있던 화면에서, 갑자기 사람이 비쳤다.

『좋은 아침이다, 아코 군.』

"마스터?!"

그건 자택의 호화로운 책상에서 팔꿈치를 올리고 포즈를 잡으며 말하는 고쇼인 쿄우의 영상이었다.

우와, 위압감 있는 자세가 엄청 잘 어울려.

『갑작스러운 사랑의 도피, 그러나 완벽하게 준비된 방. 무척 혼란스러울 거다.』

"아…… 저기…… 마스터가 나와서 대체로 알게 되었을지도 모르겠는데요……"

『그렇게 슬픈 말은 하지 마라.』

"이거 생방송인가요?!"

태연하게 대답한 것에 놀란 아코가 여기저기를 돌아봤다.

괜찮아 괜찮아. 숨겨진 카메라 같은 건 없으니까. 아마 없을 거다. 분명, 어쩌면, 메이비.

"나도 조금 기겁했지만, 녹화야. 미리 읽고 말하고 있는 거겠지."

『음. 걱정할 것 없다. 제군이 하고 싶은 말은 대체로 알고 있으니까.』

"읽히고 있잖아요~!"

아코가 영상에 나온 마스터에게 전력으로 태클을 걸었다.

그것도 아마 읽고 있을걸.

그 마스터는 턱 밑에서 팔을 움직여 자세를 다잡으며 입을 열었다.

『우선 처음으로 말할 것은, 어째서 내가 설명하는가, 그 점이겠지.』

마스터는 카메라를 향해 손을 내밀었다.

『이유는 단순명쾌. 네가 있는 곳은 내가 소유한 방이기 때문이다.』

"……마스터의? 집이라는 건가요?"

『더 정확하게 말하자면, 봄부터 대학에 다니기 위해 내가 살 예정인 방이다.』

"혼자 살기 위한 방이라고요?!"

한 번 놀란 뒤, 주변을 몇 번이고 돌아봤다.

"이 넓이로?!"

"정말 그렇다니까!"

너무 넓단 말이지.

신혼부부는 고사하고 애가 있는 것도 상정한 것 같은 방 구조란 말이야.

『그럼 어째서 내 방을 사랑의 도피처로 소개했는가.』

영상 쪽은 이미 수록된 내용이라서 이쪽의 리액션을 무시하고 이야기를 진행했다.

『루시안과 아코가 사랑의 도피를 떠나기 앞서서, 우리에게는 몇 가지 해결해야 하는 문제가 있었다.』

"우리……라는 건 마스터와 루시안인가요?"

아코는 「슈와 세테 씨도 결혼식에 있었죠!」라며 손을 두드렸다.

응, 뭐. 그 멤버도 그렇긴 하지만.

『또한, 우리라는 건 니시무라 가, 타마키 가, 나와 사이토 교사를 주로 가리킨다.』

"어른들이잖아요!"

"그야 어른의 허가 없이 이런 일은 못 하니까!"

"제대로 허가를 받은 사랑의 도피…… 사랑의 도피……?"

없지는 않을걸? 부모님의 협력을 받아서 조부모에게서 도망치는 시대는 옛날부터 있었던 것 같으니까. 응, 아마도.

"설득 쪽은 우리가 애썼으니까 신경 쓰지 않아도 되는데, 역시 문제가 있었어."

『최대의 걱정거리는 사랑의 도피 그 자체가 아니라, 두 사람이 절도를 지킬 수 있을까? 그 점이었다.』

"윽."

내 말과 마스터의 음성을 들은 아코가 심장을 누르며 신음했다.

"그건, 그야, 어쩔 수 없잖아요? 루시안과 사랑의 도피를 떠났는데 절도를 지키라니, 한 줄 만에 모순이 일어났잖아요."

"그럴 줄 알았어."

물론 나도 자신을 전혀 신용할 수 없었다.

『그래서 내 방을 쓰는 게 어떤가 제안해 본 거다.』

"……? 어, 그걸로 해결되는 건가요?"

아코가 고개를 좌우로 갸웃했다.

"오늘부터 매일 밤 루시안과 단둘이…… 저는 이제 두근두근이 멈추지 않는데요!"

"욕망에 너무 솔직해……!"

『그것에 무슨 의미가 있는가. 그런 의문이 들었겠지?』

"전부 읽고 있어요!"

"아코와 나의 리액션은 읽기 쉽겠지."

『간단한 이야기다. 아코 군이 숙박하는 곳은 내 방. 길드 멤버, 그리고 친구인…… 아니, 절친인! 내가 사는 방이다.』

"그, 그렇죠?"

『거기서 루시안과 쾌씸한 행위를 하는 건, 아무리 수습하려고 해도 용서받지 못할 폭거이지 않을까?』

"헉!"

아코는 눈을 크게 뜨고는 모니터에서 바로 멀어졌다.

"그건…… 확실히 무척이나 무척이나 좋지 않은 느낌이 들어요……!"

"뭐~, 꺼려지긴 하지."

친구 방에서 몰래 꽁냥거린다니, 상식과 양식과 윤리적으로 벅차다.

『또한, 근본적으로 내 방이므로 여별 열쇠는 나도 가지고 있다. 그보다 루시안에게 맡긴 것이 여별 열쇠이고, 마스터키는 이쪽에 있다. 여유가 나면 나는 언제든 돌아올 수 있다.』

당연하게도, 방의 주인인 마스터는 출입이 자유롭다.

그보다 평범하게 돌아올 수 있다. 자택이니까 당연하다.

『또한, 앨리 캣츠 멤버에게는 여벌 열쇠를 빌려줬다. 다들 번갈아 가며 방문한다고 생각하는 게 좋아.』

"다들 열쇠를 가지고 있는 건가요?"

"맞아. 언제 누가 올지 모를 정도야."

괘씸한 행위를 저지르려다가 갑자기 누가 들어올지도 모른다.

요컨대, 사랑의 도피를 한 건 틀림없지만, 단둘이서 사는 건 아니다.

"자리를 자주 비우는 마스터의 방에 굴러들어온 셈이지."

"그것도 사랑의 도피 같긴 하네요~."

나와 아코가 완전히 자유로워지면 얼마나 타락하게 될지 나도 알 수가 없어서 무섭다.

그렇기에 남의 방, 그것도 마스터의 방이라면 나태하게 보내려고 해도 한도가 있다. 정신을 다잡고 지내야 한다는 자제심이 작동하리라고 판단했다.

"여기는 마스터의 방이니까 멀쩡하게 쓸 거고, 이상한 일은 하지 않는다! 그렇게 허가를 받은 거야."

"깨끗하게 쓰지 않으면 안 되겠네요!"

아코는 과연과연, 하고 아까보다 진지하게 방을 돌아봤다.

그러나 그 넓이와 비싸 보이는 분위기를 보고 점점 새파

래졌다.

"……집세 같은 건 괜찮을까요? 저도 저금한 건 별로 없으니까, 너무 비싸면……."

"아~, 나도 처음에는 그렇게 생각했어."

아무리 그래도 무료로 빌릴 수는 없으니까.

부모님에게 빚을 진다? 사적인 물건을 판다? 그렇게 이것 저것 생각해봤다.

단지, 여기가 오히려 본론이었다.

『그리고 그 방을 쓰는 것에 있어서 이것이 나에게는 최대의 이점인 것인데.』

영상 속 마스터가 몸을 쑥 내밀면서, 힘차게 말했다.

『아코와 루시안은, 아무쪼록 그 방에 익숙해졌으면 좋겠다.』

"……호에?"

아코가 「익숙해지면 민폐가 아닐까요?」라고 멍하니 말하자…….

『나는 마에가사키 고등학교를 졸업해서 명실공히 외부인이 되고 말았다. 지금까지처럼 빈번하게 부실을 찾아갈 수가 없어.』

은근히 빈번하게 왔었지만, 오면 안 된다는 자각은 있는 모양이다. 마스터는 씁쓸하게 말했다.

『그렇다면 나만이 점점 소원해지겠지……. 그런 슬픈 현실이 예상된 거다.』

"따돌리거나 그러지는 않을 텐데요?!"

『그래서 이 방을 준비했다! 역에서 적당히 가까운 입지 조건! 지내기 편하고, 다른 주민의 폐도 끼치지 않는 원 플로어이면서 직통 엘리베이터가 다니는 방! 전원의 컴퓨터를 준비한 전용 룸도 완비했고, 숙박 기능도 있다! 모임장으로는 최고의 장소라고 자부한다!』

그 조건을 만족한 결과, 아무리 봐도 혼자 사는 용도가 아닌 무지막지하게 비싼 맨션이 되어버린 거구나!

대체 얼마나 걱정하고 있는 거냐고!

『그러나 자리만 준비해봤자 의미가 없지. 어떻게든 이 방을 편하게 모일 수 있는 집합 장소로 해놔야 한다. 그게 아니라면 나의 마음에 평온은 찾아오지 않아.』

"아뇨, 저기, 남의 집에 그렇게 빈번하게 실례하는 건 좀."

"보통은 그렇게 생각하겠지만, 마스터니까 말이지."

영상 쪽은 오히려 점점 텐션을 올리면서 와다오! 라며 양손을 펼쳤다.

『이 한 달 동안, 내 방에 집합하는 게 일상이 되도록 각인시켜야 한다. 두 사람은 꼭 그에 협력해 줬으면 좋겠다!』

"너무 쓸쓸해하는 거 아닌가요, 마스터!"

"정말 그렇다니까."

어울리기는 하지만 말이지.

혼자 먼저 졸업해서 관계가 멀어지는 건 절대 싫은 거다.

그러니까 대학생답게, 자기 방에 모이라고 하자! 그렇게 생각한 거겠지.

『참고로 말하자면, 이제 곧 통학이 시작될 텐데 내가 그 방에 없는 건 단순한 이유다.』

마스터는 뒤를 힐끔 바라보고는, 조금 작은 목소리로 말했다.

『동생 세이쥬로가 정말 귀여울 때거든. 벌써 사람의 얼굴을 보고 누군지 구별하게 되어서, 내가 얼굴을 내밀면 좋아하면서 웃는단 말이지.』

그러더니 헤벌쭉 한심하게 웃었다.

『최대한 그쪽에서 얼굴을 내밀 생각이지만, 아무튼 입학 후에는 그쪽에 살 거다. 그때까지는 세이쥬로를 봐두고 싶다. 개봉하지 않은 상자의 짐을 푸는 것도 두 사람에게 부탁하마.』

"왠지 적당히 부려먹히고 있어요……!"

『그럼, 이 영상은 자동적으로 재생이 멈춘다. 좋은 신혼 생활을.』

영상이 끊어졌다.

"……마스터, 외톨이가 되는 건 쓸쓸해서 이 넓을 방을 준비했으니까 다들 놀러오기를 바라는 거네요."

"그렇다더라."

"하지만 동생이 귀여우니까 집에서 멀어지고 싶지 않아서 저희한테 맡기고, 방 관리와 짐 풀기도 시키고, 모두가 놀러 오기 편하게 만들어 달라고 하는 거네요."

"응. 맞아맞아."

몇 번이고 확인한 아코는 참으로 미묘한 표정으로 중얼거렸다.

"······딱히 사양하지 않아도 될 것 같아졌어요."

"윈윈이라는 걸로 하자."

자기가 준비한 공간을 타인에게 정비를 맡기는 거, 남을 써먹는 것에 익숙한 고쇼인 씨다운 느낌이 든다.

"그런고로. 한동안 여기서 둘이 살 거야. 느긋하게 보내줘."

아코의 증상이 가라앉을 때까지, 혹은 LA가 끝나는 날까지 여기서 생활하게 된다.

아무쪼록 책임감이나 압박감을 느끼지 않는, 편안한 생활을 보내줬으면 좋겠다.

"······이거, 압박감이 생기네요!"

"뭐?"

어째서 정반대의 말을 꺼내는 건데?!

아코를 압박감에서 멀어지게 하려고 여기에 왔는데!

"이건 예행연습 같은 게 아니라 정말로 신혼 생활이잖아요! 전처럼 며칠이 아니라 2주일이나! 여기서 루시안에게 환멸이라도 당하면······!"

"그런 거였나. 실망하게 된다면 오히려 내 쪽일 텐데."

"아뇨아뇨, 제 쪽이죠."

그런 말을 나누면서도 우리에게는 긴장감이 없었다.

딱히 환멸하더라도, 실망하더라도, 그래도 좋아하리라는 자신이 있으니까.

하지만 그건 그렇다 치더라도, 이미 정착된 생각은 간단히 사라지지 않는단 말이지.

"바로 저의 필드를 확인해야겠어요! 부엌은 어디 있나요?"

"아…… 그건 말이지……."

대면식 부엌으로 향하는 아코를 쫓아갔다.

공간이 넓고 쓰기 편해 보이는, 최신 시스템 키친이지만…….

"커다란 상자가 잔뜩 쌓여있는데요……. 이건……?"

골판지 상자가 몇 개 떡하니 놓여있을 뿐 전혀 정리되어 있지 않습니다.

"식기라든가 조리도구는 대충 사서 보내준 모양이야. 거의 열지 않았지만."

"……마스터, 직접 요리하지 않으니까요."

사기만 하고 아직 열지도 않은 취사기 상자를 손으로 매만진 아코가 피곤한 한숨을 내쉬었다.

"직접 요리하지 않는 사람이니까 컴퓨터 설치나 배선까지 했으면서 부엌은 손대지 않은 거야."

"이런 정리를 하는 대신 살게 해준 거네요."

이곳만이 아니라 내가 자는 방의 상자도 안에 이것저것 들어간 채 방치되어 있다. 마스터가 새로 산 가전제품도 상자 안에 그대로 들어있다.

짐 풀기라는 제일 귀찮은 작업이 우리에게 할당된 셈이다.

"일이 있다는 건 좋은 일이지만, 솔직히 아직 거주지로는 불완전하다고 생각해."

"우선은 생활 공간으로 만들어야 한다는 거네요~."

나와 아코의 사랑의 도피 생활.

LA에서 떨어지기 위한, 최후의 LA 올인 나날이 시작되려 하고 있었다.

"저기, 냉장고에 아무것도 없는데 내일 밥은 어쩌죠?"

"우왓, 진짜잖아. 슈퍼가 열렸다면 사러 갈 수밖에 없나……. 뭐가 필요한지 메모해두자."

"조미료도 전혀 들어있지 않으니까 한 번에 옮기는 게 힘들지도 모르겠네요……."

마스터! 생활력은 어디에 놔두고 온 거야!

† † †　　† † †　　† † †

텐션으로만 보면 바로 일을 시작하자! 라는 분위기였지만, 시간은 심야를 지나 아침이다. 이것저것 바쁘게 보내기도 해서 실은 꽤 지쳤다.

그로부터 얼마 지나지 않아 아코는 푹 잠들고 말았다.

"아직 잠들지 않았어요…… 아지익……."

"굉장한 잠꼬대네……."

들어 올려도 가벼운 아코의 몸을 침실 침대에 눕히고 뺨을 꾹꾹 눌렀다.

일어날 기색이 없으니 완전히 잠든 거겠지만, 순간 두근거렸다고.

그런 아코가 잠든 침대 옆, 빈 침대 위에 노트북이 놓여있다.

밝기를 낮춘 화면에는 LA의 모임장에 앉은 아코가 있다. 언제나 일어나서 확인할 수 있게 해놨다.

"……응?"

그런데 그 화면에 신경 쓰이는 게 있었다.

가장 앞에는 당연히 레전더리 에이지의 게임 화면이 표시되어 있지만, 몰래 동영상을 틀거나 몇 번 화면을 전환한 탓인지 작업 표시줄이 그대로 나와 있었다.

거기에 웹 브라우저 몇 개가 열려있는 게 보였다.

작아서 보기 힘들지만, 검색 페이지에서 뭔가를 조사한 짧은 제목이 나와있다.

내용은, 으음—.

—미성년자, 도망, 들키지 않음.

—비행기, 최저가.

—학생, 장기 체류.

바로 일어나서 컴퓨터를 손에 들었다.

"냐우우……?"

"……미안."

아코가 잠든 걸 확인하고 조용히 조작했다.

탭을 전환해서 브라우저 페이지와 과거 이력을 표시했다.

이건 설령 진짜 부부라 해도 허락되지 않을 매너 위반이겠지.

브라우저 이력을 조사하다니, 만 번 죽어 마땅할 악행. 절대로 해서는 안 되는 일이니까 다들 흉내내면 안 돼.

그래도 이번만큼은, 나중에 얼마든지 사과할 테니까 허락해 주십시오, 부탁합니다.

조심조심 연 이력 화면에 남아있는 건.

누구에게도 들키지 않고 모든 걸 버리고 도망치는 방법.

행선지로 어울리는 장소, 그곳으로 가는 이동 수단.

비행기나 신칸센, 고속버스 최저가.

미성년자가 새로 휴대전화를 계약하는 방법 등을 조사한 흔적이 있다.

"이거…… 진지한 거겠지……?"

거칠어지는 호흡을 가다듬고, 침대에서 잠든 아코를 바라봤다.

그 얼굴은 정말로 평온해서 불안 같은 건 전혀 없는 표정으로 보인다.

결코 착각은 아닐 거다. 우리는 확실히 마음을 확인했다. 확신을 가지고 말할 수 있다.

하지만, 그 이전에는? 그 교회에서 마음을 부딪치기 전에 아코는 무슨 생각을 했지?

브라우저를 그대로 닫고, 방을 나왔다.

문을 탕 닫고 휘청휘청 나아가서 후우, 하고 숨을 내쉰 순간.

"위이이이이험했어……."

힘이 빠져서 그 자리에서 무너졌다.

위험해에에! 아코, 모든 걸 버리고 어딘가로 떠나서 사라지기 직전이었잖아!

이거 정말로 아슬아슬한 타이밍이었잖아 진짜로!

솔직히 말해서, 아코네 집에 들이닥쳐서 이야기를 나누던 도중부터 위험할지도 모른다고 생각했었다.

펑펑 튀어나오는 여행 세트. 귀중품만 모아둔 휴대용 백.

아코는 언젠가 이럴 때가 올지도 모른다면서 사랑의 도피 준비를 했다고 말했었지?

아코라면 가능할지도 모른다. 나를 감시할 준비와 둘이서 사랑의 도피를 떠날 준비 정도는 할 법하니까.

그렇더라도. 아코는 내용을 확인하지도 않고 바로 그것들을 꺼내서 집을 나왔다.

즉, 안에 무엇이 들어있는지 알고 있었다. 극히 최근에 확인했던 거다.

"다행이야…… 늦지 않았어, 늦지 않았다고……."

이제 서버가 붕괴 직전이라고, 그렇기에 이 이상 계속되지 않는다고, LA가 끝나는 걸 납득하고 말았던 그날.

나는 아코와의 관계를 어떻게 해야 할지 몰라서, 그게 불안해서 제대로 잠들지 못했다.

무섭고, 불안하고, 자신에게 자신감이 없고, 현실을 받아들이는 게 무서웠다. 그래서 움직이지 못했다.

그때는 자기 일만 생각하고 있었지만, 만약 아코가 똑같은 걱정거리를 안고 있었다고 생각하면 어떨까.

하물며 지금의 아코는 자신의 몸이 안 좋아져서 가족에게 폐를 끼치고 있는 걸 신경 쓰고 있었다. 그런 데다 나에게 의지해도 될지 확신이 없었다면— 분명 전부 버리고 도망치지 않았을까.

그런 걱정도 있어서 모든 준비를 서둘렀던 거다.

아니, 설마 마스터가 며칠 안에 교섭을 끝내줄 줄은 몰랐지만!

그래도 아슬아슬했다. 이 타이밍을 놓쳤다면 아코가 어딘가로 사라져서 대소동이 벌어졌을지도 모른다.

"진짜로 위험했어……. 다들 고마워."

힘을 빌려준 길드원들, 머리가 텅텅 빈 어드바이스를 해준 온라인 게임 지인, 그리고 믿어준 가족들에게 말없이 손을 맞댔다. 정말로 고마워.

그러나— 딱 하나만 안심한 점도 있다.

아까 본 이력은 모든 것을 버리고 도망치는 방법, 그걸 위해 안전하게 이동하는 수단 같은 걸 조사하고 있었지만, 그것만이 아니라.

—증발, 2인, 쫓아간다.

—사랑의 도피, 학생.

그런 검색 워드도 드문드문 끼어있었다.

아코도 가능하면 나와 함께 가고 싶다고 생각한 게 아닐까.

생각하는 게 똑같았다는, 그런 생각이 든다.

그렇더라도 내 쪽에서 말해서 다행이었지만!

"하아…… . 다행이야 다행이야…… . 일단은 문제없음, 이라는 걸로…… ."

아무튼 세이프다. 진정하고 숨을 가다듬자.

그렇게 심호흡하던 내 뒤에서, 끼이익 하는 작은 소리가 들렸다.

내가 기대고 있던 벽 바로 옆, 아코가 있는 방 문이 천천히 열렸다.

"봤~군~요~?"

"히이이익!"

머리를 앞으로 주르륵 내린 유령 스타일의 아코가 기어 나왔다!

약한 언데드라면 맨발로 도망칠 것 같은 압력!

"안 잔다고 했는데도 뭔가 하고 있다 싶었는데! 검색 이력을 보고 있었잖아요! 어쩜 그렇게 무서운 짓을!"

진짜로 일어나 있었냐고! 그럼 좀 더 반응을 보였어야지!

"죄송합니다죄송합니다! 설령 부부라도 용서받을 수 없는 행위였습니다!"

"그렇다니까요! 절대 안 돼요!"

아코는 콧김을 킁킁 내뿜으면서 전신으로 분노를 드러냈다.

"제가 루시안의 성벽을 알고 싶어서 때때로 이력을 조사하고 있었더라도, 안 되는 건 안 되는 거예요!"

"야, 잠깐. 너 인마 뭘 보고 있었던 거야, 아코."

"죄송해요죄송해요."

헉. 설마 하던 고백에 무심코 반격하고 말았다.

"아니, 알고 있어. 내가 신경 쓰지 않게 일부러 말한 거겠지. 응."

"마, 맞아요. 역시 루시안이네요!"

아코는 눈을 돌리며 말했다.

이 기회에 과거의 악행을 무마하려고 생각한 건 사실이지 않을까?

"……저기, 오해하지 말았으면 하는데요."

아코는 철퍼덕 주저앉아 있던 내 옆에 앉았다.

넓은 방 안에서 굳이 단둘이서 복도에 앉은 그녀는 더듬더듬 말했다.

"딱히 혼자서 이대로 도망치자고 생각한 건 아니거든요?"

조금 표정을 엿보듯이 나를 올려다봤다.

"루시안과 제대로 이야기를 나누고, 그러다 혹시…… 저 같은 건 필요 없다고. 당장 나으라고. 그렇게 말하면 혼자서 도망치는 것도 괜찮을 것 같아서……."

"그런 말을 할 리가 없잖아! ……아니, 이게 아니겠지. 불안하게 생각하게 해서 미안."

처음에 말해둘 걸 그랬다.

LA가 끝나고 우리의 관계가 끝나더라도, 그래도 아코를 좋아한다고.

말해주길 바란다면 직접 바로 말했어야지. 난 정말 한심하다.

"아뇨, 괜찮아요."

아코는 평온하게 말했다.

"걱정됐으면 말했어야 했어요. 불안하다면 물어봤어야 했어요. 부부니까요. 그런데 중요할 때 무서워져서……."

"마음은 정말 이해가 가."

똑같은 불안감이 있었으니까, 이번에는 내가 말해서 다행이라고 생각한다.

"게다가 지금은 괜찮아요. 저도 깜짝 놀랄 만큼 안심하고 있으니까요. 앞으로 언제나 루시안과 함께 있는 거죠?"

"물론이지. 싫다고 말해도 당분간은 놓아주지 않을 거야."

"계속 놓아주지 않아도 돼요."

차가운 복도에 주저앉은 채, 아코는 나와의 거리를 한층 좁혔다.

물론 나도 언제나 함께다.

사이비 신부 마스터는 읽지 않았지만, 그야말로 죽음이 두 사람을 갈라놓을 때까지.

"이 사랑의 도피는 말이지. 아코가 마음 편히 보내길 바란다는 마음도 있었지만…… 그에 더해서, LA가 없어지더라도 즐거운 장래가 있다는 걸 느껴주길 바라는 마음도 있었어."

"루시안과 둘이서 이렇게 살 수 있다면, LA가 없어지더라도 괜찮을 만큼 행복하다는 건가요?"

"그렇게나 열렬하게 프러포즈를 했는데 좀 그렇지만, 그렇게까지 우쭐대지는 않아."

아코에게는 전부였던 LA의 대신을 나 혼자 담당하는 건 역시 무리가 있다.

감정적으로는 그랬으면 좋겠다고 생각하지만, 그저 의존하는 곳이 나로 변하기만 해서는 불건전하기도 하니까.

"나와 둘이서가 아니야. 여기는 마스터가 만든 우리의 새로운 모임장이니까."

"모임장— 아, 그럼."

아코가 그렇게 말한 때, 딩동, 하고 거실 인터폰이 밝은 소리를 냈다.

그로부터 곧바로 현관 쪽에서 엘리베이터가 움직이는 소리가 들렸다.

"디트라! 열어로이트 경찰이야! 아~, 정말 지쳤어~!"

"실례합니다~! 우와~, 넓어~! 깔끔해~!"

"다녀왔다고 해도 괜찮다. 여기는 이제 모두의 방이라고 생각해도 된다! 하~하하하!"

현관과 문이 열리면서 의기양양하게 들어오는 세 사람.

선두에 서 있던 세가와가 펌프스를 벗으면서 이쪽을 바라봤다.

"……너희는 왜 그런 곳에 앉아있어?"

"아…… 뭐랄까, 그게."

설명하면 길어지지만, 뭐 한마디로 말하자면.

"모두를 기다리고 있었어— 어서 와."

"응. 다녀왔어."

"다녀왔어~!"

"지금 돌아왔다!"

세 사람은 조금도 막힘없이 밝은 대답을 들려줬다.

"자, 보라고. 나만이 아니야. 모두가 앞으로도 언제나 함께 있어줄 거야. 이곳이라면 그런 미래를 미리 체험할 수 있다고 생각했거든."

LA가 없어지고, 이상의 세계가 사라지고, 자신이었던 존재를 잃어버리더라도.

그곳에서 얻은 동료는 변함없이 이곳에 있어 준다.

"모두가 있어 준다면, LA가 없는 세계라도 조금은 힘낼 수 있다고, 그렇게 생각하게 될지도 모르잖아?"

"네. 분명……."

곧바로 신발장의 어디를 자기 영토로 삼을지 와글와글 상의하는 세 사람을 바라본 아코는 눈을 가늘게 떴다.

"분명, 즐거운 미래가 기다리겠네요."

아코는 LA가 없는 절망적인 장래에서, 약간의 빛을 찾아낸 듯 미소 지었다.

†††　†††　†††

"……니까…… 먹어보지 않으면…… 라고……."

"맛의 스테이터…… 낮다고……."

방 바깥에서 새어 들어오는 말소리와, 미약하게 풍기는 맛있어 보이는 냄새.

잠들어 있던 의식이 확 각성했다.

침대 옆에 놔둔 노트북으로 시선을 돌리자, 시간은 벌써 정오다.

밤중의 헬기 이동에 결혼식, 이 방으로 이동하고 나서 아코나 모두와 이야기를 나누는 등 바쁜 하루였기 때문인지, 좀 오래 자버린 것 같다.

밤중에 아코가 움직이지 않을까 해서 LA 화면을 의식한 탓일까.

그다지 푹 잠든 기분은 들지 않았다.

그렇지만 잠기운은 참을 수 있는 레벨이다.

머리가 터무니없이 삐쳐있지 않나 확인하면서 맨투맨 차림 그대로 방을 나섰다.

마침 같은 타이밍에 옆쪽 문이 열리면서 공용 침실에서 졸린 듯한 세가와가 불쑥 튀어나왔다.

"아침~."

"좋은 아침."

내 얼굴을 보지도 않고 말한 세가와가 터덜터덜 맨발로 걸어갔다.

묶지 않은 머리를 그대로 내놓고 있어서, 평소와는 조금 분위기가 다르게 보였다.

자기 전에는 슬리퍼를 신고 있었으니까 지금쯤 침실에서 굴러다니고 있겠지. 분명히.

세면실로 향한 세가와의 등을 배웅하면서, 나는 거실로 향했다.

"좋은 아침, 루시안."

여기서는 잠기운이 느껴지지 않는, 산뜻해 보이는 마스터가 맞이해 주었다.

다이닝 테이블에 앉아서 커피잔을 기울이는 모습이 묘하

게 잘 어울렸다.

　"아침부터 커피를 마시는 게 엄청 잘 어울리네. 마스터."

　"이 방에서 처음으로 기동한 가구는 커피메이커였으니 말이지."

　"원두 관리 같은 거 힘들지 않았던가? 나하고 아코는 불가능할 것 같은데."

　"지금 움직이고 있는 건 캡슐식이니 문제없다. 내가 정착하게 되면 원두를 쓴 본격적인 머신도 도입하마."

　"편의점 기계보다는 작은 걸로 부탁해."

　직접 원두를 관리한다고 말하는 게 아니라 강한 기계를 사는 게 마스터답다는 느낌이 든다.

　그리고 거실에서 쉬고 있는 마스터 건너편.

　말소리가 들리는 건 저쪽인 모양이다.

　"잠깐만요, 세테 씨. 이 가축 사료 같은 걸 정말로 먹는 건가요?"

　"말이 심하네! 오트밀이야 오트밀! 맛있고 칼로리도 낮고 건강에도 좋은, 먹어도 손해가 없는 우수한 주식이니까 사료라고 말하면 실례야!"

　"그래도 구글링하니까 주로 가축 사료로 쓰인다고 적혀있는데요."

　"옛날에는 그랬지만, 지금은 인간의 밥이야! 이건 온수에 넣기만 해도 맛있게 먹을 수 있으니까!"

"아, 밥이 지어졌네요. 저는 쌀을 먹을 테니까 세테 씨는 그 물체를⋯⋯."

"밥이 있다면 나도 그걸 먹을래!"

"역시 마지못해 먹는 거잖아요!"

"쌀이 너무 맛있는 것뿐이야! 오트밀도 확실히 맛있어!"

"겉보기만 봐도 식욕이 안 난다고요."

그럼 맛볼래? 맛볼래? 그렇게 들이대는 아키야마에게서 도망치는 아코가 나를 알아채고는 얼굴을 활짝 폈다.

"아, 루시안! 좋은 아침이에요."

"니시무라 좋은 아침~. 이제 곧 밥 먹을 거야~."

"좋은 아침. 아침밥 고맙네⋯⋯. 근데 이 방에 식재료는 없었을 텐데."

냉장고는 완전히 텅텅 빈 데다 전원도 켜지 않은 레벨의 방이었고, 조리도구도 골판지 상자에서 꺼내지 않았을 정도였다.

아침 식사를 위해 쇼핑을 나가야 한다고 아코와 이야기를 나눴었는데.

"맞아. 아무것도 없었어! 그래서 온수로 녹이는 거라든가, 레인지로 데우기만 하면 되는 걸 잔뜩 사 온 거야~."

"아침부터 감사합니다."

내가 일어났을 때 이미 장을 보고 돌아와서 아침 식사 준비를 하고 있다니, 이 사람은 대체 몇 시간 자며 살고 있는 걸까.

"아코도 일찍 일어난 것 같은데, 잘 잤어?"

"네. 최근 들어서 제일 푹 잠들었을 정도예요."

"그거 다행이네."

확실히 안색은 나쁘지 않다.

그러나 상자만 쌓여있을 뿐이고 물건이 거의 없는 부엌을 찌푸린 표정으로 바라봤다.

"그래도 부엌만큼은 오늘 안에 정리해야……. 이대로 가면 저녁밥도 레토르트가 될 것 같아요……."

"어째서 저 가주는 이런 상황에서 우아하게 커피를 마시고 있는 거야?"

우리의 시선을 받은 마스터가 응? 하고 고개를 갸웃했다.

"너희의 몫도 있다만?"

"마시고 싶은 게 아니거든. 마시고 싶긴 하지만!"

식기도 내놓지 않은 상태인데 어째서 커피컵만큼은 제대로 있는 거냐고.

그렇게 준비된 아침밥은 신품 밥솥으로 지은 밥, 곡물이나 낫토 같은 그대로 먹을 수 있는 것, 온수로 녹인 수프 같은 레토르트라는 느낌이 드는 메뉴였다.

솔직히 전혀 불만은 없다. 그냥 매일 이걸 먹어도 될 정도다.

"일회용 종이 접시라 죄송해요. 식기가 어느 상자에 들어있는지 몰라서……."

"무슨 소리냐, 아코. 오히려 이게 좋은 거다. 일회용으로 인스턴트를 먹는다. 대학생의 흐트러진 생활이란 이런 것이지."

"그런 걸로 기뻐하지 않아도 된다고 생각해!"

"아~, 좋은 냄새가 나네~."

조금 눈이 뜨인 세가와가 세면실에서 돌아와서, 아코와의 사랑의 도피 이틀째가 시작되었다.

사랑의 도피일 텐데, 모두가 있어주는 게 기쁘다고 생각하는 아침이었다.

"이 빈둥~거리는 느낌으로 먹는 아침밥, 뭔가 좋을지도."

가져온 건지 비품인 건지 알 수 없는 고양이 무늬 잠옷 차림인 세가와가 된장국을 홀짝였다.

"음. 나의 이상대로다."

이쪽은 평범한 사복 차림인 마스터.

옷 정리 같은 건 이미 끝난 걸까.

"학생의 모임장이라는 느낌은 드지만…… 으~음."

찌푸린 표정으로 된장국을 홀짝이는, 마찬가지로 사복인 아키야마.

확실히 하나도 모른 채 상상했던 대학생이라는 분위기는 든다.

"오히려 사랑의 도피 첫날 같아서 조금 두근두근해요!"

그리고 맨투맨인 나와, 폭신폭신한 파자마 차림의 아코다.

나와 아코는 사랑의 도피를 하러 온 거라 어느 정도 의류를 가져왔다.

　"그나저나, 아코와 니시무라가 마스터의 방에서 사랑의 도피를 한다는 걸 듣고 전혀 영문을 알 수 없었는데…… 이 방을 보니 납득이 가네."

　"가족용이더라도 넓을 정도니까~."

　두 사람이 새삼스레 방을 돌아봤다.

　아니 정말로, 사랑의 도피처로는 충분하고도 남을 만큼 넓다. 여기서 혼자 산다는 마스터가 더 놀라울 정도다.

　"나의 졸업 후, 그리고 전원의 진학 후. 온라인 게임에서의 교류는 이어가더라도, 현실에서 만날 기회가 줄어드는 것이 크나큰 걱정거리였다. 그 해결책으로 부실보다 지내기 좋은 공간을 목표로 몰래 이 방의 준비를 진행하고 있었지."

　실제로 이렇게 모여있는 모습을 앞둔 마스터는 만족스러워 보였다.

　"그러나 갑자기 여벌 열쇠를 주고, 언제든 오라고 말해본들 편하게 발을 옮기지는 않겠지. 이렇게 아코와 루시안의 모습을 보려고 모이면서 서서히 익숙해지는 흐름은 이상적이다. 나에게는 좋은 타이밍이었지."

　그러니 신경 쓰지 말고 사랑의 도피 생활을 해도 된다고 해서 이번만큼은 도움을 받게 되었다.

　갓 태어난 동생이 너무 귀여워서 집에서 나가고 싶지 않으니까 대신 방을 관리해줬으면 좋겠다는 마음도 틀림없는 본심이겠지만!

"이 방은 생활 환경으로는 아직 미완성이다. 모두의 취향을 도입하면서 정비를 진행하고 싶다. 희망하는 게 있다면 뭐든 말해다오."

"그럼 집에서 포와링 인형을 가져오고 싶은데요."

"잠깐, 인형 계열을 놔두면 방의 방향성이 완전히 귀여운 방향으로 정해지잖아! 좀 더 고민하고 나서 놔두는 게 어떨까?"

"귀여운 방은 안 되나요? 인형은 아무리 많아도 곤란하지 않은데요!"

"쿄우 선배의 방이니까 어른스러운 분위기로 하자~."

방에 관해 이야기를 나누는 아코와 아키야마와는 달리, 세가와는 오히려 실용성 중시다.

"음~, 집에 있는 바하무트보다 이쪽 컴퓨터가 훨씬 스펙 좋으니까~. 졸업하면 그냥 멋대로 들어와 살까?"

"오오, 전혀 상관없다. 룸 셰어라는 것도 나쁘지 않아."

"근데 아코와 니시무라는 대학에 들어가면 둘이서 살 거잖아? 그럼 나하고 마스터 둘이서 룸 셰어라니…… 생활 환경이 파멸하지 않을까?"

"……부정할 수 없군."

어째서 길드 안에서 제일 생활력이 없는 투톱이 동거하게 되는 걸까.

그리고 나와 아코는 둘이서 사는 게 확정된 건가. 할 것 같긴 하지만.

그런 이야기를 나누던 중, 문득 아키야마가 아코의 안색을 바라보며 말했다.

"물어봐도 되는지 모르겠는데……."

아키야마는 걱정스러운 마음을 참으면서 작은 목소리로 물었다.

"아코, 몸은 괜찮아? 모르는 곳에 와서 곤란하지는 않아?"

"네? 건강한데요."

건강하지 않아 보이나요? 아코는 어리둥절하게 물었다.

"오늘의 행동력이 얼마나 회복되었느냐는 레벨의 컨디션 토크는 아닌 것 같은데~."

"LA 의존증 이야기잖아."

나와 아키야마가 말하자, 아코는 아아! 하고 손을 두드렸다.

"LA 의존증은 전혀 문제없어요. 평범하게 있으면 신경 쓰이지 않으니까요."

거실 모니터에 비치는 게임 화면을 힐끔 바라본 아코가 태평하게 대답했다.

"그런 건가? 잊어버려도 괜찮아?"

"그치만 상상해 보세요. 예를 들어서 말이죠. 으음…… 슈가 스마트폰 의존증에 걸렸다고 치고!"

"안 걸렸다고 단언할 수 없는 지점을 치고 들어오는 건 그만둬."

세가와는 꺼림칙한 듯이 말하면서도 근처에 있던 스마트폰을 들어 올렸다.

"스마트폰 의존증이라면 정기적으로 스마트폰을 보지 않으면 진정되지 않는다거나, 한동안 스마트폰을 건드리지 않으면 짜증을 낸다거나, 그런 것 말이지?"

"네. 만약 그렇게 되었다고 치면, 봄방학에 의식할 것 같나요?"

"……별로 신경 안 쓰지 않을까."

"어차피 정기적으로 보니까~."

확실히 그렇다며 긍정하는 세가와를 본 아키야마도 쓴웃음을 지었다.

"흠. 애초에 의식하지 않고도 접할 수 있는 이상, 외출하는 용건이라도 생긴 게 아니라면 알아챌 일도 없나."

"그렇다니까요. 휴일이라면 전혀 상관없어요."

아코는 나긋하게 말했다.

"그러니까 전혀 신경 쓰지 않아도 괜찮아요~."

"음……. 그렇구나."

세가와는 어깨를 으쓱했다.

"니시무라가 아코를 데려온 거, 겨우 납득했어. 스마트폰 의존증이라면, 스마트폰을 보지 말라고 말하는 부모님이 없는 편이 편하게 지낼 수 있으니까."

"그거, 스마트폰 의존증이라면 악화되지 않을까?!"

아키야마는 미묘한 표정이다. 확실히 스마트폰 의존증이라면 그럴지도 모른다.

"아코 쪽은 증세가 다르니까. 애초에 시간을 두면 낫는다는 진단도 받았을 정도고."

LA를 지나치게 하는 게 문제인 게 아니라, 서비스 종료로 인한 정신적 쇼크가 원인이다.

"편하게 지내게 해주는 건 물론이고, LA가 없더라도 앞으로 즐겁게 지낼 수 있다고 생각했으면 좋겠다는 게 커다란 목적이야. 그러니까 가주인 마스터는 물론이고 다들 낌새를 보러 와주면 기쁘겠어……. 내가 이런 말을 해도 되는 건지 모르겠지만."

"당연히 괜찮지."

"LA가 없더라도 아코한테는 남편이 있고, 친구도 있고, 앞으로도 즐겁게 보낼 수 있으니까 괜찮아! 라는 거지!"

"그럼 뭔가 재미난 기획을 생각하는 게 좋을지도 모르겠네~."

그렇지만 즐겁게 보내기에는 아직 조금 어려운 상황일지도 모른다.

"뭐, 우선은 정리부터 해야겠지……."

여전히 거실 한곳에 골판지 상자가 잔뜩 쌓여있는 상태다.

익숙한 가전 메이커의 커다란 골판지 상자가 몇 개나 보인다.

"그러게. 조금 더 정리를 진행하고 나서 오는 게 나았을지도."

"아니, 다들 도와줘도 된다만?"

그보다 가주인 마스터는 맡길 생각이 넘쳐나네!

내 일이니까 열심히 하긴 하겠지만!

††† ††† †††

나와 아코의 결혼식을 도와주기 위해 세가와 마스터, 아키야마는 외박을 하게 되었다.

아무리 그래도 이대로 느긋하게 있을 수는 없다면서 아키야마와 마스터는 자택으로 돌아갔다.

그래서, 이 방은 마스터의 자택이라는 이야기는 넘어가려고 합니다.

"일단 오늘의 일로 짐 정리를 시작할까."

"저는 부엌을 담당할게요. 저녁밥 먹을 때까지는 쓸 수 있게 해놔야……."

"나는 상자에 들어있는 가전을 열어서 설치할까. 공기청정기나 가습기 같은 커다란 걸 설치할 곳을 정해두지 않으면 다른 물건의 배치도 정할 수 없으니까."

"나는 목욕탕 주변의 상자를 정리하고 싶네. 샤워하려고 했는데 목욕 타올도 없어서 포기했거든."

골판지 상자의 산에서 목욕, 세면이라고 적힌 상자를 찌른 세가와가 말했다.

자기 부모님은 신경 쓰지 않는다면서 남은 세가와는 이러니저러니 해도 도와주고 있다.

정리가 진행되면 온다고 말했으면서 솔선해서 움직이는, 믿음직한 파트너.

"그러고 보니 세탁기도 설치는 되어있지만 동작 확인밖에 하지 않았거든."

"한 번 세정 모드 같은 걸로 가동해볼까? 나중에 설명서를 봐둘게."

"그럼 저는 부엌에서, 루시안과 슈는 거실과 세면실을……."

그렇게 말하던 아코가 뭐라 말 못 할 표정으로 이쪽을 바라봤다.

"왜 그래?"

"아뇨, 뭐라 말하기는 좀 그런데……."

이럴 때는 어차피 나한테 뭔가 있겠지. 그렇게 생각해서 말을 걸었는데 아무래도 분위기가 다르다.

"지금 슈와 루시안을 둘이서 놔두는 건 약간 불안감이 드는구나~, 해서요."

"부후고후후엑후오케흑!"

세가와는 소녀가 내서는 안 되는 소리를 내면서 대놓고 목이 막혔다!

"잠깐, 아코……! 그 말은 이제 두 번 다시 안 한다고 했잖아……!"

"나도 화제로 언급될 일은 없을 줄 알았는데……."

그보다 대전제로!

"들었구나, 아코."

"말하지 않을 수는 없잖아? 내가 말했어."

"굉장히 침울한 기색으로 말해서, 전혀 상관없다고 대답했어요."

깜짝 놀라서 세가와와 나를 본 아코는 딱히 신경 쓰는 기색 없이 말했다.

"그때 두 번 다시 말하지 않는다고 했잖아……."

"그럼 제가 화제로 써먹는 건 OK 아닌가요!"

"너 정말로 자유롭네."

세가와는 질색하며 이마를 눌렀다.

솔직히 말하면 어리광을 부리고 있었다.

세가와가 나에게 고백 같은 무언가를 한 사건은, 여러모로 큰일이었던 시기에 일어난 건드려서는 안 되는 추억으로 묻히는 줄 알았다.

그런 게 일반적이지 않나 생각했습니다!

"굉장해, 역시 아코……! 우리가 각오하지 않은 방향을 전력으로 파고들고 있어……!"

"보통은 이렇게 대놓고 화제로 쓰지는 않잖아……!"

"두 사람 다 어설프네요. 이런 재미있는 카드, 무조건 써먹는 법이잖아요."

"니시무라, 진짜 얘로 괜찮아? 너 혼자 사는 게 낫지 않아?"

"슈?!"

아코가 허둥대자, 세가와는 농담이라며 어깨를 으쓱했다.

"그래도, 그러네. 확실히 신경은 썼어야 했을지도. 오늘 같은 때라면 몰라도, 앞으로는 정말로 니시무라하고 단둘이 되는 일은 없게 할게."

"어? 그런 건 딱히 상관없는데요. 귀찮잖아요."

"그럼! 무슨! 목적으로 한! 대화냐고!"

세가와가 숨을 거칠게 내쉬며 묻자…….

"오히려 어째서 두 사람은 그렇게 태연하게 있는 건가요!"

아코는 오히려 불만스러운 듯 말했다.

"좀 더 뭐랄까, 눈이 마주치면서 꺄아, 거리가 줄어들면서 두근, 그런 분위기였다면 식칼을 들고나오는 것도 불사했을 텐데, 굉장히 평범해서 저도 대응하기 곤란하다고요!"

"여기 식칼 엄청 잘 베일 것 같으니까 들고나오는 건 그만두자?"

전에 만들었던 알루미늄 호일 나이프하고는 다르거든?

"어째서 평범하냐고 물어도…….."

세가와는 나를 힐끔 보더니 어깨를 으쓱했다.

"애초에 불가능하다는 건 알고서 말했으니까. 드롭률

0.5%의 레어가 안 떨어졌다고 쇼크를 받는 게 이상하잖아. 나는 신경 쓸 이유가 없어."

"저 때문에 그런 승률이 낮은 사랑을…… 게다가 저 때문에 차이다니…… 불쌍한 슈……"

"아코, 그때는 정말 괜찮다고 말했으면서 실은 용서하지 않은 거 아냐?"

"제일 괴로울 때 뒤에서 절친이 남편을 NTR하려고 했는데 정말 괜찮다고 말하면서 웃은 저의 마음을 상상할 수 있나요?"

"그건 NTR이 아니라 등을 밀어준 거야! 99.5%의 확률로 성공하는 격려였다고! 결코 0.5% 쪽을 기대한 게 아니라니까!"

"에엑? 정말인가요? 그보다 슈는 진심으로 성공률 0.5%라고 생각했나요? 조금 더 잘 풀릴 가능성이 있다고 생각하지 않았나요?"

"그렇지, 않거든…… 분명 니시무라는 아코한테 간다고 생각했고……"

"큰일인데. 이런 포지션이 되어본 적이 없어서 어떻게 해야 좋을지 모르겠어……"

입장상 아코 쪽에 붙어야겠지만, 자폭하면서까지 내 등을 밀어준 세가와를 뒤에서 찌르는 건 마음이 너무 아프다.

세상의 인기 많은 사람들은 이럴 때 어떻게 할까?

애초에 이런 상태가 되지 않게 행동하나?

그보다 우선 나는 지금 인기가 많은 건가? 진짜로? 이렇게 심장이 아픈 법인가?

"루시안도 그렇거든요! 아뇨, 확실히 거절해줬으니까 화난 건 아니지만요!"

그때, 타깃이 나로 이동했다.

"보통은 좀 더 슈한테 쑥스러워하거나, 의식하거나 그러잖아요! 루시안이 그렇게 태연하게 있으니까 모든 게 다 거짓말 같은 느낌이 든다고요!"

"나야 그게, 결혼식 준비에서 도움을 받은 시점에서 이미 신경 써야 하는 단계를 지나간 것 같아서……"

"아……. 그러, 네요……."

그렇다. 세가와는 나와 아코의 결혼식에 확실하게 관여하고 있었다.

아무리 그래도 도와달라고 하는 건 좀 어떤가, 하는 생각도 조금은 들었지만, 그런 이유로 멀리했다가는 진짜로 용서하지 않겠다는 진심 어린 오라가 느껴졌기에 순순히 부탁했다.

아코의 준비는 맡겨달라며 자신만만하게 나섰고, 내가 신경 쓰지 않도록 이것저것 챙겨주기도 해서 정말 큰 도움이 되었다.

"이제 와서 신경 쓰거나 그런 건, 그다지……"

"확실히 슈, 저를 갈아입히거나 화장할 때 신나게 했어요."

"그야 텐션 오르지. 절친의 결혼식이니까."

"어떤 마음으로 축하해준 건가요……?"

"평범하게 축하했어! 내가 니시무라의 등을 후려갈겨준 거니까!"

세가와는 당당하게 가슴을 폈다.

"나는 정말로 너희가 잘 지내면 된다고 생각했고, 지금도 생각하고 있어. 그것뿐이야."

"믿어도…… 되는 거죠……?"

"아코의 인생에서 나보다 믿어도 되는 상대는 그렇게 많지 않을걸, 분명."

"그 상대에게 배신당한 저의 마음을 알겠나요?!"

"그건 미안하다니까! 미안하지만! 나도 섭종 전에 잠깐 마음의 정리를 할 수는 있잖아!"

"이 이야기, 이제 그만하자……."

내가 잘못했다고 욕해도 되니까!

이 분위기는 괴롭습니다!

††† ††† †††

대형 가전의 개봉이나, 설명서나 보증서 정리를 하던 중.

"니시무라~, 잠깐 도와줘~."

"알았어~."

세면실 쪽에서 세가와의 목소리가 들렸다.

"잠깐 갔다올게~."

"네~에."

부엌 쪽에 있는 아코에게 말을 걸자 가벼운 대답이 돌아왔다.

아까 대화는 대체 뭐였는가 싶을 만큼 신경 쓰는 기색이 없다.

아니, 응. 신경 쓰는 건 그만두자. 아코는 내가 의식하는 걸 더 싫어할 테니까.

세면실 쪽으로 이동하자, 세가와가 벽 위쪽을 노려보고 있었다.

"왜 그래?"

"미안. 위쪽 선반에 손이 닿지 않아서. 이 주변에 넣어줘."

"아~, 그런 거였나. 알았어."

바라보니 벽 위쪽에 선반이 놓여있다.

확실히 세가와가 닿을 수 없는 높이다.

"이건 아코라도 힘들겠는데. 받침대가 있는 게 좋을지도."

"마스터라면 닿을 거고, 반대로 방해되지 않을까? 꼭 필요하다면 목욕탕 의자를 쓰면 되고."

"그 의자는 어디에 있어?"

"욕실. 세면 상자는 전부 열었지만 안 들어있었어. 마스터의 지식에 있는 건 욕실이 아니라 목욕탕이니까 눈치채지 못했을지도."

"서브 집이라는 곳에 실례한 적이 있는데, 그쪽은 평범……하지는 않았지만 맨션이었으니까 지식은 있을 텐데……."

보내는 것보다 사면 된다면서 무시한 게 아닐까. 어디에나 파니까.

"이쪽에서 쓰기 편한 걸 골라서 사는 게 좋을지도."

"샴푸라든가 바디워시 같은 건 다들 좋아하는 걸 가져올 테니까, 욕실에 놔둘 선반도 필요하겠네."

"나는 몰라도 여자는 다들 같아도 되지 않나……?"

"그 발언은 위험해, 니시무라. 가벼운 마음으로 내 것에 손을 댔다가는, 설령 나나코라도 누른 횟수만큼 돈 내게 할 거니까."

"……그렇게 비싼가?"

"집에서는 매번 쓰는 건 아니지만, 이렇게 가져오는 거라면 어느 정도 좋은 걸 고르니까."

"취향에는 겉모습도 들어가는 건가……."

샴푸나 바디워시 같은 걸 겉모습으로 고른다는 발상은 없었다.

사실 그다지 고민하면서 고른 적이 없다.

집에서는 나와 아버지가 똑같은 걸 쓰고 있는데, 우리 두 사람은 진짜로 대충 고르니까.

"아코는 비누라도 오케이라는 타입이었으니까……."

"그건 특수 사례거든. 비누는 너 혼자 써."

"예~이."

그렇게 말하면서 선반에 상자 내용물을 이동시켰다.

세탁기 예비 부품이나 배수구 청소 용구 같은 금방 쓰지는 않을 것 같은 물건뿐이다.

그때, 세가와가 내 옷자락을 당겼다.

"……있잖아, 잠깐 묻고 싶은 게 있는데."

"응?"

진지한 음색이지만, 아까 이야기가 아니라는 건 바로 알 수 있었다.

그렇다면, 묻고 싶은 건 아마도.

"아코의 몸 상태 말인데, 정말로 괜찮아?"

역시 아코 일인가.

그야 걱정되겠지.

"본인의 말이 거짓말은 아니라고 생각해. 집에서 데리고 나왔을 때보다 기운차 보이기도 하고."

"……그래도 걱정거리는 있는 거지?"

여러모로 걱정되는 점은 있다.

제일 커다란 거라면.

"어젯밤, 나는 노트북으로 LA에 로그인한 채 잤는데, 모임장에 앉아있던 아코가 몇 번 움직였었어. 대략 한 시간에 한 번 정도."

"……나는 자고 있어서 알아채지 못했네. 아코가 일어나서 움직이고 있었다는 거야?"

"그럴 거야. 아코의 LA 의존증은, 깨어있을 때만 있는 게 아닌 거야."

깨어있을 때보다 제한이 느슨하지만, 그래도 한 시간에 한 번은 증세가 나오고 있다.

"그렇게 자잘하게 자고 있는데, 제대로 쉬고 있는 거야?"

"그래도 아코는 집에 있을 때보다는 푹 잤다고 진심으로 말하고 있는 것 같아."

"걔는 자기 일이라면 무리하는 편이니까."

"액티브 내구력은 없지만, 패시브 내구력은 있단 말이지."

저걸 하자, 이걸 하자, 힘내자 힘내자고 말하면 무리~, 라면서 도망친다.

그러나 원킬 사냥을 한없이 이어가면서 경험치와 돈을 벌자는, 그런 견딜 수 있는 범위 안에 있는 부담은 그다지 불평하지 않고 참는다. 그런 구석이 있다.

"아무튼 눈을 떼지 않고, 무리하지 않게 하려고 해."

"알았어. 나도 뭔가 알아내면 연락할 테니까."

세가와가 진지한 목소리로 말했다.

그러더니 살짝 숨을 내쉬었다.

"단지 말이지. 이건 진짜로 감인데."

그때, 어딘가 맥 빠지는 기색으로 말했다.

"걔, 꽤 금방 좋아질 것 같은 느낌이 든단 말이지."

"……세가와가 그렇게 말하니까 조금은 안심이 되네."

그렇게 우리가 서로 웃는 사이.

"……루시아~안, 슈~우. 뭔가 좋은 분위기가 흐르고 있지 않나요오~?"

"네 이야기를 하고 있었거든!"

"조금 즐기고 있지 않냐, 아코……."

††† ††† †††

이사 경험이 몇 번이고 있는 건 아니지만, 짐 풀기가 힘들다는 건 어렴풋이 알고는 있었다.

특히 이 맨션은 넓고 방도 많아서 여러모로 수고가 든다.

단지, 그래도 하루 정도 지나면 어느 정도 작업은 끝난다. 일단 생활하기에는 문제가 없는 공간이 되었다.

되기는 했지만.

"이거, 어떻게 하지……."

"곤란하네요……. 이대로 놔둘 수도……."

다이닝 테이블에서 나와 아코는 고민에 잠겼다.

사랑의 도피 3일째.

작업에 끝이 보이게 된 결과, 우리는 곤란한 문제에 직면하게 되었다.

그때, 딩동 하는 벨 소리가 들렸다.

"어라? 우편……은 아닌 것 같네요."

"누가 온 건가."

지금부터 들어간다는 예고였겠지. 곧바로 현관문이 열리는 소리가 들렸다.

그리고 거실 문을 열고 들어온 건.

"지금 돌아왔다. 두 사람, 상황은 어떠냐?"

"마스터…… 와버렸나……."

"이제는 도망칠 수 없네요……."

"뭐, 뭐냐?! 자기 집에 돌아왔는데 이 리액션……. 이미 나는 방해꾼이냐?!"

"전혀 그렇지 않아요."

"오히려 살았어. 상담할 일이 있거든."

정리한 짐은 거의 마스터의 물건이라서, 무슨 일이 생기면 본인과 상담할 수밖에 없으니까.

"음. 뭔가 문제인가? 아직 부족한 물건이 많다는 건 인식하고 있다. 필요한 물건이 있다면 뭐든 준비해 주도록 하마."

"아니, 부족한 건 그다지 없어. 100엔 숍 같은 데서도 팔 테니까."

"이건 잊어버리겠구나~, 싶은 물건뿐이니까요."

예를 들어 밥솥은 있지만 쌀을 보관하는 케이스가 없다거나. 처음에 확인했듯이 욕실 의자가 없다거나. 그런 사소한 것뿐이다.

"하지만 문제인 건 그게 아니라, 어떤 물건이에요."

"있는데 문제……? 고장이나 문제인 거냐?"

"아뇨, 그게."

아코는 필사적으로 말을 고른 끝에, 체념한 표정으로 말했다.

"방해되는 물건이 많아서요."

"끄흑?!"

"고민한 결과 나온 말이 그거야?!"

"그치만 다른 말이 떠오르지 않았다고요오오오!"

아코는 울상을 지으며 테이블을 찰싹찰싹 두드렸다.

아니, 정말로 그렇기는 하지만!

"내, 내가 고른 물건이 그렇게나 방해였던 거냐……?"

"아니, 그게, 기본적으로는 필요한 것들뿐이지만, 부분적으로 맹렬하게 방해된다고 해야 할까요."

"흐그윽?!"

"추가타는 안 돼!"

"죄송해요!"

아아아, 마스터가 울어버렸어!

미안해. 괜찮다고 생각해서 준비해준 건데!

"이, 일단, 대표 사례를 보여줄게. 말로만 해서는 잘 모를 테니까."

"으, 음……. 미안하다……."

부엌으로 가서 이영차, 하고 커다란 케이스를 들어 올렸다.

다이닝 테이블에 놓자, 그 크기를 잘 알 수 있었다.

"알기 쉽게 곤란한 거라면 이거야."

"이건…… 식칼 세트인가."

"네. 여러 식칼이 들어있어요."

아코가 케이스를 열자, 13개의 식칼이 깔끔하게 늘어서 있었다.

이것도 저것도 날카로워서 조금 쓰고 싶어질 정도이긴, 하지만.

"뭐가 문제인 거냐. 설마 전혀 잘리지 않는다는 건……."

"그게 아니에요. 잘 보세요, 마스터."

"음……?"

마스터는 복잡한 표정으로 케이스에 진열된 식칼을 바라봤다.

그렇구나. 모르나…….

"아코. 말해줄까."

"……네. 저기 말이죠. 마스터."

아코는 한가운데에 있는 산토쿠 식칼을 가리켰다.

"이거 말고는 전부 필요 없어요."

"뭐……라고……?!"

"아니, 페티 나이프하고 데바칼은 있어도 되지 않을까?"

"아, 그러네요. 그럼 나머지 열 개는 필요 없어요."

"양보하더라도 열 개는 필요 없다는 거냐?!"

"그야 뭐……."

"이거는 소바를 자를 때 쓰는 식칼이잖아요? 소바 같은 건 안 만든다고요오."

"우, 우동도 자를 수 있다만?!"

"우동도 안 만들지……."

만든다고 해도 평범한 식칼로도 자를 수 있으니까.

"사시미칼은 어떠냐?! 회를 자를 가능성은 있지 않나?!"

"빈도를 생각하면 녹슬 것 같으니까, 평범한 식칼만 있어도 돼요."

"저, 적어도 우도는……."

"가정용의 작은 거라면 괜찮지만, 이건 프로용 우도라서 너무 크니까……."

"나도 드는 데 고생하니까 분명 사고가 날 거야."

"우오오오오."

마스터가 테이블에 양손을 짚었다.

정말로 미안. 호의로 준비해 준 건데.

"그런가……. 좋을 것 같아서 프로용을 준비했지만, 쓸 일이 없나……."

"식칼을 둘 곳이 없고, 케이스도 커서 부엌에 있으면, 조금……."

"있기만 해도 방해되나……."

"정말로 미안. 집으로 가지고 돌아가서 사용해줘."

굉장히 좋은 거니까 수납장에 넣어두기만 하는 건 안쓰럽다.

슬픈 마음으로 바라보는 우리 앞에서, 마스터는 천천히 고개를 들었다.

"잘 알았다. 그리고 깨달았다. 똑같이 방해되는 물건이 그 밖에도 있는 거겠지?"

회복이 빠르고, 눈치가 빠른 것이 마스터의 좋은 점이다.

바로 눈치챈 모양이라 감사합니다.

"그래도 오늘은 이 정도로 해둘까? 잘 생각해 보면 용도를 찾아낼 수도 있으니까."

"그러게요. 마스터에게 이 이상 말하는 건……."

"아니, 여기까지 왔으면 말해다오. 오히려 신경 쓰여서 진정할 수가 없다."

"그렇게까지 말한다면……."

그렇게 방해되는 물건이 이것저것 있는 건 아니거든?

"정말로 몇 가지 다루기 곤란한 물건이 있을 뿐인데. 예를 들어 압력솥이라든가."

"음? 용도가 있는 조리도구라고 생각하는데."

"업소용이라 너무 커서, 싱크대 아래에 들어가지 않아요."

넣어둘 곳이 없어서 레인지 한쪽을 계속 점령하고 있다.

"그, 그렇군…… 다른 건 어떠냐?"

"거실에 낮은 테이블이 있는데, 코타츠도 추가로 있어서 어디에 놓아야 할지 곤란해."

"이제 곧 봄인데, 1년 동안 벽장에 넣어놔도 되나요?"

"끅……. 코타츠 안에서 쉬고 싶다는 욕구가 앞서버렸군……."

있어서 곤란한 건 아니지만, 1년 동안 방치하면 코타츠 이불이 썩어버릴 것 같아서 무섭다.

"나머지는 컴퓨터실의 프린터. 아무리 그래도 업소용은 너무 클지도."

"스캔도 프린트도 거의 안 하니까, 편의점 프린트를 써도 충분해서……."

"이, 있어서 곤란한 건 아닐 텐데……. 그렇군. 방 한곳을 점령해 버렸나……."

마스터가 시무룩하게 어깨를 떨궜다.

이렇게 될 줄 알았으니까 어떻게 할까 곤란했던 거다.

말하기는 미안하지만 명백하게 방해되고, 쓰지 않고 내팽개치는 것도 아까우니까.

"그럼 새로 들어오는 아이템도 취소하는 게 좋을지도 모르겠구나……."

"또 뭔가 샀나요?"

"음. 타코야키 파티라는 게 있다고 해서 말이지. 타코야키 기계를 샀는데……."

"그건 갖고 싶어요! 타코야키 파티! 타코야키 파티를 열죠!"

"일단 진정하자? 응?"

레인지에 놓는 철판 타입이라면 간단히 정리할 수 있으니까, 일단 검토해 볼까?

"아무튼 사정은 알았다. 불필요한 물건은 다른 곳에 이용하기로 하자."

"마스터의 방이니까 놔두더라도 전혀 상관없지 않아?"

"아니, 말하기는 좀 그렇지만 나는 식칼도 압력솥도 쓸 예정이 없다."

"정말로 이미지만으로 산 거네요……."

"음…… 최근에는 조금 규모가 큰 준비가 많았으니까 말이지. 조금 기준이 느슨해진 모양이다."

마스터가 진중한 얼굴로 말했다.

그렇구나. 나를 위해 결혼식장을 예약하거나 헬기를 조달했었으니까, 이쪽도 지나치게 나선 건가.

"미안, 내가 이것저것 부탁하는 바람에……."

"아니, 루시안은 상관없다. 개인적으로 이것저것 움직이고 있었으니까."

"개인적으로, 말인가요?"

"아코 군에 대한 거다."

정면에서 아코와 눈을 마주한 마스터가 말했다.

"증상이 나온 이후 아코 군의 행동을 지켜봤는데, 렙업이나 스샷 촬영을 나갈 때 말고는 거의 모임장에서 채팅을 치며 보냈더군."

"평소에도 그런 식으로 살고 있으니까요!"

게임 안에서도 방구석 폐인 예비군이니까.

사실 모임장에서 움직이지 않는 날도 있는 만큼 게임 안에서 더 틀어박혀 있다는 가능성도 있다.

"그렇다면 서비스 종료 후에도 그 공간만 재현할 수 있다면, 마음을 진정시킬 시간을 벌 수 있지 않을까 생각했던 거다."

모임장을 재현……?

그건 즉.

"프리서버라도 열 거야?"

"그런 건 아니다. 실제로 위법으로 인정된 판례는 없지만, 프리서버 운영으로 체포된 사례도 있다. 그런 것에 손댈 수는 없겠지."

고개를 내저은 뒤.

"가까운 이들 말고는 접속할 수 없는 서버라면 현실적으로 단속을 받을 일은 없겠지만…… 윤리적으로도 법적으로도…… 약정을 명확하게 위반하고 있으니…….'

중얼중얼 말하면서 분한 듯 입가를 누르고 있었다.

나보다도 선택할 수단이 많은 만큼, 마스터에게도 이런저런 생각이 있었던 모양이다.

"그럼 어떻게 재현하는 건가요?"

"신규 프로그램을 만드는 거다. 게임 전체를 재현하는 게 아니라, 모임장으로 쓰는 한 방과 그 자리에서 할 수 있는 일을 재현하는 것만이라면 그리 어려운 일은 아니지."

"어? 서비스가 끝난 뒤에도 모두 함께 채팅을 치거나 할 수 있는 건가요?"

"감정표현도 쓸 수 있어?"

마스터는 기대감이 담긴 우리의 시선을 보고 고개를 내저었다.

"아코 군의 증상을 억누르기 위해 최소한의 재현만 한다는 발상이다. 그다지 규모가 큰 걸 생각하지는 않았어."

"그럼 모임장 배경으로 아코의 캐릭터가 이동할 뿐인 소프트웨어를 만든다는 건가?"

"음. 그야말로 긴급 피난이다."

그건 정말로 아슬아슬한 수단이네.

이런 건 LA가 아니에요! 그렇게 말해도 전혀 이상하지 않으니까.

"충분해요! 저는 그쪽으로 환생한 느낌으로 진정할 수 있을 것 같아요!"

"절대 나갈 수 없고 아무것도 할 수 없는 방에 갇혀서 여생을 보내는 아코라니, 상당한 배드 엔딩이 아닐까."

"그럼 루시안도 추가해서 둘이서……."

"메리 배드 엔딩으로 변했을 뿐이잖아!"

"세계 붕괴 엔딩이로군."

아무런 생산성도 없이 LA를 본뜬 공간에서 아코와 함께 지내기만 하는 매일은 역시 좀 사양하고 싶다.

"아직 견적을 보는 정도로 움직이고 있을 뿐이니 기대하지는 마라. 실제로 의뢰할지는 향후 증세가 어떻게 되는지를 보고 검토하려고 한다."

"그 소프트웨어는 원하지만……. 으으, 아마 없어도 괜찮을, 지도……."

아코는 원한다는 마음이 전면에 드러난 표정으로 말했다.

"음. 몸은 괜찮은 거냐?"

"네. 하루 만에 디버프 발동이 꽤 느려졌어요. 오늘 아침에는 놀랍게도 50분이나 지나야 겨우 숨기 괴로워지고아파아파아파요~!"

"자기 몸으로 조사하지 말라고 말했잖아!"

또 시간이 얼마나 지나야 문제가 생기는지 조사했구나!

그렇게 자기를 실험대로 삼지 말라고 말했는데도!

"그치만 좋아지는 것 같으니까 확인해 보고 싶었다고요오. 그랬더니 내구 시간이 두 배로 늘어나서 기뻤어요!"

"회복이 빠른 모양이라 다행이구나……. 다행이긴 한데……."

무척이나 기운찬 아코를 본 마스터는 이건 이것대로 납득이 안 가는 모양이었다.

최후의 수단까지 고려해준 마스터에게는 미안하지만, 아코는 정말로 기운찼다.

자택에 있을 때는 조금 궁지에 몰린 기색도 보였던 아코가 지금은 굉장히 릴랙스한 상태로 평화롭게 보내고 있다.

몸에 이상이 생기고 나서 컴퓨터와 접촉해서 진정하는 게 아니라, 가까이 있는 화면을 자연스레 보고 있으니까 애초에 증상이 나오지도 않는 느낌.

좋아지고 있는지는 넘어가더라도, 굉장히 기운찬 건 틀림없다.

"이렇게 아코와 둘이서 지내고, 거기에 다들 얼굴을 내밀면서 즐겁게 보낸다는, 조금 나중에 있을 미래를 억지로 만들어 내서…… 미래를 향한 희망을 가져줬으면 좋겠다고 생각한 건데."

굉장히 행복한 표정인 아코를 바라봤다.

"딱히 아무것도 하지 않아도 엄청 기운차 보인다니까, 아코……."

"그야말로, 어제도 오늘도 굉장히 행복해요!"

"으음……. 뭐, 몸이 괜찮은 건 환영이다만."

조금 더 시리어스한 느낌의 생활이 될 줄 알았는데 말이지.

"그래도, 장래의 즐거움에 희망을 주는 거라면, 꼭 타코야키 파티를 열어야 하지 않을까요?!"

"음. 좋은 말을 하지 않는가! 역시 타코야키 기계를 구입하여 타코야키 파티를 열어야겠군!"

"맞아요. 하죠!"

"······내가 잘 공간이 남아있으면 좋겠네."

변명거리가 생겨버린 이상 멈추지 않겠지.

마스터의 집은 또 물건이 늘어날 것 같다.

그런고로.

"앨리 캣츠 타코야키 파티! 개최~!"

"이예~이."

진짜로 개최된 앨리 캣츠 타코야키 파티.

아니, 저녁 식사를 하루 생각하지 않아도 되니까 편하기는 하지만!

모인 건 고양이공주 씨를 제외한 여느 때의 멤버에.

"여기가 그 여자의 하우스구나······."

미묘하게 검은 오라를 발하는 표정으로 방을 돌아보는 나의 여동생.

"미즈키. 그 대사는 누구한테 들었어?"

"웃김."

웃지 말라고, 후타바. 내 여동생이고 너의 절친이잖아.

뭐, 미즈카가 남자하고 동거하겠다고 말하고, 그 방에 찾아온다면 나도 비슷한 표정을 지을 것 같지만!

"오늘의 테마는 즐기는 것이다! 전원이 타코야키 파티를 진심으로 즐기도록!"

"노력할게요!"

"타코야키 파티는 노력해야 하는 건가아."

느슨한 이벤트라고 생각했는데!

"그럼 바로 준비할게! 맛을 희망하는 사람은 빨리 말해!"

"아, 언니. 니시무라 가의 타코야키를 가르쳐 줄게요!"

"알고 싶어요!"

"반죽에 넣는 물을 다시마 육수로 해서, 국물의 풍미가 있는 타코야키를 만드는……."

"그건 그냥 아버지가 좋아하는 거잖아."

가정의 맛이라고나 할까, 아버지의 취향이다.

엄마는 식사에 불평하지 않으니까 아버지의 취향이 반영되었을 뿐입니다.

"아, 그럼 됐어요."

"아빠가 좋아하는 맛도 니시무라 가의 맛인데?!"

"에이, 그래도 루시안은 어떤가요?"

"나는 평범한 게 좋아."

"그럼 정말로 필요 없어요."

"오빠?!"

억지로 시누이처럼 굴지 않아도 되니까 느긋하게 먹으라고.

"타코야키 기계는 처음 봤어요."

"미캉네 집에는 없나 보네요."

"별로 없지 않을까. 칸사이에는 어디에나 있다고 들었지만!"

"칸사이 친구한테 들은 적이 있는데, 어느 가정에나 있는 건 아니라고 한다."

"어? 그런가요? 다들 가지고 있는 게 아닌가 보네요~."

"단지, 그 친구의 집에는 있다고 한다. 그리고 칸사이에 사는 어느 친구한테 물어봐도, 모든 집에 있는 건 아니지만 자기 집에는 있다고 대답하더군."

"……저기, 역시 어느 집에나 있는 게 아닐까요?"

다들 떠들썩하게 이야기를 나누면서 반죽을 녹였다.

음. 평화롭네 평화로워.

"뭐, 타코야키 파티는 이런 이벤트 중에서는 평화로운 편이니까, 평범하게 즐기면 되겠지."

"……그건, 어떨까?"

아키야마가 쓴웃음을 지으며 말했다.

뭐야 그 표정? 어떻게 된 거야?

"왜 그렇게 느긋한 표정이야? 니시무라, 지금부터가 승부 잖아."

느긋하게 앉아있던 내 앞에 우뚝 선 세가와가 말했다.

"타코야키로 무슨 승부를 하겠다는 거야."

"오히려 승부야말로 메인 이벤트지."

세가와가 주먹을 꽉 쥐었다.

"오늘은 그냥 타코야키 파티가 아니야. 타코야키 파티 뽑기 승부야!"

"우와아, 뭔가 말하고 있잖아."

"뭐가 우와아야. 이쪽은 즐거운 기획을 준비했는데."

즐거운 모임을 여는 건 내 목적과도 맞지만, 그걸로 뽑기 승부라니 무슨 소리야!

"애초에 타코야키로 어떻게 뽑기를 한다는 거야."

"홋홋홋. 이걸 보라고."

세가와는 테이블 밑에 놓인 슈퍼 비닐봉지를 꺼냈다.

안에서 나온 건 대량의 식재료.

문어나 파, 튀김 부스러기 같은 타코야키에 쓰이는 재료는 물론이고 치즈나 명란 같은 평범한 어레인지 재료에 오징어나 게, 떡 같은 어느 정도 먹을 수 있는 것.

그리고 아래쪽에는 젤리나 양갱, 두부에 젓갈 등등, 명백하게 타코야키에는 쓰지 않는 식품이 들어있었다.

"설마……."

"이 안에 있는 랜덤한 속재료를 넣은 타코야키를 만드는 거야!"

"어레인저 세가와는 은퇴한다고 말했잖아!"

"오늘 밤 한정 부활이야!"

어둠의 어레인지 요리사 세가와 아카네가 가슴을 펴며 말했다.

그거 분명 정기적으로 돌아오는 패턴이잖아!

"미안해. 막을 수가 없어서……."

아키야마가 한심한 표정으로 말했다.

어쩔 수 없지. 대의명분을 얻고 제멋대로 날뛰는 앨리 캣츠는 막을 수 없다는 걸 다들 알고 없으니까.

"근데, 그 수수께끼 타코야키를 어떻게 할 건데?"

"각자 다섯 개씩 타코야키를 골라서 맛을 채점! 맛의 합계 점수로 승부하는 게 타코야키 뽑기 승부야!"

자기 신고냐고. 완전히 양심에 맡긴 기획이다.

"그거, 무슨 기준으로 채점하는 거야……."

"뽑기 같은 거니까, 커먼이 1점, 레어가 2점, 슈퍼 레어가 3점이면 되지 않을까?"

"그럼 아카네, 평범한 타코야키는 어쩔 거야? 제일 아래?"

"평범한 타코야키보다 맛있어야 한다는 건 상당한 벽이니까, 커먼으로 두기는 어렵지. 레어 정도로 해두는 게 좋지 않을까?"

"그럼 슈퍼 레어로 판정되면, 평범한 타코야키를 뛰어넘는 맛이라는 거네!"

"조금 재미있어 보이는 건 그만둬. 하고 싶어지잖아."

"할 거야."

"……한다면, 할 수밖에 없나."

앞으로 즐거운 미래가 기다린다는 걸 아코에게 보여주기만 하는 목적이 아니라.

명백하게 즐길 생각이 넘치는 세가와를 보니, 왠지 안심하게 되는 기분도 있었다.

"준비가 되었다! 제1시합 참가자, 이쪽을 봐도 좋다."

"첫 시합부터인가~."

"지지 않아요, 루시안!"

어째서인지 나와 아코가 제1시합 담당이 되었다.

진열되는 걸 보면 안 된다고 해서, 우리는 뒤를 바라본 채 대기하고 있었다.

테이블을 바라보자, 그곳에는 대량의 타코야키가 놓여있었다.

"이 타코야키 중에서 원하는 걸 다섯 개 먹으면 OK야."

"그것의 맛으로 레어 판정을 하면 되는 거지?"

"응. 그래도 조심해."

세가와가 어두운 미소를 지으며 말했다.

"35개 중에서 딱 하나 무지막지하게 매운 고추가 들어있어. 그걸 뽑으면 한 방에 패배야."

"운 요소를 강화하지 마!"

왜 러시안 룰렛 요소까지 넣은 거냐고!

"뭐, 걱정하지 마라. 3%라면 그리 쉽게 뽑을 일은 없겠지."

"정말로 그렇게 생각해? 마스터."

"……상당히 쉽게 뽑을 것 같기는 하다."

온라인 게이머 특유의 확률 감각이다. 정말 불길한 예감밖에 들지 않는다.

"자, 루시안! 부부라고 해도 뽑기 승부에서 봐줄 필요는 없어요! 승부에요!"

"이쪽은 의욕이 넘쳐나네!"

첫 타코야키 파티라서 텐션이 올라간 아코가 꼬치를 높이 움켜쥐고 있었다.

에에잇, 어쩔 수 없지.

아코가 기뻐하고 있는 건 좋은 일이니까, 나도 각오를 다지자!

"한다면 질 수 없으니까. 운이라면 지지 않는다는 걸 보여주겠어!"

"그 마음가짐이야! 그럼 선공은 아코부터!"

"네!"

아코가 타코야키 하나를 꼬치에 꽂아서 입에 쏙 넣었다.

"한입에 넣다니 뜨겁지 않아?"

"개앤차나아아요."

"먹으면서 말하지 마."

"네에."

타코야키를 다 먹은 아코가 꿀꺽 삼키고는 눈을 확 떴다.

"이건…… 게네요!"

"뭣…… 처음부터 게를 뽑았다고?!"

"SR 확정."

"언니 굉장해!"

경악하는 관전자.

확실히 첫수부터 좋은 걸 뽑았지만, 그렇게까지 들뜨지 않아도 되잖아!

"……아뇨, 이건 안 되겠네요."

그러나 아코는 뚱한 표정으로 말했다.

"맛있다고는 생각하지만, 문어처럼 확실한 식감이 없어서 조금 미묘해요. 아슬아슬하게 레어 정도일까요."

"아코가 평등하게 채점하고 있어!"

"어쩜 이리도 신사인지!"

"우와, 그거 맛이 신경 쓰이네."

게가 들어갔는데 미묘해? 문어보다 맛있지 않나? 젠장, 먹어보고 싶다!

"좋아. 이번에는 나네."

"후공 루시안! 타코야키를 고르도록 해!"

어느 걸로 할까. 순간 고민했지만, 어차피 아무것도 모르니까 제일 가까운 타코야키(알맹이가 문어일 확률은 3%)에 꼬치를 꽂았다.

그 순간.

"앗……."

후타바가 약간 소리를 낸 게 들렸다.

저도 모르게 시선을 돌렸지만.

"……."

"엄청 눈 돌리고 있잖아. 다들, 어떻게 된 거야?"

"……"

다른 이들에게도 시선을 돌렸지만, 어리둥절한 아코 말고
는 전원이 눈을 돌렸다.

과연, 그런가. 그렇구나.

잘 보니, 이 타코야키 뭔가 묘하게 빨갛네.

"아코가 신사였던 이상, 나도 물러설 수 없지……"

"오빠……"

모두의 분위기에 나도 이끌린 모양이다.

걱정하는 미즈키에게 웃어준 나는 크게 입을 벌렸다.

"잘 먹겠습니다!!!"

입 안에 타코야키(?)를 쏙 넣었다.

적당한 온기, 소스의 맛, 가다랑어포의 풍미를 느끼면서
강하게 씹은, 그 순간.

"매에에에에에에에에워! 아니, 이건 안 되잖아!"

위험할 정도로 맵다! 산뜻한 식감이 단번에 날아갈 정도
로 심각한 매운맛이 덮쳐왔다!

"자, 루시안. 매운맛이 걸려서 아웃~."

"2점 대 0점으로 아코의 승리!"

"해냈어요~!"

"납득이 안 가~!"

여기까지 왔으니 나도 마지막까지 뽑고 싶었어! 첫수에서

떨어지지 말라고, 첫수에서!

"오늘은 즐거웠다. 타코야키 파티란 이렇게나 즐거운 것이었던가."

"타코야키 파티가 아니라 뽑기로 흥거워진 거지."

승부 결과, 오징어, 문어, 명란, 치즈, 토마토를 뽑아서 우승한 마스터는 기분 좋게 접시를 정리하고 있었다.

"리벤지를 요청합니다."

낫토, 두부, 젤리, 김 조림, 그리고 설마 하던 꽝을 뽑아서 최저점을 기록한 후타바는 불만스러워 보였다.

나보다는 고득점이었지만.

"추가로 굽더라도 이제는 못 먹잖아."

"그걸 어떻게든."

"다음에 또 해도 괜찮지 않을까? 몇 번이든 개최하면 되니까!"

"딱히 타코야키 파티가 아니라도 괜찮겠네. 봄이 되면 꽃놀이 경단 뽑기 승부라도."

"봄에는 신입생환영회 준비도 해야죠."

후타바가 태연하게 말했다.

그랬다. 신입생이 오니까 부원도 찾아야겠지!

"우왓, 잊고 있었네. 올해 어쩌지······."

"포스터라든가, 어느 정도 끝났어요."

"거짓말이지?!"

"역시 미캉! 신입생 환영 기획 같은 거 싫어할 것 같다는 이미지와는 정반대!"

"얼마나 모을지, 승부예요."

"그건 사양하고 싶습니다!"

믿음직한 후배라서 고맙지만, 뭐든지 승부로 하지 않아도 되니까!

"승부가 아니더라도 이벤트는 하고 싶구나. 거대한 나가시소멘 기계를 구입해서 실제로 움직여 보고 싶기도 하군."

"또 인터넷 동영상에 나올 법한 말을 꺼내네."

"그런 소재라면 나도 하고 싶은 거 있어. 커다란 햄버그 같은 걸 구워서 왕곱빼기 챌린지 해보고 싶어."

"전원이 한 그릇을 먹는다면 어떻게든 되려나?"

"사진을 찍어서 조리부에 보여주고 싶네요!"

미즈키가 기뻐하고 있는데 미안하지만.

"참고로 몇 킬로그램 정도의 동영상을 본 거야?"

"6킬로그램이라고 적혀있었는데."

세가와는 「전원이라면 가능하지!」라며 웃었다.

아니아니, 냉정하게 계산하자. 나눗셈 문제야!

"일곱 명밖에 없으니까 1인당 1킬로그램에 가깝게 먹는다는 거잖아! 어차피 다들 아무리 먹어도 500그램 정도라고! 대부분 내가 먹게 되잖아!"

"그때는 선생님도 부르자. 1킬로그램 정도는 먹어줄 거야."

"먹을 것 같지만!"

편견이다냐아, 라고 우는 소리가 들리는 것 같았다.

"핼러윈은 호박을 장식하고 싶네~."

"크리스마스는 트리를 놓을 생각이다."

"커다란 오븐이 있으니까 치킨도 구울 수 있겠네요."

"하고 싶은 게 많네~."

앞으로의 즐거운 일을 모두가 웃으면서 이야기했다.

그런 모두를 바라보면서.

"……LA가 끝난 뒤, 그 이후에도 즐거운 일은 많이 있구나."

무심코 그런 말이 입에서 나왔다.

"루시안?"

다들 내 목소리를 알아채지 못한 와중에, 옆에 있는 아코만이 이쪽을 바라봤다.

그렇다, 아코를 위해서였다.

"이렇게 모두가 즐거운 일을 하고, 앞으로도 즐거운 일이 있고, 미래는 밝다는 걸 증명하는 것— 처음에는 아코를 위한 기획이라고 생각했어."

둘이서 살기로 결심한 것도 그렇다.

내가 있고, 모두가 있고, 앞으로 즐겁게 살아갈 수 있다고.

앞으로 기다리는 미래를 미리 체험하면서, 피부로 체감했으면 했다.

"하지만 아코를 위해서만인 건 아니었어. 나도 지금, 굉장히 안심하고 있어."

아직 하고 싶은 게 있다. 앞으로 희망이 있다고 진심으로 생각하고 있다.

"솔직히 말해서, LA가 끝난 뒤에는 인생의 소화 시합 같은 거라는, 그런 마음도 조금은 있었어. 그래도 버리는 게임으로 하기에는 아직 이르네"

"……그러네요."

아코도 웃으면서 살짝 끄덕였다.

"이렇게 모두가 즐겁게 모여서, 매일을 보낼 수 있다면…… 포기하는 건 조금 아까운 것 같아요."

"응. 그러게."

지금은 아직 아깝다는 정도의 마음이다.

그래도 미래에 희망이 있다고 진심으로 생각할 수 있다면.

분명 아코의 LA 의존증이 나을 날도 멀지는 않겠지.

─그런 나의 생각이 어설펐다는 건, 바로 알게 되었다.

아코가 LA에 가지는 마음은, 따스한 추억 하나로 지울 수 있을 만큼 작지 않았던 거다.

2장

"레전더리 에이지의 엔딩을 보자!"

And you thought there is Never a girl online?

타마키 아코의 아침은 빠르지도 느리지도 않다.

　참으로 코멘트하기 곤란한, 「어제는 이 시간에 잤으니까 이 정도쯤에는 일어나겠지~」라는 타이밍에 평범하게 일어난다.

　"좋은 아침이에여~."

　"좋은 아침~."

　일어난 그녀는 머리카락이 부스스하고 표정도 흐물흐물, 불안정한 발걸음으로 세면실로 향하는 모습이 참으로 미덥지 못하게 보인다.

　그건, 솔직히 말해서 굉장히 고맙다.

　아침에 일어나자마자 각 잡고 단정하게 나오면 이쪽도 정신 똑바로 차려야겠다는 생각이 들어서 피곤하니까.

　나도 아침에는 바로 갈아입지 않고 실내복으로 지내고 싶은 타입이라서, 아코 정도로 느긋하고 긴장을 푸는 편이 함께 살기 편하다.

　세면실에서 물소리가 잠시 들린 뒤.

　"좋은 아침이에요~."

　"아까 말했어~."

　돌아온 아코는 일어났을 때 인사한 기억이 전혀 남아있지 않았다.

조금 멀쩡한 표정이 된 아코는 거실의 낮은 소파에 앉은 내 옆에 앉더니.

"흐냐~앙."

내 무릎 위에 데굴 쓰러져서 무릎베개 위에 드러누운 자세가 되었다.

모든 걸 내게 맡기고 있는 자세와 풀어진 표정을 보니 두근두근 고동이 빨라졌다. 그 마음을, 여기는 마스터의 집이라는 스토퍼로 눌러 죽였다.

역시 대단해, 마스터. 이 안전장치가 없었다면 나는 어떻게 되었을지 몰라.

"아침부터 응석을 부리다니, 무슨 일이야?"

머리를 슬쩍 쓰다듬어 주자 아코는 기분 좋은 듯 눈을 가늘게 떴다.

"루시안은 아침 빠르네요~."

"아침에 화장실에 갔더니 왠지 잠이 안 와서. 조금 일찍 일어난 거야."

"호에~. 저라면 두 번 잔다는 기분으로 더 잤을 텐데요~."

"그런가? 아코는 은근히 잠에 취하면서도 시간대로 일어나는 이미지가 있는데."

"평소에도 많이 자서 쌓아두고 있으니까요~."

"너무 잔다니까."

그렇게 말하면서도 음냐음냐 입을 움직이면서 숨소리 같은 걸 내기 시작했다.

　이 녀석, 이대로 내 무릎 위에서 다시 잘 생각인가.

　"졸리면 아침밥은 내가 만들까?"

　오늘 아침 담당은 아코다.

　딱히 절대적인 룰이라는 건 아니라서, 조금 더 자고 싶다면 멋대로 만들 생각이긴 한데.

　"헉! 아뇨, 만들게요!"

　아코는 눈을 번뜩 뜨더니 대답했다.

　곧바로 영차, 하고 기합을 넣어서 일어났다. 눈앞에서 긴 머리가 지나가면서 달콤한 냄새가 났다.

　함께 살고는 있지만 전혀 다른 냄새다. 나는 드러그 스토어에서 파는 싼 샴푸를 가져왔지만, 아코는 영어가 잔뜩 적혀있는 세련된 샴푸를 쓰고 있다.

　아코가 아닌 누군가가 고른 거겠지만, 묘하게 그녀와 잘 맞는 냄새가 나서 빈번하게 내 마음을 술렁이게 한다.

　"아침밥 만든~다~, 루시안과 먹는~다~."

　아코는 수수께끼의 오리지널 송을 부르면서 부엌에 섰다.

　넓은 아일랜드 키친은 우리 집보다 쓰기 편할 정도여서, 아코도 기분 좋게 조리도구를 준비했다.

　"살기 좋게끔 가구는 뭐든 들여놓겠다고 마스터가 말했었는데, 달걀부침 전용 기다란 프라이팬을 리퀘스트하는 게 어떨까요?"

"아~, 확실히 원하긴 하지만 상당한 특화 장비니까."

아침밥과 도시락 말고는 쓰지 않을 정도인 사냥터 한정 장비. 그러나 원하기는 한다.

"가능하면 철제가 좋은데요~. 루시안과 둘이서 소중하게 길들인다는 느낌으로!"

"그거 세가와가 세제로 닦기 시작하면 어쩔 거야."

"삐에엥에겠네요."

삐에엥이든 빠오옹이든 상관없지만. 실제로 있을 법한 이야기이긴 하단 말이지.

"사더라도 테플론으로 해둘까."

아코는 흥흥흐흥흥흐흐~응, 하고 수수께끼의 콧노래를 부르며 냉장고를 뒤졌다.

"왠지 일식 기분이니까 그 방향으로 갈까요?"

"맡기겠습니다."

아코는 「그럼」하고 냉장고에서 잔멸치 주머니를 꺼내서 그릇에 담았다.

"자~코#1, ♡ 자~코♡ 약해빠진 생선~♡"

"어째서 잔멸치 상대로 메스가키#2를……?"

"치리멘자코(말린 잔멸치)에요. 일식풍 샐러드에 넣을 거

#1 자코 잡어라는 뜻이지만, 허접이라는 뜻도 있다.
#2 메스가키 건방진 꼬맹이 속성 캐릭터를 가리키는 표현.

예요."

"자코가 그쪽이었어?!"

"정어리에도 적용할 수 있는 가능성이 느껴져요!"

"메스가키 구문의 미래를 찾지 마."

전기레인지의 스위치를 딸칵딸칵 움직이고 위에 냄비를 올렸다.

"된장국은 미역하고 파면 될까요? 두부를 자르는 게 귀찮아서요."

"그것도 맡기겠습니다."

"그럼 그 대신, 국물로 차이를 내겠어요!"

그렇게 말한 아코가 선반에서 세 개의 주머니를 꺼냈다.

"짜자자잔! 화학조미료~!"

"뭐야 그 성대모사는. 옛날 도라에몽이냐고."

실제로 도라에몽의 도구 수준의 만능 아이템이긴 하지만!

"그보다, 노부요 씨[3]판 도라에몽 본 적 있어?"

"아뇨. 없지만 목소리는 들은 적이 있으니까요. 흉내를 낼 때는 이쪽으로 하지 않나요?"

"조금 이해는 가네."

"그런고로 이번에는 여기 있는 세 종류의 화학조미료를 이용하겠습니다!"

"어째서 세 개나……."

#3 노부요 씨 도라에몽의 대표적인 성우 오오야마 노부요.

"가정의 맛은 화학조미료의 배분으로 정해지는 거예요! 여기서 힘을 뺄 수는 없어요!"

"그, 그렇습니까."

화학조미료는 힘을 뺀 게 아니냐는 생각은 전혀 하지 않는 타입이니까 상관없긴 하지만.

아코는 신중하게 세 개의 주머니에 든 내용물을 섞어서 후우, 하고 이마를 닦았다.

"2대 2대 1의 배합…… 이게 최강의 황금 비율이에요!"

"내일은 내가 남아있는 걸 넣을 테니까, 1대 1대 2와의 승부가 되겠네."

"그건 그것대로 유력 후보거든요……. 실질적으로 결승전이네요……!"

"아니, 맛의 차이 같은 건 모르거든."

"의외로 아는 법이거든요?"

파를 써는 소리가 들렸다.

냉동 파라도 괜찮지 않냐고 말했었지만, 어차피 썰 거라면서 얼지 않은 파를 고른 아코는 신부력이 높다고 생각합니다.

"오늘 예정은 뭐였죠?"

"남은 식기 상자를 열어서 전부 정리, 그거면 상자는 끝나니까 한꺼번에 묶어서…… 그 정도려나."

이 방에 살기 시작한 지도 며칠이 지났고, 업무 의뢰를 받은 상자 개봉이나 소도구 정리는 꽤 많이 진행되었다.

부엌 용품이나 조리도구에 식기, 방에 놔두는 쿠션이나 공기청정기에 가습기에 기타 등등. 편히 쉴 수 있도록 마스터가 보낸 물건들은 우리의 센스로 적당히 배치했다.

"이제는 목욕용품이네요. 타올도 다시 빨아서 말리고, 선반 어디에 넣을지 상담해 봐요."

"그거면 거의 끝이지?"

"끝나면 완전히 니트가 되어버리겠네요."

아코는 프라이팬을 살짝 흔들면서 쓴웃음을 지었다.

거실 모니터에는 아코와 루시안이 사이좋게 앉아있다.

컴퓨터실의 본체와 연결되어서 화면을 복제하는 타입의 듀얼 디스플레이로 가동 중인 대형 모니터는 거실이나 부엌에 있는 아코의 정신을 확실하게 안정시켜 주고 있다.

그 화면에 뿌왕, 하는 로그인 소리가 들렸다.

"아, 세테 씨다."

◆세테 : 좋은 아침~.

"루시안, 대신 좋은 아침이라고 인사해 주세요~."

"그래그래."

모니터 아래에 놓여있는 무선 키보드로 글을 입력했다.

◆아코 : 아코가 좋은 아침이라고 부엌에서 말하고 있어.

◆세테 : 지금부터 아침밥?

◆아코 : 굉장히 좋은 냄새가 나네.

◆세테 : 아~, 좋겠다~. 난 오늘은 과자가 아침밥인데~?

직접 만들면 되지 않을까요.

"남은 조림도 내놓을까요? 먹을 수 있나요?"

"먹을래."

◆아코 : 어제 먹었던 조림도 낸대. 간이 배여서 딱 괜찮겠지.

◆세테 : ……지금부터 먹으러 가도 돼?

◆아코 : 괜찮긴 하지만 올 무렵에는 다 먹었을 텐데요.

◆세테 : 남겨줘도 될 텐데~.

세테 씨가 쓴 글에 맞춰서 무땅이 와옹 하고 울었다.

◆세테 : 그럼 밥 먹은 뒤에 놀러 갈게.

◆아코 : 예이예이.

키보드에서 손을 떼자, 마침 아코가 아침 식사를 옮기고 있었다.

"밥 다됐어요~. 게임은 그만하고 먹으러 오세요."

"오케이. 생각보다 빨라서 놀랐네."

"빠른 솜씨가 생명이니까요!"

아코는 에헴, 하고 앞치마 차림으로 가슴을 폈다.

"된장국하고 치리멘자코를 넣은 일식풍 샐러드, 어제의 조림하고 오믈렛이에요!"

"……뭔가 하나만 일식이라는 테마에서 벗어나 있는데."

"전부 국물 맛이 되어버려서, 마침 케첩의 맛을 먹고 싶어졌어요."

"먹고 싶어졌다면 어쩔 수 없네!"

입을 맞춰서 「잘 먹겠습니다」라고 말했다.

하트 마크가 붙은 작은 오믈렛에 숟가락을 넣자, 녹아내리는 듯한 행복이 넘쳤다.

대충 이런 생활을 보내고 있습니다.

"그런데 루시안."

"으응?"

된장국을 입에 댔을 때, 아코가 젓가락을 한 손에 들고 고개를 갸웃했다.

"기분 탓일지도 모르지만요."

"응."

"역시 저, 굉장한 기세로 LA 의존증이 개선되고 있지 않나요?"

"……그건 생각하고 있었어."

아침밥을 만드는 동안 거의 모니터를 보지 않았고, 먹는 동안에도 시선은 계속 나를 보고 있었다. 언제든 게임 화면을 볼 수 있는 곳에 있다고는 해도, 실제로는 전혀 보지 않는 것 같다.

"집에 있을 때는 화장실에 갈 때도 노트북을 들고 갔다고 했던가?"

"그렇다니까요. 화장실에서 몸이 떨리기 시작해서 큰일이었거든요."

"그건 정말로 무섭네."

대체 어떤 고생을 해온 거야. 용케 괜찮다고 말했네.

"그런데 저, 오늘은 아침부터 전혀 신경 쓰지 않고 이빨을 닦았었어요."

"그 시점에서 이미 대폭 개선이 된 것 같기는 하네."

"그렇다니까요! 루시안과 살기 시작하고 나서, 이쪽이 즐거워서 LA 의존증은 완전히 잊어버렸어요!"

"좋은 일이야."

잊어버릴 만큼 편한 마음으로 보내다가 어느새 낫게 되는 게 이상적이다.

"역시 얼마나 버틸 수 있는지 테스트를……."

"안 해도 돼."

그런 등골이 서늘해지는 실험 두 번 다시 안 해도 된다고!

"……말하면 또 압박감이 될지도 모르지만…… 그래도 정말 다행이야."

사랑의 도피를 떠난다는 건 상당한 도박이었다.

분명 아코가 진심으로 편하게 여기는 생활이 될 거다, 해보이겠다는 결의는 있었지만, 만약 악화되면 어쩌나 하는 생각도 계속 있었다.

"그래도 루시안도 조금 잊고 있지 않나요?"

"뭔가 평범하게 즐거우니까 그럴 경황이 아니게 되기도 했지."

장기 휴일, 좋아하는 아이와 단둘이 생활, 응석 부리는 아코는 귀엽고 다정하다.

그냥 행복하기만 한 게 아니냐는 설은 부정할 수 없다.

"아, 의식했더니 조금 떨리게 됐어요! 보세요, 여기 보세요!"

"안 보여줘도 돼! 어서 모니터를!"

"의존증이 조금은 남아주지 않으면 사랑의 도피도 바로 끝나버리잖아요."

"그게 베스트라고!"

치료하기 위한 사랑의 도피니까!

사랑의 도피 생활을 계속하기 위해 악화시키려고 하지 마!

"그래도 금방 나아버리면, 분명 마스터가 슬퍼할 거예요."

"기쁨과 슬픔으로 정서가 불안정해질 것 같긴 하지만!"

정말로, 정말로 다행이다―. 그러나, 이제 두 사람이 어서 오라고 말해주지 않는 건가―.

울면서 웃는 마스터의 모습이 여유롭게 뇌내 재생되었다.

그래도 정말 다행이다. 아직 낫지는 않았어도 개선은 되고 있다.

방향성은 분명 정답이었다고 생각한다.

의식하지 않고, 평온하게, 현실의 행복에 감싸여서, 조금씩 마음을 달래면 된다.

―사실은 그렇게 생각하고 싶다. 천천히라도 좋으니까, 조바심을 낼 필요는 없다고.

그래도 실제로 이 생활에는 타임 리미트가 있다.

3월의 끝. LA의 서비스 종료.

그날까지 아코의 증상이 낫지 않는다면— 아니, 그것만으로는 부족하다.

나은 상황에서, 실제로 서비스가 종료된 순간의 충격을 견딜 수 있는 정신 상태가 되어야만 한다. 또 쓰러져 버리면 이번에는 마음을 지탱해줄 LA가 없으니까.

평화롭고 행복한 생활 뒤에서, 멸망의 발소리는 슬금슬금 다가오고 있었다.

††† ††† †††

◆슈바인 : 그대로! 방패로 막은 순간에 찍을 테니까 잡지 마!

◆루시안 : 예〜입.

◆아코 : 버프 걸까요? 발밑에 성역이나 새크러먼트를 쓰면 괜찮게 빛나는데요.

◆슈바인 : 여기는 흙냄새 나는 장면이니까 그냥 이대로 부탁해.

◆아코 : 네〜에.

어느 의미로는 마지막 미련이 되어버린 슈의 스샷 촬영 여행에 동행 중이다.

평소에는 쓰지 않는 맵에서 찍자거나, 여러 멤버로 찍자거나, 그런 평화로운 스샷은 대체로 끝났다. 지금은 테마성이 있는 공들인 계열을 촬영 중으로, 나와 슈가 등을 맞대고 싸우는 장면을 찍고 있다.

그리즐리의 공격을 십여 번 정도 디펜스하자 겨우 만족할 수 있는 타이밍에 찍었는지 슈가 고개를 끄덕였다.

◆슈바인 : 응. 일단 OK. 그쪽은 촬영 끝났어?

감독이 OK를 냈다. 후우, 이거야 원.

◆루시안 : 아니, 나는 애초에 안 찍고 있으니까.

◆아코 : 메이킹 영상을 찍었어요~.

◆슈바인 : 메이킹…… 나쁘지 않네. 대기실 스샷이라는 개념도 괜찮을까?

◆루시안 : 소재가 무한히 늘어나고 있어!

전율하는 나에게 슈가 농담이라며 웃었다.

◆슈바인 : 나는 이걸로 일단락됐는데, 어쩔까? 어딘가로 갈래?

◆루시안 : 그럼 마침 잘됐네. 슬슬 저녁 찬거리를 사러 나가려고 생각했거든.

◆슈바인 : 그럼 해산할까~.

◆아코 : 수고하셨어요~.

현지 해산하기로 해서 슈바인은 귀환 아이템으로 돌아갔다.

이쪽은 아코의 포털로 함께 모임장까지 돌아왔다.

화면에서 시선을 떼고 후우, 하고 크게 숨을 내쉬고 조금 굳어진 어깨를 풀었다.

스샷에서 보기 좋은 움직임이나 위치를 정하는 건 꽤 어렵다. 몬스터를 잡기만 하는 작업과는 달리 정확한 움직임을 모르니까.

자, 그럼. 할 일을 해야지.

"좋아. 그럼 장 보러 갔다 올게. 원하는 게 있으면 적당히 사 올 건데."

"돌려주기 전에 압력솥을 쓰고 싶으니까 돼지고기 같은 게 필요……한데요."

아코가 그렇게 말하면서 살짝 눈썹을 오므렸다.

"그래도 루시안, 매번 장을 보러 가고 있으니까 슬슬 제가 대신할까요?"

"아니, 아코를 밖으로 내보낼 수는 없잖아."

"한동안 디버프에 걸리지 않았으니까 괜찮아요."

"아코가 그런 걸 신경 쓰지 않게 하려고 내가 있는 거야."

나한테 신경을 쓰게 된다면 집을 나온 의미가 없으니까.

"그래도 루시안, 조금 피곤하지 않나요?"

"무슨 소리야. 봄방학에 빈둥빈둥 보내고 있는데 피곤한 요소가 어딨어."

웃으면서 컴퓨터 책상에서 일어난 순간, 조금 머리가 어질 거렸다.

바로 균형을 잡아서 아코에게 들키지 않는 범위에서 버텼다고 생각했는데.

"보세요. 휘청거리고 있잖아요!"

"바로 눈치채네, 아코."

잠깐이라도 눈을 돌렸으면 알아채지 못했을 텐데, 언제나 보고 있으니까.

"루시안의 몸이 안 좋을 때 정도는 힘낼 수 있어요! 저한 테도 의지해 주세요!"

"아니, 딱히 몸이 안 좋은 건 아니야. 매일 느긋하게 지내 고 있으니까."

"정말인가요……?"

진짜야 진짜. 전혀 무리하는 건 아니다. 방 정리는 이미 끝났고, 평소의 가사는 아코도 하고 있으니까 피곤할 정도 는 아니다.

원인은 아마 그냥 수면 부족이다.

매일 밤 아코가 어느 정도의 빈도로 눈을 떠서 LA를 건 드리고 있는가, 그걸 꾸벅꾸벅 졸면서 확인하던 탓에 그다 지 잠을 못 자고 있단 말이지.

그래도 걱정을 끼칠 수는 없지. 그래서는 본말전도다.

조금은 쉬는 게 좋을지도.

"그럼 조금 낮잠을 자도 될까? 그 후에 장 보러 갈 테니까."

"물론이죠. 자요. 어떤 게임이라도 자면 회복되니까요!"

"서바이벌계 게임이라면 자고 일어나면 공복이 되니까 손해밖에 없는 패턴도 있고……."

"이상한 소리 하지 말고 어서 쉬지 않으면, 제가 같이 잘 거예요! 자자!"

"협박인지 포상인지 욕망인지 어느 쪽이야."

아코는 「전부예요」라고 말하며 내 등을 밀었다.

같이 자는 건 아웃 판정일까, 아니면 건전 판정일까. 그런 생각을 하는 사이 원래는 창고, 현재는 객실이 되어가고 있는 방 침대에 들어갔다.

뭐, 쉰다고 해도 한 시간 정도 자면 기운을 차리겠지. 적당한 시간에 알람을 맞추고—.

그렇게 생각하면서 눈을 감은 몇 초 후에, 의식이 뚝 끊어졌다.

"으응…… 으아?"

우물거리는 자신의 목소리로 눈이 뜨였다.

이런, 알람도 안 맞추고 자버렸다. 꿈조차 꾸지 않은, 기억이 날아가는 타입의 숙면이었다.

이상하네. 이렇게 피곤할 리가 없는데.

지금의 생활은 즐겁고 아코의 몸이 좋아지고 있다는 감각도 있어서 그렇게 무거운 압박감이 있던 것도 아닐, 테니까.

단지, 일단 고민하는 일이 많은 걸지도 모른다.

아코가 즐겁게 있어야 한다.

증상이 어떻게 되어가는지, 아코가 눈치채지 않는 타이밍에 낌새를 봐둬야 한다.

특히 혼자가 되는 밤중, 아코의 캐릭터가 움직이면 일어나 있다는 거니까 요주의다. 완벽하게 잠들지 않고 정기적으로 확인해야 한다.

그런 식으로 보내는 동안 조금씩 피로가 쌓인 걸지도 모른다.

변함없이 아코가 내 상태를 잘 알아채고 있다.

"으으음…… 우왓, 세 시간이나 푹 자버렸네……."

조금만 더 잤다면 쪽잠이 아니라 진짜로 잠든 게 될 뻔했다.

아직 장을 보러 갈 수는 있는 시간이라 일단은 세이프다.

머리카락을 손으로 고치면서 아직 흐리멍덩한 머리로 방을 나왔다.

"미안, 아코. 너무 자버렸어! 지금부터 장 보러 갈 건데 저녁밥은 어쩌지?"

냉장고에 있는 걸로도 저녁밥 정도는 문제없지만, 덤으로 도시락을 사서 끝내버리는 것도 물론 괜찮다. 압력솥이 시간을 짧게 줄인다고 해도 어느 정도 시간은 필요할 테니까―.

그렇게 생각하면서 거실로 얼굴을 내밀었지만, 아코의 모습이 없었다.

부엌에서 뭔가 만들고 있는 것도 아니고, 컴퓨터실도 조용하다.

아코도 자고 있는 건가. 아니면 샤워라도 하고 있나?

이럴 때 부부는 편하다. 자고 있을 때 들어가도 괜찮고, 갈아입는 중이라고 해도 거북하지 않다. 아니, 양해도 구하지 않고 돌진하거나 하지는 않지만.

"아코~, 일어났어? ……아코? 아코~?"

방에는 없다.

욕실에도 없다.

화장실에도 없다.

남은 건 마스터의 방? 아니아니. 굳이 멋대로 들어갈 이유도 없고, 이렇게나 말을 걸었으면 나올 거다.

이제 짐작 가는 곳이 없다. 어디에도 아코의 모습이 없다.

그렇다면, 아코는 지금 어디에……?

"―윽!"

오싹 소름이 돋았다.

설마 밖으로?! 언제 LA 의존증이 생겨서 움직이지 못하거나 쓰러질지도 모르는데, 혼자 외출했다고?! 거짓말이지?!

어딘가에서 괴로워한다면, 또 쓰러진다면― 서둘러 찾으러 가야 해!

막 일어나서 움직임이 어색한 몸에 짜증을 내면서 휴대전화를 들고 거실을 나섰다.

아코에게 보낼 메시지 화면을 열면서 현관으로.

복도로 나가려고 할 때, 무언가가 떨어지는 소리가 났다.

"어……."

휴대전화를 보던 시선을 올리자, 복도 너머, 현관 입구에서 짐을 떨어뜨리고 쓰러진 아코의 모습이 있었다.

"아…… 지금 돌아왔어요~."

에코백에서 흩어진 짐.

아코는 거친 숨소리, 휘청거리는 얼굴로 헤실헤실 웃었다.

이, 있어! 그보다 돌아왔어!

"이 바보 신부가아아아아아아아아! 뭐 하는 거야!"

"가, 가정폭력인가요?! 신부 학대인가요?! 얼마든지 오라고요!"

"농담할 때냐!"

"후에에엣."

"눈을 떼어놓은 나에게도 잘못이 있지만, 당분간 외출 금지야."

"잠깐만요. 이건 아니거든요."

현관에서 쓰러져 놓고 뭐가 아니라는 거야?

소파에 앉아서 시무룩하게 몸을 웅크린 아코에게 진지하게 말했다.

다행히 아코의 증상은 금방 잦아들었지만, 그렇다고 괜찮다고 말할 수 있는 건 아니다.

안일하게 낮잠을 잔 건 실패였다. 이상한 부분만 액티브한 아코의 성격을 고려하지 않았다.

"그냥 아코를 감금하고 포위한다는 마음가짐으로 갈까."

"그건 반대잖아요, 반대!"

"아니, 반대도 아닌데."

원래는 자기가 감금하는 쪽이라는 발상으로 나가지 말라고.

나도 아코에게 감금당할 생각은 없거든?

"들어주세요. 정말로 괜찮았어요. 제대로 디버프에 걸리기 전에 돌아왔다고요."

"그래도 실제로 쓰러졌잖아. 아직 무리하면 안 된다니까."

"무리한 게 아니에요! 평범하게 쇼핑하는 동안에도 건강해서, 이제 나았다고 생각할 정도였어요!"

그런데 안 나았잖아. 내가 그런 마음을 담은 시선을 보내자 아코는 눈을 돌렸다.

"굉장히 건강해서, 조금 더 멀리 나갈 수 있을 것 같아서요. 싸고 질이 좋은 고기를 살 수 있다는 리뷰가 실린 정육점이 맵에 있어서……."

"거기까지 간 건가……."

좋은 걸 사려고 굳이 멀리까지 걸어갔더니 시간 초과가 된 건가.

"그 마음은 기쁘지만, 멀리 갈 몸 상태가 아니잖아."

"아뇨. 굉장히 가까웠어요. 들렀다가 돌아오는 정도라면 디버프도 걸리지 않았어요."

"……? 그럼 무슨 일이 있었는데?"

"실은 거기, 점원한테 가서 몇 그램 주세요~, 라고 말을 걸지 않으면 살 수 없는 가게여서, 가게 앞에서 20분 정도 어쩌나 고민했더니 손이 떨리기 시작해서……."

"어째서 그 몸 상태로 이렇게 무리를 하는 걸까!"

"본격적으로 신부가 되었으니까, 지금이라면 가능하다고 생각했단 말이에요오."

"어디에서 나오는 자신감인데!"

LA 의존증 같은 건 상관없이, 그냥 가게 사람한테 말을 걸어서 쇼핑하는 가게라면 손이 떨리는 타입이면서.

하지만 어째서 이 타이밍에 저지르는 건가 싶어도, 나도 이건 마찬가지라서 아코를 책망하는 건 치사하기는 하다.

"외출 금지는 농담이더라도, 혼자서 나가는 건 그만두자. 나도 포함해서 같이 나갈 것."

"네에."

"정말로 부탁할게. 내 심장이 멎는 줄 알았다니까."

"움직이지 못할 때까지는 아직 시간이 있어서, 개인적으로는 안전을 확보하면서 움직였다는 마음인데요……."

"아~코~씨~?"

"알았어요, 알았다니까요. 무리하지 않을 테니까요!"

아코는 에헤헤, 하고 얼버무리듯이 웃었다.

함께 살기 시작한 지 일주일.

LA가 끝날 때까지 남은 시간도, 마찬가지로 일주일 정도다.

아코의 상태는 좋아지고 있다. 개선되고 있지만— 근본적인 해결까지는 도달하지 못한 모양이었다.

††† ††† †††

봄방학 중이라고 해도 학교에 가야만 하는 날이 조금은 있다.

오늘은 내년도를 위한 교내 실력 시험. 진짜로 가고 싶지 않아졌다.

그러나 아코와 살면서 부모님이나 선생님과 약속한 룰이, 해야 할 일은 확실하게 해야 한다는 것이었다.

원래는 집에서 아코의 상황을 지켜보고 싶었지만, 시험을 땡땡이쳤다가 끌려오게 되면 불평할 수 없다.

어제 쓰러졌으니까 또 어슬렁어슬렁 밖으로 나가지는 않겠지…… 아아, 정말 걱정돼서 전혀 시험에 집중할 수가 없다.

거짓말입니다. 똑바로 집중해도 점수는 거의 달라지지 않는다고 생각합니다.

"헤~이. 니시무라 루시안. 어땠냐?"

"대문항 3은 전부 감이야. 전부 정답이라면 역대 최고점이겠지."

"헷. 나는 3도 4도 5도 감이라고. 교내 편차치는 최고를 갱신하겠네."

"거의 운빨게임이잖아."

시험 틈틈이 타카사키나 다른 반 애들하고 이야기를 나눴다.

이렇게 못 풀었다고 말하고 있지만, 정말로 몰랐던 녀석과 입만 그렇게 떠들 뿐이지 사실은 푼 녀석이 있단 말이지. 참고로 나는 못 푼 쪽입니다.

"그러고 보니 타마키는 안 왔는데, 무슨 일이야? 감기?"

문득 남자 한 명이 물었다.

"아~, 그게 말이지."

왜 아코에 대한 걸 나한테 묻는 거냐면서 모른 척할 생각은 없다.

그러나 부실에서 쓰러졌다거나, 동거하고 있다는 말은 하지 않는 게 좋겠지.

게임을 전혀 안 하는 남자는 적으니까, 평범하게 설명하면 되려나.

"실은 아코랑 같이 하던 온라인 게임이 서비스 종료를 발표했거든. 쇼크로 몸이 안 좋아졌어."

"섭종한다고? 흐음, 그거 쇼크겠네."

"힘들겠다. 나도 메인으로 하는 거 끝나면 그냥 쉴 거야."

의외로 다들 바로 이해해줬다.

말해볼 만하네. 그렇게 생각한 것도 잠시였다.

"근데 모바일 게임은 언젠가 섭종하는 법이니까~. 꽤 과금했어?"

아, 역시 이건 모르는 거구나.

"과금은 그럭저럭 했지만…… 모바일 게임이 아니라 온라인 게임이야."

"1학년 때부터 들었지만 다르구나. 모바일 게임하고 뭐가 다른데?"

작년에도 똑같은 반이었던 타카사키가 물었다.

뭐, 그렇겠지. 이쪽이 골수 오타쿠라고 말하기는 했지만, 내용까지는 제대로 말하지 않았으니까.

"뭐라고 설명해야 할까……."

온라인 게임을 안 하는 사람에게 간단히 설명한다면, 그래.

"오픈 월드 게임을 대인원으로 동시에 하는 느낌이 온라인 게임, 이려나아."

"어? 뭐야 그거 재밌어 보이는데."

"재미있거든."

그러니까 쇼크인 거다.

"흐음, 온라인 게임은 오픈 월드 게임 같은 느낌인 건가. 조금 알게 됐어."

"요즘 많지, 오픈 월드. 자유도 높은 거."

"오픈 월드 자체가 온라인 게임을 혼자서 하기 위해 만든 셈이기도 하니까."

출처가 필요? 불확실한 내용?

시끄러워. 나의 주관입니다. 틀렸더라도 용서해 주세요.

"몇 년이나 하던 협력 오픈 월드 게임이 다음 주부터 할 수 없게 된다는 느낌이라서, 아코는 정말 침울하고 또 침울해졌어. 나도 그렇지만."

"그거 힘들겠네."

"진짜 수고 많아."

"알아줘서 기쁘네."

학교에 와서 시험을 받는 것만으로도 장하다고 생각한다. 정말로.

"그 게임 2 같은 건 안 나와? 리메이크는?"

"계획은 있을지도 모르지만 개발 개시도 안 한 것 같아."

"빡세네. 인기 없었나?"

"없지는 않았지만, 회사가 작으니까."

"아~, 그런가."

그건 어쩔 수 없다며 다들 끄덕였다.

그런 두서없는 대회 도중에, 문득 타카사키가 말했다.

"그거 아직 클리어하지 않았어? 엔딩 봤어?"

"—클리어? 엔딩?"

게임 이야기를 하고 있으니까 당연한 단어일 텐데도, 어째서인지 이해력이 따라가지 못했다.

"오픈 월드 게임은 볼륨은 꽝장하더라도 일단 엔딩은 있잖아? 그건 안 봤어?"

"엔딩……은, 안 봤네……."

클리어. 게임 클리어. 그리고 엔딩.

온라인 게임은 끝나지 않으니까 그다지 생각하지 않았지만, 확실히 우리는 거기까지 도달하지는 못했다.

가능하다면 클리어하고 싶고, 엔딩도 보고 싶다.

그러나 추가되기 전에 끝나버렸으니까 어쩔 수 없다고 생각했다.

"그럼 납득하지 않지. 다음 주까지 있다면 일단 클리어하는 게 어때? 엔딩을 보지 않으면 개운하게 끝낼 수 없잖아."

"아니, 엔딩이 없거든. 모바일 게임하고는 다르지만, 그쪽은 조금 비슷한 구석도 있어서……."

"그래?"

우물쭈물 말하면서도, 머릿속에서 걸리는 게 있었다.

엔딩. 게임 클리어.

평범하게 생각하면 게임의 끝이란 거기에 있다.

온라인 게임이라는 건 끝나지 않는 이야기라서, 엔딩도 클리어도 없는 게 당연하다고 생각했지만…… 그 약속을 깨고 끝내버린 건 레전더리 에이지 쪽이다.

그럼 클리어하고 엔딩을 봐야 하지 않을까?

클리어하지 않아서, 엔딩까지 도달한 게 아니라서 우리는, 아코는 LA의 끝을 받아들이지 못하고 있는 게 아닐까.

확실하게 클리어하면 가슴을 펴고 끝낼 수 있지 않을까.

"그렇구나……. 게임이니까 클리어하지 않으면 안 되겠지."

"그야 모처럼 샀으니까 클리어해야지."

"그렇구나. 정말 그 말대로야. 쩔잖아. 실제로 안 하는 사람이 오히려 아는 법이구나."

"어? 뭐야? 칭찬하는 거야?"

"칭찬이야. 카오도 보는 눈이 있네."

"어? 뭐라 그랬어?"

건너편에서 세가와 쪽과 이야기를 나누던 카오가 이쪽으로 고개를 돌렸다.

아뇨, 당신의 남친이 잘 알고 있다는 거. 그것뿐입니다.

"잘 모르겠지만 조금은 기운 났냐? 잘됐네."

"났어. 정말 땡큐."

타카사키는 농담이 아니라 정말로 안심한 표정으로 말했다.

아니, 타카사키만이 아니다. 함께 이야기하던 남자들은 다들 조금 걱정스러워하고 있었다.

이러니저러니 해도 2년간 나와 아코, 세가와나 아키야마가 허둥지둥하는 모습을 가까이에서 지켜보던 반 친구들이 몇 명이나 있다.

평범한 사람과는 반대로 현실 친구보다 게임 친구 쪽이 훨씬 교제가 깊은, 그런 일그러진 나이기는 하지만.

현실에서도 우리를 걱정하고 도와주려는 사람은 많이 있

다. 분명 아코에게도 있을 거다.

"새학기에는 반드시 건강한 아코를 데려올게."

"뭐, 그 극도로 달콤하고 짜증나는 걸 보고 있는 건 싫기도 하지만."

"애초에 반이 같을지도 알 수 없잖아."

"상관없잖아. 반이 달라지더라도 가끔 점심이라도 먹자고."

"니시무라는 타마키 데려오지 마라? 절대 안 되거든?"

"그럼 나는 불참으로."

"너 정말로 그런 부분 문제거든!"

종소리가 울리기 전까지, 그런 의미 없는 잡담을 즐겼다.

레전더리 에이지에 대한 것도, 온라인 게임에 대한 것도 전혀 모르는 친구가 그래도 우리를 배려해 주고, 생각해 주면서 내놓은 하나의 해답.

그건 도전해볼 가치가 있는 말로 보였다.

그렇다. 온라인 게임도 게임이니까.

클리어하고 엔딩을 보면 되잖아.

"레전더리 에이지의 엔딩을 보자!"

돌아오자마자 내가 그렇게 말하자, 아코는 어리둥절하며 움직임을 멈췄다.

"엔딩…… 말인가요?"

아코는 일단 이해하려고 하고 있다. 어느 정도의 기행에는 이 녀석 무슨 소리냐는 표정을 짓지 않는 것이 그녀의 좋은 점이다.

또한, 한계는 있다.

"뭐야 아코? 뭔가 의문이라도 있는 거야?"

"의문밖에 없는데요, 일단은."

손가락을 하나 세우고는.

"온라인 게임에 엔딩이 있나요?"

"없지는 않아. 1장 엔딩이라든가. 이 패치의 엔딩이라든가."

끝나지 않는 게임인 MMORPG라도 시나리오 자체에 엔딩이 있는 경우는 적지 않다. 스태프 롤이 흐르기도 한다.

"물론 대단원! 이라는 게 아니라 계속! 이라는 느낌의 끝이기는 하지만."

"헤에, 그렇군요."

태평하게 웃은 아코는 들고 있던 스마트폰을 테이블에 올려놨다.

"확실히 LA의 메인 시나리오는 다음으로 끝날 예정이었죠."

"신인가 마왕인가, 그런 느낌으로 끝났었지."

길드 안에서 의견이 갈라져서 어느 쪽 선택지를 고르느냐로 엄청 충돌했었는데 다음 회를 기대하시길! 이었으니까 말이지.

"다음은 이달 중에 나올까요?"

"업데이트 예정은 없습니다."

죄송합니다!

애초에 예전 설명을 본다면, 새로운 시나리오 추가는 어려워 보인다.

그러다가 최종일까지 버티지 못하고 서비스 종료하는 게 제일 곤란하니까.

서비스 종료 때까지 서버를 유지하는 게 고작일 거다.

"그럼 결국 이야기도 마지막까지 볼 수 없는 거네요……."

아코는 하아, 하고 괴로운 듯 침울해졌지만.

"그렇기에, 해야지."

"네?"

시무룩한 아코에게 다시 말했다.

"레전더리 에이지의 엔딩을 보자!"

"……네? 그 엔딩을 볼 수 없다는 거 아니었나요."

그렇게 말한 후.

"헉! 루시안, 뭔가 꾸미고 있나요!"

"눈치가 빠르잖아."

역시 나의 신부. 이심전심인 셈이다.

"슈퍼 해커에게 부탁해서 엔딩을 훔쳐달라고 한다거나!"

"그런 발상은 없었어."

전혀 전해지지 않았잖아.

가능하다면 보고 싶지만 그게 아니야. 그보다, 메인 시나리오는 아무래도 좋다고.

어떻게든 본래의 엔딩을 보겠다는 이야기가 아니야.

공식이 준비한 엔딩은 온라인 게임의 엔딩에 지나지 않으니까, 끝!이 아니라 계속!이 되어있을 테니 솔직히 의미가 없다.

"공식이 준비한, 지금부터가 진정한 모험이다! 같은 엔딩을 보더라도 오히려 납득할 수 없겠지."

"그러게요! 지금부터라고 말한다면 계속해 주세요!"

그렇다니까. 계속! 이라면서 다음이 이어지면 좋겠지만, 레전더리 에이지는 계속되지는 않을 테니까.

"그럼 어떻게 할 건가요? 엔딩이 없지만 엔딩을 본다……?"

"보는 거야. 봐야만 하는 거야."

굉장히 단순한 이야기지만, 그렇기에 온라인 게임에 물든 우리에게는 나오지 않는 발상이다.

"게임이라는 건, 제대로 클리어하고 엔딩을 보기 때문에 끝낼 수가 있는 거야."

이건 중요한 일이다.

모험은 언젠가 끝난다. 그 끝이 언제인지는 우리가 정할 수 없지만, 끝나는 법인 거다.

"그러니까 어떻게 끝낼지는 우리가 정하자. 우리가 납득할 수 있는 끝을 내자."

운영진이 준비한 라스트 이벤트 같은 보스 습격 이벤트에 흥미는 없다.

이미 볼 수도 없는, 시나리오의 끝을 기대할 생각도 없다.

"우리가 만드는 거야. 레전더리 에이지의 엔딩을."

"저희가요……?"

아코는 이해하지 못한 표정이다.

실제로 나도 아직 뭔가 정한 건 아니니까.

"자세한 건 생각하지 않았어. 하지만, 분명 여러 가지가 가능할 거야."

레전더리 에이지를 줄곧 사랑해온 우리라면, 이 게임의 엔딩을 만드는 것도 분명 가능하지 않을까.

"귀찮은 이벤트를 만들고, 그걸 해결하기 위해 세계를 여행해도 돼. 수많은 동료나 아이템을 모아도 돼. 최강의 최종 보스를 준비해서, 그 보스에 도전해도 돼. 히든 보스를 정해서, 그 녀석이 최종 보스를 잡게 해도 돼. 마지막에 전혀 상관없는 리듬 게임을 하고, 그걸로 결판을 내더라도 전혀 상관없어. 세계를 구하는 건 의상의 귀여움이라고 해도 돼."

필요한 건 타인의 이해가 아니다.

"다른 누구도 아닌, 우리가 보고 싶었던 엔딩을 보고, 이 게임을 끝내자."

엔딩을 보고, 납득하고 만족하면서, 이 게임을 끝내자.

"그러면 분명 앞으로 갈 수 있을 거야."

엔딩 롤 너머로.

그걸 위해, 우선은 엔딩을 직접 준비하는 거다.

"저희의 엔딩……."

아코는 조금 늦게 중얼거린 뒤, 양손을 맞잡고 끄덕였다.

"네. 보고 싶어요. 레전더리 에이지의 엔딩을…… 저희의 엔딩을!"

"좋아! 그럼 만들자! 우선은 작전회의네!"

"네! ……근데, 할 거라면 길드에서 상담하지 않을래요?"

"물론이지."

내가 어디에서 돌아왔다고 생각하는 것인가, 아코 군.

타이밍 좋게 엘리베이터가 스르륵 열리는 소리가 들렸다.

그리고 곧바로 거실 문이 열렸다.

"다녀왔어~. 자료 준비해왔어."

"전문서도 준비했다. 장래를 고려하더라도 데이터가 많은 게 좋겠지."

"쿄우 선배, 프로그래밍 책은 역시 필요 없는 게 아닐까……?"

길드 멤버가 와글와글 들어왔다.

아니, 돌아온 건가.

"어서 와. 마침 아코에게도 설명한 참이야."

"오케이. 바로 움직이자."

"훗훗훗. 가슴이 뛰는군. 이래 봬도 게임 제작에는 상당히 흥미가 있었다."

"이번에는 퀘스트를 만들 뿐이라니까~."

의욕이 넘치는 일동을 본 아코는 납득한 듯 말했다.

"역시 모두와 함께하는 거네요."

"당연하잖아."

무슨 소리냐면서 당연하다는 듯 어이없는 표정을 지은 세가와가 아코의 머리를 토닥토닥 두드렸다.

이것이 앨리 캣츠의 진정한 마지막 이벤트, 마지막 퀘스트.

레전더리 에이지의 엔딩을 만들자!

††† ††† †††

"그럼 우리가 그리는 이상적인 엔딩을 만들자! 프로젝트명, 가칭 『그랜드 엔딩』을 위한 기획 회의를 시작한다!"

이게 마지막이라며 목소리를 높인 마스터가 자택 컴퓨터실 벽에 붙인 화이트보드 앞에 섰다.

"근데, 어디부터 이야기할 거야?"

"엔딩, 이라고 해도 대략적이네요."

"게임의 엔딩은 보통 어떤 느낌이야? 게임을 마지막까지 한 적이 별로 없어서 모르겠어."

게임 시나리오 제작법 교본을 든 아키야마가 고개를 갸웃했다.

"실은 저도 그렇게 게임을 잔뜩 하지는 않았어요."

"아아, 아코는 LA가 거의 최초의 게임이었던가."

마법 사용법을 정령에게 부탁했던, 진짜 문학소녀였으니까.

"그래도 게임을 시작한 뒤에는 여러모로 엔딩을 봤어요!

플레이 동영상 같은 걸로!"

"마음에 든 게임이 있으면 직접 하도록 해라."

감동이 다르니까. 그렇게 말한 마스터가 화이트보드를 마주했다.

"그럼 우선 엔딩의 정의부터 들어갈까."

레전더리 에이지의 엔딩이란? 그렇게 적었다.

"어떤 엔딩이 있느냐는, 그야말로 게임에 달렸다는 느낌이긴 해."

"해피 엔딩이나 배드 엔딩이나 이것저것 있죠?"

"굿 엔딩, 트루 엔딩 같은 구분의 멀티 루트도 있지."

"난 메리 배드 엔딩을 은근히 좋아해."

"그건 안 되는 걸로."

"해피와 배드는 알지만, 다른 건 어떤 느낌인데?"

"굿 엔딩은 세계의 수수께끼가 풀리거나 세계를 구하거나 하지는 않지만, 등장인물이 행복해지는 엔딩이야. 트루 엔딩은 희생이나 상실이 있더라도, 수수께끼가 풀리거나 세계를 구하거나 하는 엔딩이라는 느낌일까?"

"메리 배드라는 건? 크리스마스 같은 거야?"

무척이나 즐거워 보이지만, 그런 행복한 느낌이 아니라.

"뭔가 무서운 겁니다."

"위험한 거지."

"대략적이네!"

"행복의 뒤편에서 파멸이 다가오고 있거나, 행복하다고 생각했던 현실이 거짓말이거나, 그런 식이야."

세가와가 어째서인지 즐거워하면서 무서운 이야기를 했다.

무섭다. 정말 무섭다.

"나는 취향으로는 트루 엔딩파다."

"마스터는 그런 느낌이지."

"저는 트루 엔딩보다 굿이 좋은 파예요."

"이해해. 나도 그러니까."

"너희는 그런 느낌이긴 하지~."

그건 과연 칭찬하는 걸까.

"온라인 게임은 시나리오가 없는 이야기다. 엔딩이 다수 있어도 상관없다고 생각하는데."

"멀티 엔딩으로 하는 건가요?"

"어떻게 루트를 나눌 건데. 복잡하지 않아?"

"오히려 간단."

세가와가 미묘한 표정을 짓자, 후타바가 자신만만하게 말했다.

"이기는가, 지는가."

"흠흠. 과연?"

확실해서 알기 쉽다.

이기면 굿, 지면 배드인가.

가끔 반대인 게임도 있기는 하지만, 그런 특수 사례는 빼

놓자.

"최종 보스전의 결과로 분기하는 형태라. RPG라면 스탠 다드한가."

"으음, 보스를 쓰러뜨리면 엔딩."

페이지를 팔랑팔랑 넘기던 아키야마가 책 내용을 이야기 했다.

"강대한 적을 쓰러뜨리고 목적을 달성하는 RPG의 왕도 패턴! 알기 쉽고 초심자용인 반면, 이후를 읽기 쉽다는 것에 주의, 라고 하네!"

"최종 보스를 쓰러뜨리고 클리어. 뭐, 알기 쉽지만…… 딱히 읽히더라도 상관없으니까."

"음. 직접 준비하는 퀘스트에 이후를 읽고 자시고도 없겠지. 추가해 두자."

·최종 보스를 쓰러뜨린다— 승패로 엔딩 분기—.

그렇게 화이드보드에 적었다.

"근데 온라인 게임에 최종 보스는 없잖아? 어쩌지?"

"아직 잡지 않은 보스를 최종 보스라고 하면 되지 않아?"

"에엑. 마지막의 마지막에 보스 몬스터와 싸우는 건가요?"

세가와가 적당히 말하자, 아코가 노골적으로 싫은 표정을 보였다.

애초에 아코는 보스전을 좋아하는 타입이 아닌데, 힐러의 부담이 커지는 초견 보스는 좀 싫긴 하겠지.

"나로서는 잡지 않은 보스와 전부 싸워보고 싶다는 마음가짐은 있다."

마스터는 「그러나」 하고 고개를 내저었다.

"우리는 레전더리 에이지의 미련이 있느냐는 질문에, 보스 몬스터를 꺼내지는 않지 않았나?"

"없었지."

"레이드 보스를 전부 잡고 싶다는 생각은 전혀 안 했지……"

해보고 싶기는 했지만, 잡지 않으면 그만둘 수 없어! 라는 생각은 전혀 하지 않았다.

그런 의미에서 우리는 보스 토벌에 적성이 없는 거겠지.

다들 와자지껄 노는 타입의 플레이어라서 매일 변함없이 로그인한 거니까.

"뭐, 보스는 일단 나중으로 미뤄도 되잖아. 상대에 집착하는 것도 없으니까."

세가와는 「그보다도」라며 손가락을 세웠다.

"눈앞의 보스를 잡고 이벤트를 끝낼 수는 없잖아? 과정을 만드는 게 큰일이지 않아?"

"틀린 말은 아니군. 스토리도 없고 흥분되는 전개도 없이, 갑자기 나타난 보스를 잡고 엔딩이면 흥도 식어버리겠지."

"그걸로 그랜드 엔딩인 건 좀 아니네."

"최종 퀘스트니까 이것저것 이벤트가 있었으면 좋겠어요!"

실제로 이 녀석을 잡으면 클리어라고 정해도 되겠지만, 어떤 이유로 그 녀석이 최종 보스인지 생각하는 게 힘들 것 같다.

"그럼 모두의 희망은, 엔딩에 이르는 과정을 즐긴다는 점이 일치하고 있군."

화이트보드에 ―하는 보람이 있는 퀘스트―라는 글을 적었다.

"그래도 게임 측이 아닌 퀘스트를 멋대로 하는 거잖아? 구체적으로 어떤 느낌이 되는데?"

"이른바 유저 이벤트, 유저 퀘스트라는 형태가 되겠지."

"유저 퀘스트라~. 역할 놀이 같은 거네."

플레이어가 GM이나 시스템을 대행해서 유사한 퀘스트를 하는 이벤트가 가끔 진행됐었다.

"현실이라면 뭐지? 리얼 탈출 게임이라든가?"

"TRPG 같은 것과도 가깝겠지."

"해본 적이 없으니까 잘 모를지도."

"저도 그래요~."

"우리는 유저 이벤트 같은 건 별로 하지 않았으니까."

말 꺼낸 사람으로서 좀 그렇지만 나도 경험이 없다. 솔직히 잘 모른단 말이지.

"흠. 그도 그렇군……."

자신감 있게 웃은 마스터가 키보드에 손을 올렸다.

"그럼 한 번 시험해 보지 않겠나."

◆애플리코트 : 잘 왔다…… 용사들이여…….

◆루시안 : 뭔가 시작됐잖아.

◆슈바인 : 우리가 갑자기 용사가 되어버렸는데.

◆애플리코트 : 음. 모험가들이라고 하는 게 나았나?

◆세테 : 굳이 따지자면 그럴지도?

우리는 절대 용사라든가 정의라든가, 그쪽의 존재는 아니니까.

"그럼 다시, 어흠."

현실의 마스터가 헛기침을 한 뒤.

◆애플리코트 : 잘 왔다…… 세계를 구하려 하는 모험가들이여…….

◆아코 : 왔어요!

◆세테 : 세계를 구하자!

◆미캉 : 세계 같은 거, 여유.

◆슈바인 : 분위기가 느슨하네에.

◆루시안 : 괜찮잖아. 느슨하게 세계를 구하는 RPG 좋아해.

참고로 일단 게임 안에서 하는 경우를 상정하고 채팅을 치고 있지만, 같이 있는데도 채팅으로 대화하는 이 감각, 꽤 좋아한다.

◆애플리코트 : 제군은 보기 드문 강자다…… 세계를 위해 싸울 자격은 있겠지…….

◆애플리코트 : 하지만 적은 강대하여…… 사람의 몸으로

저항하기는 어렵다…….

　◆애플리코트 : 녀석이 가진 힘의 근원을 빼앗는 거다……
그렇다면 타도할 수도 있겠지…….

　어이쿠, 정석적인 전개가 시작되었네.

　◆루시안 : 있을 법한 설정이네에.

　◆슈바인 : 부모님 얼굴보다 많이 본 퀘스트네.

　◆세테 : 좀 더 부모님 얼굴을 보자?

　"흔해빠진 템플릿이 아니라 왕도라고 말해다오."

　우리의 감상을 들은 마스터가 진중한 표정으로 말했다.

　◆아코 : 어떻게 해야, 어떻게 해야 적의 힘을 빼앗을 수 있
나요?!

　◆세테 : 의욕적인 애가 있어!

　◆슈바인 : 아코하고 잘 맞는 기획이니까~.

　롤플레잉이라는 점에서는 슈하고도 꽤 잘 맞는다고 생각
하는데.

　이쪽의 대화는 염두에 두지 않는 NPC 방식으로 마스터
가 채팅을 이어갔다.

　◆애플리코트 : 여기서부터 아득한 북쪽…… 항상 독기에
휩싸인 동굴이 있다고 하지…….

　◆세테 : 저기, 여기서부터 북쪽이라면.

　◆아코 : 사이레인 쪽이죠? 던전일까요?

　◆슈바인 : 독기라면 지속 대미지잖아. 어비스일 거야, 분명.

◆루시안 : 아~, 어비스의 심연인가.

이 세계의 어둠과 이어져 있다는 던전, 어비스의 심연.

어둠이 새어 나오고 있다는 설정이라 항상 지속 대미지를 받으면서 싸워야 한다.

파티로 가면 힐러의 부담이 크고, 솔로라면 지출이 격심하다. 그렇다고 힐러가 솔로로 가기에는 또 전혀 어울리지 않아서, 퀘스트나 일부 아이템을 얻으러 가는 것 말고는 그다지 갈 일이 없는 던전이다.

기믹상으로는 좋아하긴 하지만. 아코가 활약하고.

◆애플리코트 : 그곳에 힘의 원천인 마력의 결정…… 그중 하나인 어둠의 보주가 잠들어 있다…….

◆루시안 : 호오호오.

◆아코 : 어둠의 보주! 어쩜 이리도 사악해 보이는 아이템일까요!

◆슈바인 : OK. 사정은 알았어.

왕도인 만큼 이야기는 간단하다.

어비스의 심연으로 들어가서 특정 장소에 있는 보주를 주워서 돌아오면 된다는 거지. 그냥 심부름 퀘스트네.

◆애플리코트 : 그러나 조심하라…… 모험가들이여…….

이크, 추가 정보인가?

뭔가 힌트라도 받을 수 있나 기대하고 있었는데.

◆애플리코트 : 동굴은 어둠의 보주에 영향을 받아…… 마

법의 힘이 정상적으로 발동하지 않는다…….

 뭐라고? 마법이 정상적으로 발동하지 않아?

 ◆애플리코트 : 동굴 안에서는 마법에 의존하지 않도록…… 충분히 주의를 기울이도록 해라…….

 ◆슈바인 : 어? 그런 설정이 있었나?

 ◆루시안 : 없어없어. 마법을 못 쓰는 던전 같은 게 있으면 마법직이 분노한다고.

 물론 마법 방어가 높은 적만 나와서 물리 직업이 활약하는 던전이나 반대로 물리 방어가 높은 적만 나와서 마법 직업이 활약하는 필드 등은 존재한다.

 그러나 마법 자체를 쓸 수 없다는 극도의 제약이 있는 던전은 없었을 거다.

 ◆슈바인 : 그럼 마스터가 하는 말은…….

 ◆루시안 : 게임 공식 설정이 아닌, 이 퀘스트에서는 그런 설정이라는 거겠지.

 ◆세테 : 플레이버 텍스트라는 거지! 그럼 무시해도 되는 걸까?

 ◆애플리코트 : 설정을 무시해서는 안 된다…… 플레이버 텍스트는 중요하다…….

 하늘의 목소리가 항의했습니다!

 ◆루시안 : 다시 말해 뭐야? 어비스의 심연을 마법 금지 제약으로 돌파하라고?

"역시 이해가 빠르구나."

마스터가 하하하 웃었다. 아니아니, 웃을 수 없거든.

마스터가 말하는 건 항상 지속 대미지를 받는 비인기 던전 어비스의 심연을, 마법 없는 제약으로 클리어하라는 무모한 소리라고.

◆루시안 : 어비스를 마법 없이 가는 건 위험하잖아. 상시 도트댐인데.

◆아코 : 회복은 어떻게 하나요?! 힐 없이 하는 거죠?!

◆슈바인 : 사치스럽게 물자를 퍼부어서 어떻게든 하라는 거야?

◆미캉 : 아이템 의존?

서비스 종료 전이라 회복 아이템도 싸지기는 했지만, 중량 제한 문제로 가져갈 수 있는 숫자에 제한이 있다고.

"저요! 저요! GM에게 교섭할 게 있어요!"

"음? 무슨 일이냐? 아코."

아코가 손을 들며 어필했다.

"마법의 힘이 정상적으로 작동하지 않는다는 말이었으니까, 억지로라도 쓰는 건 가능하다고 봤어요!"

"억지로……라고?"

"네! 어둠의 영향을 받은 동굴에서도, 역전의 모험가가 가진 마력을 완전히 봉인할 수 있을 것 같지는 않아요!"

아코가 플레이버와 싸우기 시작했다!

"여느 때와 같은 힘은 쓰지 못하더라도, 예를 들어 레벨 1까지 힘이 줄어든 힐이라면 아슬아슬하게 쓸 수 있을 것 같아요!"

"으으으음…… 레벨 1이라……."

마스터가 팔짱을 끼고 신음했다. 오오오, 교섭이 통하고 있어!

"게임 마스터가 흔들리고 있네에."

"아, TRPG는 이런 느낌인 거야? 해본 적은 없지만."

"TRPG는 딱히 GM하고 싸우는 건 아니지 않나……?"

마스터는 잠시 고민한 뒤, 어쩔 수 없다며 수긍했다.

"주장의 정당성을 인정하마. 어느 정도 수정하도록 하지."

◆애플리코트 : 그러나 충분한 수련을 쌓은 매직 유저라면…….

◆애플리코트 : 극히 소규모의 마법을 쓰는 건 가능할지도 모르겠군…….

◆아코 : 해냈어요! 이걸로 조금은 마법을 쓸 수 있을 거예요!

오오오, 조건이 완화되었어!

그보다 원래 조건이라면 아코가 완전히 니트가 되니까 오히려 무리였다고 생각해!

◆애플리코트 : 그러나 쓸 수 있는 건 자신의 힘뿐…….

◆애플리코트 : 마력을 증강하는 장비품은 폭주의 원인이 될 것이다…….

◆아코 : 저기, 마력이 올라가는 장비 없이 레벨 1 마법이라면 OK……인 거죠?

현실의 마스터가 말로 꺼내지는 않고 고개를 끄덕였다.

◆슈바인 : 우와아, 조건 빡세!

◆루시안 : 그래도 레벨상으로는 이 정도의 제한이 없으면 느슨하니까.

◆애플리코트 : 모험가들이여…… 세계를 부탁하마…….

마스터가 즐겁게 채팅을 치면서, 모험가들의 싸움이 시작되었다.

††† ††† †††

◆슈바인 : 검포 앞으로 50개, 정말 빡세네.

◆루시안 : 좀 더 가벼운 걸 가져왔어야지!

◆슈바인 : 너보다 적재량이 좀 되니까 싼 것보다는 좋은 걸 쓰려고 했는데～.

◆아코 : 힐 연타 때문에 손가락에 쥐가 날 것 같은데요!

어비스의 심연, 제5층.

비교적 저렙이라도 싸울 수 있는 1층, 그런대로 난이도가 있는 2층, 평범하게 손맛이 있는 3층, 그리고 귀찮은 영역에 들어가는 4층을 넘어선 계층이다.

여기까지 오면 조금 버거운 단계로 들어온다.

◆아코 : 도트댐이! 도트댐이 아파요! 전원에게 힐을 주면 다른 걸 아무것도 못 해요!

◆루시안 : 애초에 엑스댐도 버프도 못 쓰니까, 나 이의의 도트댐만이라도 좋으니까 힐로 어떻게든 해줘.

◆슈바인 : 오히려 너의 회복을 우선하지 않으면 안 되잖아. 탱커의 물자가 떨어지면 끝장이야.

◆세테 : 나도 앞에서 싸울까?

◆슈바인 : 어둠 내성이 조금도 없는데 앞으로 나가서 뭘 하려고.

◆세테 : 장비가 없어서 미안해!

세테 씨는 레벨과 플레이어 스킬은 있어도, 그다지 쓰지 않는 장비까지 준비하지는 않았다. 아코와 마찬가지로 의상에 돈을 쓰는 타입이니까 어쩔 수 없지, 어쩔 수 없어.

◆세테 : 적어도 하울링 러시 쓰고 싶어!

◆슈바인 : 안 돼? 공격 스킬하고 버프의 조합이잖아.

◆루시안 : 하울링 문이라는 달의 힘이 깃든 소환수를 강화하는 스킬 아닌가?

◆세테 : 그런 느낌! MP도 엄청 들어!

◆아코 : 마법이겠네요!

아코가 아웃이라며 가위표를 꺼냈다.

싸우는 사이에 깎였는지, 끼이이잉, 하는 슬픈 비명을 지르며 무땅이 사라졌다.

◆세테 : 무땅 다운! 재소환까지는 조금 기다려!

아무래도 회복이 뒤로 미뤄지고, 아이템을 쓸 수도 없는 소환수가 죽는 건 어쩔 수 없다. 죽어도 금방 돌아오는 게 이점이니까.

그러나 전위가 한 마리 줄어든 건 은근히 귀찮다. 조금 쉬면서 복귀를 기다렸다가 나아가는 게 좋으려나.

◆애플리코트 : 오오, 세테…… 모험가 세테여…….

그때, 앨리 캣츠에게 하늘에서 목소리가 내려왔다.

◆슈바인 : 어? 갑자기 무슨 일이야?

◆아코 : 마음에 직접 말을 걸고 있네요!?

◆세테 : 그런 설정이야?!

아코가 한 말이니까 그렇겠지!

◆애플리코트 : 이미 소환한 펜리르를 데리고 다니는 건 마법이라고 할 수 없을지도 모르지. ……하지만 재소환하는 건 과연 어떨까…….

◆세테 : 헉!

◆루시안 : 서, 설마…….

◆애플리코트 : 이계에서 펜리르를 소환하고, 사역한다…… 그 소환이라는 행동은 마법……. 이 던전에 가득한 어둠의 보주가 내뿜는 힘이 허락하지 않는 게 아닐까…….

◆세테 : 미안, 무땅 부활할 수 없어!

제한이 빡세! 마법 제약 너무 엄격하잖아!

달려드는 검은색 골렘. 중거리에서 검은 마력을 날리는 눈알뿐인 괴물 플로팅 아이. 원거리에서 디버프를 날리는 털뭉치. 아아, 정말. 귀찮은 적만 모여있기는!

◆루시안 : 털뭉치를 먼저 부탁해. 디버프가 무거워.

◆미캉 : 알겠음.

화살이 연속해서 커다란 털뭉치에 꽂혔다.

그러나 디버프 때문에 딜이 떨어져서 숫자가 줄지 않았고, 그동안 눈알의 공격으로 HP가 퍽퍽 깎여나갔다.

◆슈바인 : 다음에 마주하면 내가 앞으로 나가서 망할 눈알만이라도 격추하면 되지 않을까?

◆루시안 : 돌진하는 건 위험하지 않나? 검포를 이 이상 퍼부었다가는 뒤가 없어.

◆슈바인 : 차지로 앞으로 나가서 블링크로 돌아오면 돼.

말한 뒤, 슈는 불길한 예감이라도 든 듯 움직임을 멈췄다.

◆슈바인 : 블링크는 어때? 써도 되는 걸까?

지금까지는 위험하지도 않아서 쓰지 않았던 단거리 워프 스킬.

안쪽에 있는 적을 잡거나, 거기서 돌아올 때는 제일 어울리는 스킬이지만.

◆아코 : 정식 명칭은 플래시 블링크죠? 분위기로 보면 마법 같지 않나요?

◆슈바인 : 축지야 축지! 마법이 아니라 기술!

◆아코 : MP는요?

◆슈바인 : 조, 조금은 쓰지만!

◆아코 : 안 돼요!

아코는 아웃, 이라며 머리 위에 × 마크를 띄웠다.

◆슈바인 : 너 누구 편이야!

"나, 나는 마법이 안 된다고 말했을 뿐이고, MP를 쓰는 스킬이 안 된다고 말할 생각은 없었다만……."

하늘의 목소리가 채팅창에 나오지 않았는데, 참가자가 자주적으로 제약을 추가하고 있어!

◆슈바인 : 골렘은 다리가 느리니까, 모블린만 잡으면 되잖아! 차지해서 잡은 뒤에 걸어서 돌아올게!

◆루시안 : 붙잡히면 두들겨 맞지 않을까? 타운트가 늦지 않으려나?

◆슈바인 : 최악의 경우 한 방뿐이지만 브레스가 있잖아.

◆아코 : 드래곤으로 변신하는 건 마법에 들어가는 게…….

◆슈바인 : 아아아아아진짜아아아아아아!

◆루시안 : 어, 어떻게든 6층에 진입했어…….

◆아코 : 다들 힘내 주세요!

◆슈바인 : 시끄러워, 일해.

여기가 어비스의 최종 맵.

마스터가 말한 퀘스트에서는 어딘가에 보주가 있을 거다.

그러나 나아가면 나아갈수록 강화되는 도트 대미지가 정말로 세다. 포션이 점점 줄어들어서, 탐색에 쓸 시간이 한정될 것 같다.

게다가 적도 그럭저럭 강한 게 나오니까, 전투 대미지도 생각하면 언제 죽을지 모른다—.

◆루시안 : 오? 뭔가 저쪽이 빛나지 않아?

◆세테 : 반짝반짝하네! 보주라는 걸까?

◆아코 : 틀림없어요! 가보죠!

◆슈바인 : 어? 근데 마스터가 적당히 생각한 퀘스트잖아? 빛난다거나 그런 게 있어?

? 마크를 띄운 슈를 데리고 빛나는 곳으로 향했다.

조금 이동한 곳에는 빛나는 보주— 같은 게 아니라, 검은 망토를 두른 광대 같은 몬스터.

으으음, 이름은 엠퍼러 오브 데스라고 하는군요.

아~. 네. 압니다 알아요.

◆루시안 : 필드 보스잖아아아아아아아!

◆아코 : 필드 보스(던전)이네요!

◆슈바인 : EoD가 빛나고 있을 뿐이었잖아!

◆세테 : 잠깐잠깐 벌써 이리로 오고 있어!

보스가 엄청난 기세로 이리로 날아오고 있어!

큰일이야 큰일, 아무튼 도망쳐야!

◆루시안 : 보스라고 해도 무한히 쫓아오지는 않잖아! 도망

치면 어떻게든!

◆슈바인 : 잠깐, 이 녀석 근처에는.

◆아코 : 엄청난 대미지를 받고 있어요! 아무것도 당하지 않았는데 죽겠어요!

◆루시안 : 이거 어비스 보스의 고유 효과로 도트 대미지가 증가해서 아파!

아아아아, HP가 엄청난 기세로 줄고 있어!

이런 걸 상대로 힐 없이 탱킹할 수는 없다고!

◆루시안 : 무리! 죽어버려! 못 버텨!

◆세테 : 무땅 없이는 못 싸워〜!

◆슈바인 : 아, 뭔가 석화됐네. 아코, 해제할 수 있어?

◆아코 : 마법 없어서 무리이이이이!

◆애플리코트 : 오오, 모험가들이여. 죽어버리다니 한심하구나.

훌륭하게 전멸해서 마을로 돌아온 우리에게 게임 마스터 애플리코트가 템플릿 대사를 보냈다.

◆미캉 : 불합리, 오브, 데드.

◆세테 : 조건 변경을 요구합니다〜!

◆슈바인 : 애초에 어둠의 보주라는 게 어디 있는 건데. 거기까지 달려가는 거라면 가능할지도 모르니까.

◆루시안 : 그건 괜찮네. 내가 끌고 달려간 뒤에 다들 따라

오면 되잖아.

한 번에 클리어할 수 있는 방법이 있었네. 그렇게 게이머 사고로 생각하던 우리에게 마스터가 태연하게 말했다.

◆애플리코트 : 보주 같은 건 존재하지 않아.

◆아코 : 호에?

뭐……라고……?!

◆애플리코트 : 이번에는 어디까지나 모의였으니까. 적당한 곳에서 아이템을 주웠다고 할 예정이었다.

◆슈바인 : 뭐야 그 날조!

◆애플리코트 : 퀘스트도 설정도 제약도 전부 내가 생각한 거다. 당연히 날조지.

마스터는 미안한 기색도 없이 태연하게 채팅을 쳤다.

◆애플리코트 : 이번에는 내가 혼자서 운영을 맡았으니까 그쪽은 적당히 흘려버렸지만, 조금 더 인원이 있었다면 좀 더 그럴싸한 형태로 처리할 수 있었을 거다.

뭐, 그렇겠지. 혼자서 했으니까 세세한 부분은 적당히 넘긴 건가.

◆루시안 : 여유가 있으면 사전에 아이템을 놔두면 되는 건가.

◆애플리코트 : 그래도 괜찮지만, 소멸하거나 누가 주울 위험이 있으니까. 은신 상태에서 발밑에 버리면 그 자리에 아이템이 나온 것처럼 보이겠지.

◆슈바인 : 그~렇구나. 그렇게 퀘스트처럼 보여주는 거네.

◆세테 : 좋네~. 분위기는 이해하게 된 걸지도!

직접 퀘스트를 만든다는 건 은근히 어떻게든 될 것 같다.

난이도를 뜻대로 설정해서 할 보람이 있는 퀘스트를 만들고. 그걸 돌파하여 목적에 다가서는 거다.

◆아코 : 도중은 알았지만, 역시 마지막이 문제일지도 모르겠네요.

아코가 머리 위에 검은 구름을 띄우면서 어려움을 어필했다.

◆아코 : 최종 보스가 몬스터라면 생각처럼 움직이지 않을 거고, 난이도도 바꿀 수 없으니까요.

◆슈바인 : 도중 퀘스트에 성공하느냐 마느냐로 상대를 바꾸는 건 어때?

◆세테 : 최종 보스가 이리저리 바뀌는 건 이상한 느낌일 것 같아~.

◆루시안 : 기껏해야 최종 보스, 히든 보스 정도겠지.

그렇다면 문제는 최종 목적.

알기 쉽게 최종 보스를 잡는다면, 적정한 최종 보스를 어떻게든 준비할 필요가 있다.

◆루시안 : 다들 LA의 최종 보스가 누구냐고 묻는다면, 뭐라고 대답할래?

◆아코 : 그건…….

◆슈바인 : 뭐어.

◆세테 : 그렇지?

◆애플리코트 : 음…….

우리는 뭐라 말 못 할 마음으로 서로를 쳐다봤다.

그리고 미캉이 태연하게 말했다.

◆미캉 : 사부, 부를게요.

뭐, 그렇게 되겠지! 최종 보스라면 달리 생각이 안 나니까!

††† ††† †††

◆애플리코트 : 이럴 때 불러서 미안하다.

◆바츠 : 상관없어.

최종 보스 후보로 가장 잘 어울리는 사람에게 말을 걸자, 가벼운 풋워크로 금방 와줬다.

이쪽에서 간다고 말했는데 모임장까지 얼굴을 내밀다니, 뭔가 꾸미고 있는 게 아닌가 불안해질 정도다.

◆루시안 : 검은 마술사 씨도 오셨네요.

◆†검은 마술사† : 이 게임이 끝나기 전에 하고 싶은 게 있다는 말을 들었으니까.

모임장 의자에 앉은 검은 마술사 씨는 어깨를 으쓱하는 모션을 취했다.

◆†검은 마술사† : 서버가 닫히기 전에, 이쪽도 여러모로 계획하고 있거든. 상담은 대환영이야.

고마워, 고마워.

바츠와 검은 마술사 씨라면 누가 최종 보스가 되더라도 납득할 수 있다.

뭣하면 모두 적이 되어준다면 대만족이다.

◆바츠 : 근데 내용이 짐작이 가기는 해. 어차피 나하고 똑같겠지.

◆루시안 : 진짜로?!

역시 LA의 역사에 악명을 남긴 길드, 발렌슈타인. 이 게임을 그냥 끝낼 생각은 없었나.

그나저나 마지막에 뭔가 하더라도 똑같은 걸 떠올렸다는 건 도저히 생각할 수 없는데—.

◆바츠 : 마지막 공성전에서 모든 성을 점령하고. 이 게임은 전부 우리의 발판이었다는 걸 증명하고 끝내려는 거잖냐? 준비는 해놨다고.

◆루시안 : 전혀 아니야아아아아아!

◆아코 : 그 무시무시한 계획은 뭔가요?!

◆바츠 : 어? 아니야?

바츠는 머리 위에 ? 마크를 띄웠다.

이 사람, 태연하게 위험한 소리를 하네!

◆바츠 : 그래도 비슷한 거 아냐? 게임이 끝나기 전에 뭘 한다면, 승패를 판가름하는 것 정도잖냐.

◆애플리코트 : 미안하지만, 그런 얼토당토않은 꿍꿍이는 없다.

마스터조차도 식은땀을 흘리고 있었다.

위험했다. 우리한테 계획이 아무것도 없었다면 모든 성 제패 계획에 말려들었을지도 모른다.

◆†검은 마술사† : 이거야 원, 발렌슈타인은 마지막의 마지막까지 이런 꼴인가.

◆바츠 : 뭔데. 깜장이 너도 어차피 쓰레기 같은 생각이나 하고 있었을 거 아냐.

◆†검은 마술사† : 우리의 계획은 좀 더 평화로운 거야.

역시 최대 길드 TMW의 맹주는 다르다.

어쩌면 우리보다 즐거운, 이 게임의 끝을 생각하고 있을 가능성도 있으니까.

그렇게 생각하던 우리의 희망은……

◆†검은 마술사† : 마지막 공성전에서 일부 주력 플레이어, 대략 한 파티 정도만 길드를 탈퇴해서.

◆†검은 마술사† : 다른 길드 멤버가 지키는 성을 공격할 예정이거든.

◆루시안 : 그거 최악이잖아요!

고작 몇 초 만에 분쇄되었다.

우왓, 무서워! 이 사람 터무니없는 생각을 하고 있잖아!

◆†검은 마술사† : 이른바 길드 내전과 똑같잖아? 평범한 일이야.

◆루시안 : 마지막의 마지막에, 고작 한 파티 분량의 주력

한테 길드의 잔존 인원이 전부 모여도 못 이긴다는 게 증명되면서 끝나는 거, 다른 길드한테 망하는 것보다 괴롭지 않을까요?

　◆아코 : 마스터와 고양이공주 씨한테 우리 전원이 패배하고 끝나는 느낌이네요.

　◆슈바인 : 이 몸도 그 정도까지는 안 하거든.

　◆바츠 : 비아냥에 불과해서 웃기네.

　이 사람들은 사이좋고 즐겁게 끝내겠다는 발상이 없는 걸까.

　우리 사정이니까 거절해도 전혀 문제없다― 그렇게 말하려고 했는데, 사양할 것 없다는 기분이 들었다.

　◆애플리코트 : 그런 마왕 같은 생각을 하는 두 사람에게, 하나 부탁하고 싶은 게 있다.

　◆바츠 : 오, 뭔데?

　◆†검은 마술사† : 어차피 끝나잖아. 어지간한 일은 협력해줄 수 있어.

　두 사람이 이쪽에 고개를 돌리자, 아코가 대표로 물었다.

　◆아코 : 이 게임의 최종 보스가 되어주시지 않을래요?

　◆†검은 마술사† : 과연. 유저 이벤트를 기획해서 멋대로 이 게임의 엔딩을 만들자는 건가

　◆바츠 : 그야 이 서버에서 최종 보스가 누구냐고 묻는다면 나나 이 녀석이겠지.

그걸 태연하게 납득하는 부분이 최종 보스란 말이지.

　◆루시안 : 계획은, 준비한 퀘스트에 모두가 도전하는 느낌의 이벤트를 진행하다가 마지막에 최종 보스가 가로막는 느낌.

　◆아코 : 한가하면 도중 퀘스트부터 참가해 주세요!

　◆세테 : 동료가 최종 보스였다. 같은 것도 즐거워 보이네? 어때? 어때? 안 할래? 우리가 그렇게 묻자…….

　◆바츠 : 으음…… 어떨지.

아, 조금 감촉이 안 좋네.

뭔가 흥이 안 나는 구석이 있나?

　◆바츠 : 자기들이 즐기고 싶으니까 나보고 패배하는 역할을 하라는 거야? 뭔가 아니지 않아?

　◆루시안 : 아, 그거라면 괜찮아.

　◆애플리코트 : 음. 이겨도 상관없다.

　◆바츠 : 오?

그건 물론 생각하던 부분이다.

우리를 위해서 져달라고 할 수는 없으니까.

　◆애플리코트 : 서로의 플레이어 스킬, 레벨이나 장비도 고려해서 최대한 승패가 반반이 되도록 조정할 생각이다. 전력을 내도 된다고는 하지 않겠다만, 져달라고 하지도 않아.

　◆바츠 : 최종 보스가 이겨버리면 배드 엔딩이잖아. 그거 괜찮은 거냐?

　◆애플리코트 : 그건 그거인 셈이지. 전력으로 싸운 결과라

면 상관없다.

　그렇지만, 일단은 게임의 최종 보스라는 취급이니까.

　◆루시안 : 시간제한은 붙겠지만, 지더라도 몇 번씩 도전하게 해준다면 기쁘겠네.

　◆†검은 마술사† : 과연. 이번에야말로 내장을 먹어 치워주마, 라고 말해주면 되는 건가.

　◆바츠 : 죽어도 부활하는 주인공 일행이라는 느낌이 들어서 최고로 짜증나네.

　부탁하려던 이유는 그거다.

　◆루시안 : 그럼그럼. 두 사람은, 특히 바츠는 말이지. 자기보다 약한 상대와 싸우면 전전전승의 무쌍이 당연하고, 우연이든 뭐든 1패하면 패배라는 느낌 있잖아?

　◆바츠 : 그야 잔챙이한테 1패 당한 시점에서 그 녀석도 잔챙이니까.

　참 엄격한 말이네.

　솔직히 말해서 우리는 그렇게까지 독하지는 않아.

　◆루시안 : 이쪽은 반대로, 몇 번을 지더라도 마지막에 한 번 이기면 이예~이, 하고 기뻐하는 타입이니까.

　◆애플리코트 : 그러니 우리는 퀘스트 중에 몇 번이든 패배하더라도 마지막에 한 번이라도 승리를 붙잡겠다는 형태의 구성을 생각하고 있다.

　◆바츠 : 전승하면 나의 승리, 한 번 지면 나의 패배냐ㅋ

◆슈바인 : 너희 말고는 부탁할 수는 없잖냐?

◆바츠 : 이야기는 알아듣긴 했는데.

◆아코 : 어, 어떤가요?

아코가 두근두근하는 감정 표현을 내며 묻자, 바츠는 머리 위에 커다란 × 마크를 띄웠다.

◆바츠 : 별로 안 내키네. 패스.

◆루시안 : 안 되나~.

뭐, 무리한 부탁이니까. 어쩔 수 없다.

◆바츠 : 애초에 나는 사이좋은 유저 이벤트 같은 건 좋아하지 않아. 부수는 쪽이라면 상관없지만.

◆†검은 마술사† : 하하하, 그렇게 말할 수 있는 것도 지금뿐이야.

검은 마술사 씨가 웃으며 말했다.

◆바츠 : 앙? 너 왜 갑자기 시비 거냐?

◆†검은 마술사† : 뭐, 보고만 있으라고. 이후에는 분명 너도 참가하겠다고 할 테니까.

어? 무슨 소리? 어째서 검은 마술사 씨가 이런 소리를 하는 거지?

그렇게 생각한 직후.

◆†검은 마술사† : 이야기는 알았다. 꼭 참가하고 싶어.

◆아코 : 정말인가요?!

◆애플리코트 : 고맙다. 한 명이 참가해줘도 충분히 이벤트

는 가능하니까.

다행이다. 검은 마술사 씨가 최종 보스를 해주는 건가.

그럼 바츠를 억지로 권유할 필요는 없지만—.

◆†검은 마술사† : 하지만 하나 조건이 있어. 우리가 기획하던 길드 내전과 연동해도 괜찮을까?

◆애플리코트 : 연동이라. 두 개를 하나의 이벤트로 한다고?

◆†검은 마술사† : 그런 셈이지.

검은 마술사 씨는 머리 위에 딩동, 하고 전구 마크를 띄웠다.

◆†검은 마술사† : 주력 멤버 소수가 이탈해서 내전을 벌이려고 생각하고 있었는데, 잔존 멤버로는 지휘도 할 수 없고 사기도 올라가지 않겠지.

◆†검은 마술사† : 솔직히 말해서 흥겹지 않은 학살이 되리라 생각하고 있었어.

그런데도 하려는 겁니까, 당신.

◆†검은 마술사† : 거기서. TMW의 일부 주력, 최대라도 한 파티 정도가 이탈해서 이 이벤트의 적이 되어 가로막고, 나머지 멤버는 참가자 측으로 들어간다는 건 어떨까?

◆애플리코트 : 호오호오.

◆루시안 : 검은 마술사 씨는 혼자서 최종 보스가 되는 게 아니라, 팀으로 보스가 되려는 건가요.

◆세테 : 참가 측에 TMW의 일반 사람들을 넣는 거야?

◆†검은 마술사† : TMW와도 인연이 있는 앨리 캣츠의 주

도로 통제가 잡힌다면 잔존 멤버도 평범한 수준의 힘은 발휘할 수 있겠지.

　◆애플리코트 : 아아…… 전 앨리 캣츠의 멤버도 그쪽에서 신세를 지고 있었던가.

　그때는 신세를 졌습니다.

　디 씨 같은 사람을 통해서 지금도 연락하고는 있었다. 앨리 캣츠에 있을 때보다도 즐거워 보여서 기쁘기도 하고 복잡하기도 한 마음이긴 하다.

　◆슈바인 : 근데 그거 정말 이쪽에 승산 있어? 너희, 분명 안 질 생각으로 내전 건 거잖아?

　◆세테 : 지휘한다고 해도~, 다들 제각각 움직이게 될지도 모르고.

　◆†검은 마술사† : 연계가 되는 에이스가 강한 건 어쩔 수 없는 일이야.

　◆†검은 마술사† : 그럼 그쪽은 숫자로 승부하게 되겠지? 평소에 만나는 고양이공주 씨의 친구나 다른 멤버에게도 말을 걸면 돼.

　아~, TMW의 멤버가 참가한다면 규모도 커지니까.

　참가자를 더 늘려도 되는 건가.

　◆아코 : 친위대 사람들은 부르면 와줄 것 같네요.

　◆루시안 : 확실히 조금 큰 이벤트가 될 것 같으니까, 친구한테도 말을 거는 게 좋을지도.

부르지 않으면 반대로 따돌리는 것 같으니까.

원래 엔딩이라고 말할 수 있는 최종 퀘스트를 하고 싶다는 게 우리의 희망이었다. 규모가 크면 힘들기는 하겠지만, 어느 의미에서는 목적에 맞을지도 모른다.

◆†검은 마술사† : 즉, 이쪽은 TMW의 에이스 파티라는 최대 전력이 상대하고.

◆애플리코트 : TMW의 잔존 세력과 우리 앨리 캣츠, 고양이 공주 친위대, 각각의 외부 친구들이 모인 연합군이라는 건가.

◆†검은 마술사† : 인원차는 압도적이야. 이것에 이긴다면, 명실공히 최강을 자칭할 수 있겠지.

◆루시안 : 이 사람 이길 생각이 넘쳐나네.

상당한 인원차가 될 것 같은데, 터무니없는 자신감이다. 이벤트가 시작되기 전부터 이미 최종 보스의 언동을 보이고 있다.

◆†검은 마술사† : 꽤 재미있을 것 같은데, 이렇게 하는 게 어떨까?

◆바츠 : 야, 기다려.

그때 바츠가 갑자기 이야기에 끼어들었다.

◆바츠 : 방향이 바뀌었잖아. 대량의 잔챙이로 무쌍 게임을 벌이는 거 무지 재미있어 보이는데.

◆†검은 마술사† : 그러니까 말했잖아. 참가하게 될 거라고.

일어나서 분노 마크를 띄운 바츠를 보며 검은 마술사 씨가 히죽히죽 웃었다.

여기까지 읽고 말한 건가, 이 사람……!

◆애플리코트 : 흥미가 생겼다면 뭐든 좋다. 어떠냐, 바츠. 협력해 주겠나?

두 사람이 다투기 전에 마스터가 이야기를 되돌리자, 바츠는 호들갑스럽게 어깨를 으쓱하는 감정 표현을 꺼냈다.

◆바츠 : 오랜 관계가 있는 주최자가 부탁한다면야 다정한 우리는 참가할 수밖에 없겠지? 아~, 이거야 원.

◆루시안 : 예이예이.

◆아코 : 길드 사람도 와주는 건가요?!

◆바츠 : 전원이 올지는 모르겠지만 말은 걸어볼게.

발렌슈타인 전체가 최종 보스 측으로 참가하는 건가.

으으음, 그렇다면.

◆루시안 : 정리하자면, 최종 이벤트의 내용은 검은 마술사&바츠가 선발한 최종 보스 팀 VS 플레이어 연합군의 최종 결전……이라는 건가?

◆†검은 마술사† : 그렇게 되겠지.

◆슈바인 : 이길 수 있을 리가 없잖아!

◆아코 : 진짜 최종 보스잖아요 싫어요오오오오.

상대의 강함이 예상보다 무지막지하게 부풀어 올랐다!

제한이 없다면 우리 전원 VS 바츠 한 명이라도 이길 수 있을지 의심스러운데!

◆바츠 : 도중에 제약 넣는다면서? 주최자가 어떻게든 해봐.

◆루시안 : 주최자가 되었어! 우리는 편하게 즐길 작정이었는데!

◆†검은 마술사† : 너희도 즐기면 돼. 이쪽도 충분히 즐길 생각이니까.

우리를 때려잡는 그림이 떠오른 거겠지. 두 사람은 유열! 이라며 목소리를 높였다.

으~음. 협력해 주는 건 고마운 일이지만, 예정보다 규모가 상당히 커질 것 같다.

"어떨까? 가능하려나?"

"예정과는 다른 형태가 되어버렸네."

"준비하기 힘들어 보여요~."

우리만 몰래 할 생각이었던 이벤트인데, 이래서는 준비하기 힘들어 보인다.

"그래도 사람이 많은 편이 재미있잖아?"

"음. 틀린 말은 아니겠지."

"정말로 재미있을 것 같긴 해……."

아무리 생각해도 최종 보스인 것 같은 톱 플레이어 군단 대 일반 플레이어인 우리들.

이게 마지막 퀘스트라고 생각하면, 이 정도의 축제 같은 느낌은 필요했었다.

"이게 마지막이다. 이 정도의 축제는 환영이겠지."

"우리가 주최자인데 제대로 할 수 있을까?"

"우리의 이벤트다. 통제가 안 될 정도의 인원은 모이지 않겠지."

"플래그로밖에 안 들리는데요!"

그만둬, 아코. 플래그라고 지적한 순간 확정되는 느낌이 드니까!

아무튼, 가능하다면 다들 반기는 모양이었다.

"해볼까. 앨리 캣츠 주최, 레전더리 에이지의 파이널 퀘스트!"

"열심히 해봐요!"

"바빠질 거다. 이벤트를 다시 만들어야겠군."

"좋다 이거야. 이대로 가면 부족하다 싶었으니까."

"친구한테도 말 걸어볼게~."

"저기."

후타바가 살짝 손을 들었다.

"사부 쪽으로 가도, 되나요?"

"허락하겠어!"

"아싸."

의견은 일치되었다.

마지막 퀘스트, 화려하게 진행하고 엔딩을 보자고!

◆애플리코트 : 이야기는 정리됐다. 우리도 꼭 하고 싶구나!

◆†검은 마술사† : OK. 이쪽도 협의할 때는 사람을 보낼게. 우선은 일정부터.

익숙하지 않은 주최니까 참가자에게 폐를 끼치게 될지도 모른다. 생각보다 흥겨워지지 않거나, 납득할 수 없는 끝이 될지도 모른다.

그래도 상관없겠지. 이게 마지막이다.

성공하든 실패하든, 해냈어! 라면서 끝을 맞이할 수 있다면 그곳이 골이 되어줄 거다.

우리가 바라는 엔딩을 향해, 마지막 이벤트가 움직였다.

3장

"마왕 앨리 캣츠다!"

"주요 SNS 계정 제작, 각 길드 마스터나 주요 멤버에게 확산을 부탁하는 건 OK야."

"친위대 사람이 공지용 사이트를 만들어줬어. 형식은 다른 데서 베꼈지만 보기 쉬워~."

"홈페이지는 어디까지나 서브야. SNS만 봐도 전부 알 수 있게 해둬."

"주최자용 의상, 한 벌 만들었으니까 확인해 주세요!"

어딘가 문화제가 떠오르는 분위기.

마스터의 집. 컴퓨터실에 모여 이벤트 준비를 하는 데 한창이다.

공부……? 모르는 아이네요!

"개최 예정일은 이거면 되는 건가냐? 공지하면 이제 바꿀 수 없다냐."

"문제없습니다. 공성전을 최종전으로 하는 것은 TMW의 요망입니다. 그런 이상, 마지막 공성전이 얽힐 수밖에 없겠죠."

"준비 기간은…… 오늘을 포함해서 사흘밖에 안 남았는데냐?"

"그, 그건 물리적으로 가능한 걸까?"

"가능하냐 불가능하냐가 아니야. 하는 거야!"

"어디까지 적당히 넘길 수 있느냐가 문제네요……."

"할 수 있는 범위 안에서 힘낼 수밖에 없나."

유저 이벤트는 원래 어느 정도 시간을 들여서 준비하는 법이다.

그걸 최종 이벤트, 다른 길드까지 끌어들여서 하는데 준비 기간이 며칠밖에 안 되는 거니까, 어느 정도의 문제는 각오해야만 한다.

말하자면 우리가 납득할 수 있다면 그걸로 충분한 거다!

"예정으로는 첫날에 이벤트 설명과 연습 퀘스트를 하고, 이틀째에 준비된 퀘스트를 하는 느낌인가."

"그거 지루하지 않아? 나는 첫날부터 그럭저럭 재미난 일을 하지 않으면, 다음부터 사람이 안 올 것 같은데."

일정이 제일 문제다. 다른 준비를 하면서 예정 상담을 진행했다.

"흠. 일리가 있군. 이쪽이 하고 싶은 이벤트를 밀어붙이는 건 악수겠지."

"무엇보다 우리가 즐겨야 하니까. 처음부터 할만하지 않으면 싫어."

"처음부터 즐거운 이벤트라는 것도 어려워 보이는데."

그래도 최종 퀘스트라고 생각하면, 시작부터 흥겨운 편이 즐겁다는 건 틀림없다.

"그럼 첫날 개막부터 최종 보스 군단에게 플레이어 연합이 도전하는 형태로 스타트하자."

평일이니 장소는 PvP 필드가 되겠다면서 화이트보드에 예정을 적었다.

"재미있어 보이지만 개막 라스트 배틀이잖아."

"게임에서도 자주 있는 스토리 아닌가?"

최초의 배틀이 보스전이라는 건 옛날 게임에서는 그럭저럭 있었던 것 같다.

"게임이라면 패배 이벤트겠지만, 저희는 이길지도 모르는데요?"

"못 이기겠지."

마스터는 태연하게 말했다.

"애초에 아무런 제한도 없이 싸워서 이길 수 있는 상대는 아니다. 검은 마술사가 자기 성을 함락시킬 생각으로 준비한 전력에 발렌슈타인이 추가된 거다. 아무리 생각해도 패배하는 전투다."

"손도 발도 못 내밀겠네에."

그야 흠씬 두들겨 맞겠지.

접근하는 것조차 불가능하지 않을까.

"우리가 이기려면 제한을 추가할 필요가 있다. 이쪽이 준비한 시나리오의 퀘스트를 달성하는 것으로 최종 보스 측을 약체화시켜서, 언젠가는 쓰러뜨리는 거다. 그런 전개를 준비하고 싶다."

"뭘 제약할지는 빨리 후보를 생각해 보자. 모든 장비 금지인 제약은 어때?"

"그건 밧츤도 화내지 않을까?"

"그걸로 지면 너무 한심해서 섭종 기다리지 않고 은퇴할걸."

"기껏해야 일부 장비, 스킬, 아이템 같은 거겠지."

점점 흐름이 굳어졌다.

첫날밤에 모두 함께 집합해서 이벤트 스타트.

일단 도전해서 패하고, 전력을 확실히 확인.

퀘스트를 진행해서 이틀째 도전 때 이길 가능성을 찾아내고.

그리고 마지막 공성전에 승리해서 해피 엔딩을 노린다, 같은 식이다.

"최종 보스 측은 첫날에 풀 스펙으로 무쌍, 이틀째는 가볍게 제한해서 승리, 마지막은 제약 플레이로 해서 그럼에도 이기느냐 지느냐, 같은 점으로 즐길 수 있겠지."

"플레이어 연합은 전원이 퀘스트를 진행하거나 아이템을 모으거나 작전을 짜면서 마지막에 이기느냐 지느냐, 겠네."

"첫날 싸움은 동영상으로 찍어달라고 해서, 그걸로 인원을 더 모으자!"

"그거 괜찮네."

"으으음, 남은 할 일은……"

"대인원이 참가해서 즐기는 유저 이벤트 준비, 각 길드와 연계한 출결 조정, 공지 확산, 당일 운영 대본 제작과 예행 연습, 그것들을 진행하면서 우리도 즐기는 거겠지!"

"할 일이…… 할 일이 많아……!"

마음 편한 이벤트를 하려고 했는데, 문화제 같은 작업량이 되었어!

"이거야말로 최종 퀘스트인 거지! 어디 해보자고!"

"이벤트는 누가 준비할까? 시나리오 같은 건 만드는 게 특기인 사람~!"

"저요! 제가 할게요!"

"아코 말고!"

"어째서인가요오오오오오!"

뭐, 뭐어, 아코가 이벤트를 준비했다가는 뭔가 시적인 느낌이 되어버릴 테니까. 응.

"평소에도 역할 놀이 캐릭터를 하고 있는 슈바인이 적임이겠지. 난이도와 보수의 밸런스 감각도 있다."

"어쩔 수 없네. 할 수 있을 만큼 해볼게."

"나는 퀘스트 내용 같은 걸 생각해볼까~."

"아, 의상도 필요하겠죠? 준비할게요!"

"다른 길드에 협력을 의뢰하는 건 내 일이겠군."

"이벤트에 쓰는 아이템 같은 것도 만들어야겠지?"

할 일이 많아!

그래도 이것도 즐거움이라는 생각으로 준비하기 시작한

지, 고작 며칠.

우리는 이벤트 개최의 어려움을 맛보고 있었다.

"아~, 정말! 졸려졸려졸~려! 왜 학생인 우리가 데스마치를 벌이고 있는 거냐고!"

세가와가 에너지 드링크 캔을 확 구겨버리며 말했다.

"졸리면 먼저 자도 된다, 슈바인. 이건 의무도 일도 아니니까."

아직 여유가 있어 보이는 마스터가 배려하듯 말하긴 했지만.

"간단히 말하는데, 마스터. 대체 작업이 얼마나 남아있는지 알아? 퀘스트가 가능한 맵 선정, 퀘스트 내용 고안, 테스트 플레이, 난이도 조정, 퀘스트 메시지 대본 작성에 그 교정! 그런데 이벤트 개최일까지 시간도 없어!"

"미안하다, 미안하다……"

마스터가 바로 패배했다.

아니 정말로, 이벤트 규모가 늘어난 탓에 처음에 세웠던 예정이 계속 밀려오고 있단 말이지. 솔직히 잘 여유는 최소한밖에 없다.

"미안, 세가와. 너의 목숨을 빌려줘……!"

"아무리 그래도 목숨까지 걸 생각은 없거든!"

특히 퀘스트 메시지는 세가와가 단독으로 담당하고 있으니, 어떻게든 애써줄 수밖에 없다.

아니, 그래도 무리는 하지 않아도 되거든? 응? 자는 게 어때?

다들 잠을 안 자서 나도 안 자고 있는 부분도 있으니까?

"해저신전, 아무도 안 오고 있네요~. 모든 계층을 돌았는데 한 명도 못 봤어요. 하지만 옛날보다 몬스터의 숫자가 늘어난 것 같으니까 난이도는 생각보다 높을지도 몰라요."

"흠. 섭종 전에 몬스터의 숫자를 늘리고 있는 건가? 주의 사항에 넣어두마."

"퀘스트용 캐릭터 첫 번째 『완전 회복 봉인의』 씨가 반지 만들 수 있는 레벨이 되었어~! 이대로 『대마법 봉인의』 씨 만들게."

"나이스 나나코~."

"제작할 때는 버프를 걸러 갈게요~."

LA에도 명명할 수 있는 아이템은 몇 가지 존재하고 사용할 수도 있지만, 약간 알기 힘든 부분이 있다.

그렇기에 제일 이해하기 쉬운 제작 장비를 이용하기로 했다.

지금 아키야마가 만든 캐릭터가 제작한 반지는 완전 회복 봉인의, 씨가 만든 반지니까 『완전 회복 봉인의 반지』가 된다. 고양이공주 어용상인 씨 같은 셈이다.

같은 요령으로 『대마법 봉인의』, 『액세서리 봉인의』 씨를 준비하면 최종 보스, 마왕을 봉인하는 3대 아이템이 완성되는 거다.

섭종 직전의 고속 레벨 업을 이용해서 밀어붙인 방식이다.

"각 길드에 전달하는 작업은 대략 끝났다. 엠퍼러 소드, 래빗 혼 같은 공성 길드가 흥미를 보이고 있지. 또한, 길드는 아니지만 고양이공주 친위대 커뮤니티는 대부분 참가 예정이다."

"역시 고양이공주 친위대. 선생님이 있는 곳이라면 어디든 오네."

"서비스 종료 전 정도는 각자의 길드에서 보내도 괜찮다냐아……."

선생님이 공지용 문장과 레이아웃을 조정하면서 투덜댔다.

봄방학 중인 우리는 몰라도 선생님은 평범하게 낮에는 학교에 있다. 일하다 돌아와서 또 일이라는, 돈도 벌 수 없는 더블 워크 상태다. 정말로 미안하다.

그렇게 말하던 중, 내가 진행하는 작업도 일단락되었다.

"이벤트 퀘스트. 괜찮아 보이는 3안을 정리했어. 한가한 사람이 테스트 플레이 부탁해."

"아~, 할게. 이제 글만 쓰고 있는 게 싫어졌어."

"갈게요!"

"오케이. 첫 번째 퀘스트 후보는 『생명체 모독 연구소 3층까지 전라 클리어』야. 바로 해보러 가자."

이건 보람이 있는 챌린지가 되겠다고 생각했는데.

"바보 아니야?! 당연히 무리지! 밸런스를 생각해!"

"으으응? 그런가? 대인원으로 소생을 연타하면서 밀어붙이면 불가능하지는 않을 것 같은데……. 레벨은 마구 내려가겠지만……."

"최종 보스 직전에 데스 게임을 시켜서 레벨을 낮추는 RPG라니 지옥 아닐까요?"

"듣고 보니……!"

확실히 그건 망겜이다!

간단해서는 재미없을 것 같았지만 너무 지나쳤다!

"자, 리테이크. 다시 해."

"바로 하겠습니다……."

큭, 퀘스트를 만드는 게 이렇게나 힘든 일일 줄이야.

난이도, 달성감, 즐거움의 균형을 잡기가 터무니없이 어렵다.

지금까지 실컷 망퀘라고 말해서 미안합니다. 그래도 망할 퀘스트는 망할 만하다고 생각합니다.

게임 제작의 어려움을 느끼면서, 준비 시간은 순식간에 흘러갔다.

††† ††† †††

◆아코 : 여기에 모인 모험가들의 용기에, 신을 대신하여 감사의 말씀을 드립니다.

◆세테 : 번역 : 여러분, 모여주셔서 감사합니다～.

드디어 찾아온 이벤트 개최일.

모인 참가자들 앞에서 무녀 차림의 아코와 정장 같은 옷을 입은 세테 씨가 스토리를 이야기하는 채팅을 쳤다.

◆아코 : 마왕의 힘은 계속 강해지고 있습니다.

◆아코 : 이대로 가면 언젠가 세계의 끝이 찾아오겠죠.

◆아코 : 그 전에 어떻게든 마왕을 저지해야만 합니다.

◆세테 : 번역 : 서비스 종료 전에 제일 마왕 같은 사람을 쓰러뜨리자는 기획입니다~.

◆†클라우드† : 이 원한 풀지 않고 배길쏘냐.

◆유윤 : 그야 그 녀석들은 마왕이긴 하지.

◆디 : 이 인원으로 이길 수 있나?ㅋ

모인 참가자들이 그런 목소리를 냈다.

모여준 건 대략 30명.

한 학급 정도가 참가해 줬다고 생각하니 감회가 깊다.

그러나 우리가 개인적으로 말을 건 친구, 준비도 도와준 고양이공주 친위대 멤버, TMW의 1군 이외의 인원, 공지를 보고 참가해준 외부 인원이나 공성 길드 사람들을 전부 포함해서 30명이니까 결코 많지는 않은 숫자이기도 하다.

솔직히 말해서 친구가 대부분인 내부 이벤트 상태다.

"그렇게나 고생해서 준비했으니까 100명 정도는 오라고."

"그렇게 오면 관리가 힘들잖아?"

"알고는 있지만 말하고 싶지 않았어."

세가와와 아키야마가 대화를 나누는 가운데, 아코가 다음 스토리 설명에 들어갔다.

◆아코 : 싸울 의지가 있는 자는 결코 많지 않습니다.

◆아코 : 그러나 마왕군 역시 완전무결한 것은 아닙니다.

◆아코 : 반드시 승산이 있을 겁니다.

◆세테 : 번역 : 이 인원으로 이길 수 있을지 걱정하는 사람도 있을 겁니다!

◆세테 : 번역 : 그래도 확실하게 밸런스 조정을 준비했으니 안심해 주세요~.

그리고 대기하던 마스터가 앞으로 나왔다.

◆애플리코트 : 모험가들에게 모든 걸 맡기지 않고, 우리도 함께 싸우마.

◆애플리코트 : 녀석들의 폭거를 결코 용서해서는 안 된다!

◆세테 : 번역 : 엉망진창으로 나서면 즐겁지 않을 테니까, 확실하게 지휘도 합니다.

◆세테 : 번역 : 그래도 그냥 무시하고 마음대로 해도 괜찮습니다~.

참가자에게 맡기기만 하는 이벤트는 아니니까, 방향성이라든가 제대로 싸울 수 있는 방침을 정한다든가, 그런 부분은 이쪽에서 키를 잡기로 했다.

그러나 그 말을 들은 참가자 측은……

◆이가스 : 앨리 캣츠가 지휘…….

◆유윤 : 아니, 뭐, 응.

◆카보땅 : 주최자니까 뭐어.

◆루시안 : 안 되는 거냐.

◆디 : 전혀 안 되는 건 아니라고ㅋ

리액션이 미묘한데, 어떻게 된 거야?

우리가 싫으면 이벤트에 올 리가 없으니, 이유를 모르겠다.

뭐, 갑자기 이벤트에 편승하라고 해도 어려우니까. 어쩔 수 없다.

◆아코 : 지금 상태에서 마왕의 힘은 만전입니다. 결코 당해낼 수 없겠죠.

◆아코 : 여러분에게, 마왕의 힘을 줄이기 위한 방법을 전달하고 싶습니다.

◆세테 : 번역 : 아무리 그래도 이대로 TMW나 발렌슈타인의 위험~한 사람들하고 싸우면

◆세테 : 번역 : 절대 못 이기고 재미도 없을 겁니다!

◆세테 : 번역 : 그래서 전력을 조금 줄이기 위한 미니 퀘스트를 준비했습니다!

◆세테 : 꼭 즐겨 주세요!

그렇게 번역한 뒤, 사전에 상의했던 전개를 시작했다.

◆루시안 : 슬슬 부탁합니다.

◆†클라우드† : ㅇㅋ

그 짧은 귓속말을 친 뒤.

◆†클라우드† : 그런 건 안 해보면 모르잖아. 상대는 2파티라고.

◆†클라우드† : 이대로 평범하게 때려잡고 클리어하면 돼.

사전에 부탁했던 대로, 클라우드 씨가 도발했다.

◆유윤 : 뭐, 그렇게 끝난다면 괜찮지.

◆디 : 오? 격이 올라가는 건가?

◆리미트 : 마지막의 마지막에 잔챙이가 누구인지 깨닫게 해줄까~.

◆너구리 사부 : 참교육을 해주겠다구리.

바로 다른 멤버도 동조했다.

굳이 PvP계 이벤트를 즐기러 온 만큼, 그럭저럭 호전적인 멤버다.

이렇게 흘러가면 바로 해보자는 분위기가 된단 말이지.

◆애플리코트 : 그 마음가짐은 좋다! 용사 된 자, 마왕에게 도전하지 않으면 시작할 수 없지!!

◆아코 : ―알겠습니다. 여러분의 힘을 믿어보죠.

◆세테 : 번역 : 그렇다면 마왕 쪽에 물어볼게.

"예정대로네요~."

"최종 확인 보냈어."

◆루시안 : 준비는 어떤가요?

◆†검은 마술사† : 이쪽은 만전이야. 언제든 환영할게.

좋아좋아. 문제없네.

"올 오케이. 진행 부탁해."

"알겠습니다~."

◆이가스 : 아직 첫날인데 너무 많이 쓰면 안 된다고요.

◆디 : 여유 여유, 싸움은 물량이라고 물량.

◆리미트 : 그거 말한 사람은 병력이 적은 쪽이었는데 말이지.

와글와글 떠드는 참가자들에게 아코가 게이트를 열어줬다.

◆아코 : 마왕군의 거점으로 이어지는 게이트를 열었습니다.

◆아코 : 여러분, 부디 조심하시길…….

◆세테 : 저쪽은 자신만만하게 맞받아치겠다고 합니다~.

◆세테 : 번역 : 이대로 돌진하자~!

◆오라클 : 첫날에 끝내주겠어.

◆코시 : 내일과 모레도 두들겨 패주자.

참가자들은 기운차게 게이트로 뛰어들었다.

연결된 곳은 공성전 연습용 PvP맵 입구 앞.

실제 공성전 기간 말고도 연습할 수 있도록 나중에 추가된 맵이다.

그렇지만 완성되었을 때는 우리가 대인전에서 멀어졌고, 각 길드의 전력 상황도 안정되어서 그다지 쓴 적이 없다.

그래서 이번에 바로 쓰게 된 거다.

◆아코 : 마왕은 성에서 용사를 기다리고 있습니다.

◆아코 : 여러분, 부디 힘을 보여주세요.

◆세테 : 번역 : 상대는 로드스톤 성에 포진하고 있습니다!

힘내자~.

　◆유윤 : 오~.

성으로 향하는 30명+앨리 캣츠.

인원을 보면 두 배에 가까운 숫자다. 그렇게 생각하면 이길 수 있을 것 같기는 하지만.

　◆애플리코트 : 그럼 전략을 고민해보자.

　◆애플리코트 : 사전 신청으로 모았던 직업과 달라진 건 없나?

　◆카나타 : 아니, 필요 없어.

　◆†클라우드† : 작전 같은 건 필요 없어. 지금 당장 순살!

　◆피네 : 뭉개버리자~.

　◆애플리코트 : 오, 오오…… 역시 용맹과감하군…….

"우와, 엄청 태연하게 돌진하네."

"어, 이거 괜찮나요?"

"뭐, 결과는 변함없을 테니 괜찮지 않을까?"

성의 성벽 위에서는 TMW와 발렌슈타인이 이쪽을 지켜보고 있다.

점점 성으로 다가오는 도전자 측 참가자.

그 진형이 일정 라인을 넘어선 시점에서, 채팅 한마디가 표시되었다.

　◆†검은 마술사† : 쏴라.

직후, 하늘에서, 대지에서, 허공에서 이펙트가 발생했다.

번개가, 물이, 운석이, 빛과 어둠이 공간 전체에서 무지막지하게 뒤섞였다.

"이거 심하네요."

"아무리 그래도 좀 그로테스크하지 않나?"

"너, 너무 지나친 것 같은데⋯⋯."

"위저드가 방어전의 에이스라는 걸 잘 알 수 있군."

대마법의 범위에 있던 대략 20명, 절반 이상이 그 자리에서 쓰러지고 말았다.

◆디 : 이거 안 되잖아.

◆카보땅 : 릴리스 상태로 대기하는 거 치사하지 않으요?

◆애플리코트 : 공성전의 주력은 대마법이다. 무턱대고 돌진하면 이렇게 되겠지.

◆루인 : 리벤지야. 한 번 더.

◆†클라우드† : 몇 명 미끼로 내보내면 될 것 같은데.

◆디 : 좀 더 작전 생각하면 되겠지ㅋ

◆아코 : 그럼 소생할까요⋯⋯?

아마 방해는 하지 않을 테니까 그 자리에서 소생하며 퇴각. 성에서 떨어진 위치에서 어떻게든 진정했다.

◆유윤 : 어쩔 수 없으니 작전 생각할까~.

◆†클라우드† : 지금 그걸로 릴리스는 써버렸겠지만, 지금 충전하고 있겠지.

◆피네 : 일단 미끼를 보내서 릴리스 쓰게 할까?

◆리미트 : 그동안 돌파하면, 방어 라인이 없다면 여유롭게 이기겠지.

◆카보땅 : 거기서부터는 인원차네요.

◆바츠 : 인원차가 어쨌다고?

도전자 측 오픈 채팅에, 여기에 없어야 하는 이름이 섞였다.

"어? 왜 이 녀석이 여기 있어?"

"큰일이다. 벌써 사정권 안이다."

채팅이 닿는 거리에 발렌슈타인이 당연한 듯 왔잖아!

◆디 : 게엑! 바츠!

◆이가스 : 채앵~채앵~.

◆유윤 : 왜 마왕이 직접 공격하러 오는 거야.

◆바츠 : 최근의 마왕은 이런 느낌이잖아?

마왕 주제에 메타 발언을 하다니.

◆바츠 : 애초에 내가 먹잇감 앞에서 얌전히 기다릴 것 같냐?

아아아, 돌진해왔다!

성에서 기다리면서 요격해 달라고 했었는데!

◆슈바인 : 말이 안 통하는 녀석이구만, 해치워!

◆루시안 : 해치워버려!

30명의 공격이 고작 몇 명 있는 발렌슈타인에게 날아갔다. 그랬는데.

◆이가스 : 안 맞아.

◆†클라우드† : 잠깐, 엄청 팀킬하고 있잖아. 파티에 안 들

어가서 그래.

◆디 : 길드도 달라서 공격 전부 이쪽에서 맞고 있는 거 웃기네.

◆너구리 사부 : 전혀 준비가 안 됐다구리.

"이거 무리네."

"그야 동맹도 파티도 아니었으니까, 팀킬하게 되겠지."

전원이 곧바로 땅에 누웠다.

게다가 절반 정도는 아군끼리 서로 죽여댄 결과였다.

◆바츠 : 아∼, 잔챙이들이야. 좀 더 손맛이 있을 줄 알았는데.

바츠는 어이없다는 기색으로 돌아갔다.

그건 너무 도발한 거 아닌가……?

"저기, 이렇게까지 하는 건 예정에 없었는데요……."

"이, 일단 살려야겠지?"

◆아코 : 저, 저기…… 모험가님, 괜찮으신가요?

아코가 조심조심 소생시켰다.

◆아코 : 여, 역시 이대로는 이기지 못하겠죠.

◆아코 : 마왕들의 힘을 줄이는 방법을 알려드리고 싶은데요…….

◆†클라우드† : 그거 빨리 가르쳐줘.

◆아코 : 네?

◆†클라우드† : 저 기고만장한 녀석들을 반드시 박살내겠어.

◆유윤 : 밸런스 조정 빨리, 이거 못 이긴다고.

◆코시 : 빨리빨리! 빨리!

◆아코 : 네에에엣.

예정보다 더 흠씬 두들겨 맞은 도전자 팀은 상상보다 훨씬 의욕적으로 스타트했다.

††† ††† †††

◆세테 : 번역 : 그런고로, 던전 깊은 곳에 숨겨진 특정 아이템을 가지고 돌아오면 마왕의 능력을 봉인할 수 있습니다.

◆†클라우드† : 액세서리하고 대마법하고 완포계 회복인가.

◆이가스 : 지금은 머더도 있으니까 액세서리가 없으면 딜이 꽤 떨어지겠네요.

◆코시 : 대마법이 없으면 사거리에 들어갈 수 있고 밀어붙일 수 있겠지.

◆디 : 하는 동안에 길드에 말 걸어볼게. 내일은 인원이 좀 더 필요하겠어ㅋ

◆세테 : 그래도 힘들다면 추가 봉인도 준비했습니다～.

◆아코 : 마왕의 힘을 봉인할 수 있는 던전은 세 곳이 발견되어 있습니다.

◆아코 : 어비스의 심연, 브룽크 대화산, 해저신전입니다.

◆아코 : 하지만 조심하세요.

◆아코 : 우리의 존재를 눈치챈 마왕이 악랄한 함정을 깔

아났을 겁니다.

　◆유윤 : 그런 건 아닌 것 같은데.

　그야 물론, 이런 하이레벨 플레이어만 모인 집단을 일반적인 던전에 보내면 아무 일도 일어나지 않으니까.

　◆아코 : 어비스의 심연에는 여러분의 힘을 봉인하는 결계가.

　◆아코 : 대화산에는 자력의 저주가 깔려 있고

　◆아코 : 해저신전의 깊은 곳에는 시간을 재서 길을 막는 장치가 설치되어 있습니다.

　◆이가스 : 불길한 예감밖에 안 드는데요.

　◆리미트 : 할짝. 이건 제약 플레이.

　◆세테 : 번역 : 바로 그렇습니다! 평범하게 하면 간단하니까~.

　◆세테 : 번역 : 어비스의 심연은 액티브 아이템이나 아이템 사용 금지고,

　◆세테 : 번역 : 브룽크 대화산은 금속제 장비와 아이템을 쓰지 말 것!

　◆세테 : 번역 : 해저신전은 최심부까지 5분의 시간제한입니다!

　몇 번이나 현지답사를 반복한 결과, 이거라면 괜찮게 즐길 수 있겠다고 생각한 밸런스와 설정이다.

　제약만 두면 그런 걸 싫어하는 사람도 있으니까, 풀 스펙으로 타임 어택하는 던전도 넣었다.

◆너구리 사부 : 엄청 제약했다구리.

◆디 : 자력의 동굴, 다크 엘프, 윽. 머리가.

◆리미트 : 해저신전 5분이라니 그런대로 빡세지 않아? 달리기만 하면 가능한가?

◆유윤 : 재본 적이 없어서 모르지만 은근히 가능할 것 같은데.

◆†클라우드† : 비금속 장비라니, 드나는 거의 끝장인데?

◆고양이공주 : 목도와 가죽 장비로 힘내라냐. 하면 된다냐.

◆피네 : 그보다 법사계는 지팡이하고 천이니까 여유롭잖아.

◆루인 : 금속 금지는 탱힐법을 모으고, 스킬 금지에 근딜 모으면 되겠네.

◆디 : 전부 그쪽에서 써버리면 TA는 어쩌라고ㅋ

◆카보땅 : 그냥 혼자 가지 그래? 너구리 씨 솔로로.

◆너구리 사부 : 구리?!

◆루시안 : 될 것 같아서 슬프니까 최대한 인원 밸런스는 맞춰주면 좋겠네.

던전 안쪽까지 내달리는 타임 어택을 탱커 솔로로 도전하면 퀘스트고 뭐고 없으니까요.

게다가 너구리 씨라면 분명 살아서 돌아올 거다.

◆†클라우드† : 어쩔 수 없지. 진지하게 생각하자.

◆유윤 : 활은? 속성 활이라면 금속 안 쓰지 않나?

◆오라클 : 번개 화살은 화살촉이 아무리 봐도 금속.

◆†클라우드† : 하아~, 못 써먹겠네.

◆이가스 : 저기~, 포션 뚜껑에 금속 핀 같은 게 붙어있는데요.

◆슈바인 : 용케 알아챘네. 포션류는 전부 금속제 판정이야.

◆이가스 : 아이템 제약이 두 개 있는 건 너무 심하지 않나요?

◆오이와이 : 포션을 잔뜩 만들어 왔는데요.

◆루시안 : 그건 TA에서 다 써준다면 좋겠네.

◆코시 : 그럼 회복 어떡하는데. 이제 와서 감자 연타한다고?

◆디 : 감자…… 자동…… 윽, 머리가.

◆유윤 : 슬슬 병원 가라고.

◆루시안 : 그 시절하고는 약정이 다르니까 빨리 언인스톨.

와글와글 상담하는 참가자와, 슬쩍슬쩍 끼어드는 앨리 캣츠.

우리가 생각한 퀘스트를 어떻게 공략할지 생각하고 있다.

"이거, 왠지 즐겁네."

"제대로 공략해 준다면 즐거우니까~."

"음음. 귀찮다고 내버린다면 어쩌나 고민하고 있었다."

주최하는 사람의 마음이란 이런 느낌이구나.

난이도나 보수 설정에서 실수할 때도 있지만, 역시 즐겨주기를 바라면서 만들고 있다. 그건 틀림없다.

왠지 마지막의 마지막에 와서 운영자 측의 마음을 조금 알게 된 것 같다.

◆이가스 : GM 확인! 디아블로 장비는 겉보기에는 금속이

라도 살아있다는 설정이 있으니까 되나요?

　◆아코 : 살아있는 금속이니까 안 됩니다.

　◆디 : 칫.

최대한 부정 없이 이겨주면 좋겠네요!

　주최자 측은 나와 아코, 슈와 세테 씨, 마스터와 고양이 공주 씨로 나뉘어 세 던전의 퀘스트를 보좌하러 향했다.

　나와 아코는 브룽크 대화산, 금속 장비 금지 던전이 담당이다.

　◆너구리 악사 : 룬라라룬～구리～.

　◆†클라우드† : 목도 약해.

　너구리 씨의 버프를 받아서 약한 장비를 찬 참가자들이 적을 격퇴하며 나아갔다.

　◆루시안 : 너구리 씨는 그냥 탱커 하면 안 됐나요?

　◆너구리 악사 : 가죽 장비 같은 건～, 안 남아있다구리～.

　◆루시안 : 그야 그런가.

　금속 금지 제약은, 평범하게 마법도 쓸 수 있고 회복도 가능하다.

　초반은 꽤 여유롭게 진행되었다.

　◆디 : 이거 너무 쉽지 않아? 전라 제약 같은 게 낫지 않았나.

　◆루시안 : 전라는 역시 아처와 머천트가 할 일이 너무 없어지니까.

◆디 : 아~, 그런가.

궁수와 상인은 무기와 아이템 의존도가 상당히 높은 직업이다.

뭐, 활을 쓰는 궁수에 무기나 아이템을 적절하게 쓰는 상인이니까 당연한 일이지만.

전문적인 빌드가 아닌 한 맨손은 힘드니까, 특정 직업이 따돌림을 당하지 않는 설정으로 한 겁니다.

◆디 : 그냥 함정꾼하고 맨손 머천트로 힘내라고 하지 그랬냐.

◆†클라우드† : 함정 같은 건 아무리 봐도 금속제니까 말이지.

◆너구리 악사 : 머천트는 카트 끄는 시점에서 못 들어온다구리.

채팅을 치면서도 여유로운 상황이다.

이대로 1층, 2층을 지나 3층으로 진입했다.

"좋아. 이쯤이려나. 슬슬 갔다올게."

"사람이 없나 보고 올 테니까 부탁드려요."

"오케이."

도전자 파티와 동행하는 아코와 떨어져서 단독으로 던전을 달렸다.

최심부 루트가 아니라 떨어진 곳에 있는 몬스터를 긁어모았다. 전에도 했던, 대화산의 몰이사냥 무빙이다.

"아코, 사냥하는 다른 파티 있어?"

"아무도 없어요. 루시안이 이동하는 곳은 확인 끝났어요."

"좋아. 이대로 돌진할게!"

"네!"

내가 돌아오는 타이밍에 아코가 채팅을 쳤다.

◆아코 : 앗! 여러분, 조심하세요!

◆너구리 약사 : 무슨 일이냐구리?

◆아코 : 마왕의 파동이 느껴져요! 강력한 힘이에요!

◆디 : 구체적으로 뭔데.

◆†클라우드† : 잠깐, 앞에서 뭔가 오고 있어.

◆루시안 : 안녕하세요, 마왕의 파동입니다!

나는 대량의 몬스터를 이끌고 도전자 파티에게 돌격했다.

마왕의 선물입니다~!

◆디 : 망할 몹몰이잖아ㅋㅋㅋ

◆너구리 약사 : 타깃 가져가면 안 된다구리!

◆†클라우드† : 램페는 곧바로 멈출 수가 없어!

◆디 : 많아많아많아, 이쪽은 장비가 끝장인데.

◆이가스 : 오오오, 가죽 장비에다 떡 연타로 버티기!

오오, 굉장해!

정월 말고는 살 수 없는 떡을 연타해서 회복하고 있어! 확실히 금속은 아니네!

◆너구리 약사 : 이제 안 쓴다고 해도 너무 연타하고 있다구리.

◆이가스 : 아, 스턴 걸렸네요.

◆디 : 그야(무식하게 떡을 연타하면) 그렇지(저확률로 스턴에 걸린다).

◆너구리 악사 : 순순히 감자나 먹어라구리.

◆이가스 : 떡밖에 안 가져왔어요!

◆†클라우드† : 타깃은 이쪽이 가져갈 테니까 아무나 포위! 빨리!

"이야~, 이쪽의 설계에 당황하는 모습을 보는 건 즐겁네!"

"그러게요."

도전자들의 분투를 아코도 싱글벙글 지켜보고 있다.

"근데, 몇 번이나 사전답사를 했으니까 딱히 하고 싶지는 않네요……."

"그건 그래."

도전자 측이 부러워질 줄 알았지만, 이미 몇 번이고 했던 거라 그냥 됐다는 느낌이 든다.

그러나, 누그러지는 시간도 그리 오래 이어지지는 않았다.

그런대로 인원이 되는 하이레벨 파티다. 아무리 장비가 안 좋더라도 금방 격퇴하고 말았다.

너무 빡세면 재미없을 것 같아서 밸런스 조정을 해둔 게 다행이었다.

◆†클라우드† : 가죽 장비라도 근접이 안 왔으면 위험했겠네.

◆디 : 이거 루시안을 MPK로 신고하자.

◆너구리 악사 : GM 콜이다구리.

◆루시안 : 최종일 전에 밴 당하면 슬프니까 용서해줘.
그런 이벤트였다고요!

사실 그렇게 많은 이벤트를 준비하지는 않았다.

이것도 해라 저것도 해라 떠넘기면 그렇게 즐기지 못할 테니까.

적당한 곳에서 확실히 목적지에 도착하게 했다.

◆†클라우드† : 여기가 제일 안쪽인가?

◆디 : 딱히 아무것도 없는데.

◆아코 : 아아, 찾았네요.

아코가 지면에 아이템을 떨어뜨렸다.

◆아코 : 완전 회복 봉인의 반지…… 이것이 바로 마왕의
힘을 봉인하는 아이템!

◆디 : 이름 너무해ㅋㅋㅋ

◆이가스 : 이걸 위해 캐릭터 만든 건가요ㅋ

◆너구리 악사 : 보고 싶다구리 보고 싶다구리.

떨어진 아이템을 보고 웃으며 스사트 지점으로 돌아가는
화산 팀 일동.

돌아올 무렵에는 다른 파티도 거의 동시에 돌아왔다.

◆유윤 : 어서 와~.

◆리미트 : 처음이 어비스고, 마지막이 화산인가?

◆디 : 어라? TA하던 해저신전이 처음 아니야?

◆피네 : 설마 전원이 골인하지 않으면 안 된다거나……

◆루인 : 추락해서 엄청 죽었어.

◆카보땅 : 맵이 기억나지 않아서.

"그쪽도 그쪽대로 사고가 일어났나……"

"아니 진짜, TA라고 해도 아군을 희생해서 나아가려고 하면 안 되잖아."

"적은 몬스터가 아니라 파티 멤버였어……"

TA에 너무 필사적이어서 웃기네. 아니, 웃을 때가 아니었겠지만.

◆아코 : 여러분이 입수한 반지를 바치면, 마왕의 힘을 줄일 수 있습니다.

◆아코 : 오오, 빛의 힘이여! 어둠의 오라를 봉인하소서!

아코가 그렇게 말하며 글로리어스 차임을 사용, 짜~안 하는 SE가 울려 퍼졌다.

◆바츠 : 끄악~, 내 장비가 왠지 벗겨지고 아이템도 사라지고 있어~.

그리고 근처에서 바츠의 채팅이 표시되었다.

이봐, 좀 더 멀쩡한 대본 준비해 줬잖아.

◆유윤 : 어색하잖아.

◆디 : 야, 이 주변에서 채팅 나왔잖아.

◆오라클 : 트루 사이트! 트루 사이트!

◆슈바인 : 끄집어내지 마. 끄집어내지 마.

일부러 숨어있었으니까.

◆세테 : 번역 : 이제 대마법, 완전 회복 아이템, 액세서리 장비가 봉인되었습니다!

◆세테 : 번역 : 내일은 이기자〜!

그 타이밍에 예정인 2시간이 종료.

"이대로 종료해도 될까?"

"그래, 시간 관리는 완벽하군."

"완전히 우연이긴 하지만!"

◆아코 : 그럼 여러분, 지금은 휴식하면서 내일의 싸움에 대비하도록 하죠.

◆아코 : 내일이야말로, 마왕들을 쓰러뜨리는 겁니다!

◆세테 : 번역 : 그럼 오늘 이벤트는 종료입니다〜.

◆세테 : 번역 : 내일은 대승리다〜!

큰 문제 없이 무사히 첫날이 종료되었다.

"의외로 잘 끝났네."

"협력적인 사람밖에 참가하지 않았으니까〜."

"인원이 적당해서 도움이 된 면도 있었지."

"대본을 만든 나로서는 애드리브가 너무 많았던 것 같은데?"

"아니 뭐, 발렌슈타인은 말해봤자 안 들으니까."

오히려 박살내지 않은 만큼 협력적일 정도다.

아니, 처음에 기습해 왔을 때는 어쩌나 했었지만.

"그나저나 내일은 인원이 더 늘어날 예정이다."

그때, 마스터가 공지 페이지를 열며 말했다.

"이틀째부터 공략에 도전하겠다는 예정이 기재되어 있군. 모레 진행될 공성전에 대비한 예행연습이나, 마지막으로 대인 이벤트에 도전하고 싶다며 참가를 표명한 길드가 몇 군데 있다."

"뭐, 오늘은 스토리 파트니까 흥미 없는 사람은 안 오겠지."

"그래도 스토리가 있어야 엔딩을 보니까요!"

우리에게는 엔딩을 맞이하기 위한 이벤트이자, 퀘스트다.

그렇기에 퀘스트명이 그랜드 엔딩인 거다.

"내일은 퀘스트 같은 건 딱히 준비하지 않았으니까 편하네."

"우리도 도전자 측이니까."

마왕 쪽 사람들에게 말을 건 결과, 이렇게나 규모가 커지고 말았다.

그래도 목적은 우리가 마지막 퀘스트에 도전하는 것.

검은 마술사 씨나 바츠가 최종 보스로 기다리고 있다.

"우리에게도 중요한 국면이다. 내일 전투에서 승산을 찾아낸다!"

"최종일에 클리어하고 끝내기 위해서라도, 내일은 진지하게 가자!"

"오~."

분명 강요했다면 거부했을 레전더리 에이지의 엔딩.

그러나 우리가 준비한 엔딩은, 신기하게도 어서 보고 싶다는 생각이 든다.

그런 신기한 마음을 가슴에 품고, 우리는 목소리를 모아 외쳤다.

††† ††† †††

◆아코 : 마왕을 쓰러뜨리려는 모험가 여러분.

◆아코 : 그 용기에 다시금 감사드립니다.

◆세테 : 번역 : 유저 이벤트 그랜드 엔딩 이틀째!

◆세테 : 번역 : 참가해 주셔서 감사합니다~.

어제의 30명에서 더 늘어서 40명 정도가 모였다.

지각한 멤버도 있어서 계속 늘어날 예정이다.

대인전을 좋아하는 길드 래빗 혼이나 청소조합이 왔고, TMW 사람도 꽤 참가했다.

◆†클라우드† : 인원이 네 배 정도 있고 여러모로 제약도 했으니, 역시 이길 수 있겠지.

◆디 : 이렇게나 제약했는데 겁먹은 녀석 있어?!

◆리미트 : 없겠지!

◆카보땅 : 이런데도 지면 저 녀석들 무지 기고만장할걸.

◆유윤 : 플래그 세우는 건 그만둬 줄래?

◆애플리코트 : 우리도 질 수 없는 건 마찬가지다.

그때, 마스터가 참가자들 앞으로 나왔다.

◆애플리코트 : 주최자 신분을 감수하고 있지만, 원래는 우리가 TMW나 발렌슈타인을 쓰러뜨리고 이 게임의 엔딩을 맞이하려고 기획한 것이 이 이벤트의 발단이다.

◆애플리코트 : 그러니, 누구보다도 우리야말로 이기고 싶다고 생각하고 있다!

◆애플리코트 : 앨리 캣츠 역시, 전력을 다해 싸우겠다!

◆†클라우드† : 어, 어어.

◆디 : 그러심까.

마스터의 채팅을 보자, 텐션이 높았던 참가자들이 조금 기겁하며 대답했다.

그러니까 왜 여기서 같이 편승해 주지 않는 건지 약간 의문이 들었지만, 일단 진행했다.

◆루시안 : 각 길드, 동맹을 부탁드립니다～.

◆세테 : 솔로인 분은 TMW의 이벤트용 길드에 들어가세요!

메인 멤버가 적으로 돌아선 TMW는 참가자를 서브 길드에 수용하고 있다.

챌린저즈라고 이름 붙인 길드와 확실히 동맹을 맺어서 팀 킬을 확실하게 없앴다.

"그럼 우리는 예정대로. 죄송하지만 사이토 교사는 운영 업무를 부탁드립니다."

"다들 애쓰고 있네. 후회 없이 싸워야 해."

운영 담당이 되어 리스폰 지점에 남은 고양이공주 씨가 주먹을 꽉 쥐며 말했다.

어떻게든 이기고말고요!

　◆†클라우드† : 일단 이쪽에서 작전은 생각했다.

　◆†클라우드† : 이쪽에만 대마법이 있다는 이점을 살려서 사거리로 활용해 물러나게 만드는 거다.

　◆†클라우드† : 진형이 무너졌을 때 돌격하는 게 기본 전술이다.

　◆애플리코트 : 이의는 없다만, 단독 공격으로도 충분히 우리를 쓰러뜨릴 수 있는 상대인데.

　◆†클라우드† : 그 정도는 어떻게든 할 수밖에 없어. 인원도 있으니까.

그때, 클라우드 씨가 단지, 라는 채팅을 쳤다.

　◆†클라우드† : 발렌슈타인이 위험해. 그 녀석들이 오면 전부 무너져.

　◆†클라우드† : 그러니까 파티 단위로 움직여서 뭉쳐서 돌파한 팀으로 발렌슈타인을 맞이하는 느낌으로.

　◆애플리코트 : 이쪽도 연계해서 도전할 예정이다. 바라던 바로군.

　◆루시안 : 그럴 생각으로 작전을 생각했어. 맡겨두라고.

　◆슈바인 : 오, 루시안이 웬일로 자신감이 있잖냐.

◆디 : 그럼 바츠가 날뛰면 루시안 때문이네.

◆루시안 : 미안, 진짜 용서해줘.

완전히 억누르는 건 무리니까!

"……그래도, 이기고 싶네."

그날을 설욕하고 싶다.

패배한 채로 이 게임을 끝내고 싶지는 않다.

미캉을 전투민족이라고 말했지만, 나에게도 그런 마음은 있다.

"마지막으로 바츠를 쓰러뜨리고 싶어?"

"아니…… 내가 패한 건 바츠가 아니니까."

내가 패한 상대는 바츠만이 아니다.

눈앞에서 아코가 베이고, 크리스털이 깨졌던 그때.

내가 패한 건, 막아내야만 했던 같은 탱커 상대였다.

환생도 하고, 경험치가 폭발적으로 늘어나서 레벨차도 줄어들었다.

마지막 싸움에서 어떻게든 설욕해 주겠어!

◆아코 : 여러분의 힘을 믿겠습니다. 부디 마왕을 타도해 주세요.

◆세테 : 번역 : 그럼 이벤트 시작합니다～.

◆†클라우드† : 좋아. 다들 가자!

출격하는 도전자 팀.

오늘은 우리도 확실하게 팀 멤버다.

◆애플리코트 : 우선은 우리 차례로군!

아크메이지를 위시한 위저드계 대마법 직업이 성벽을 아슬아슬하게 사거리에 넣은 곳에서 대마법을 영창했다.

그러자 대마법이 봉인되어서 사거리가 밀리는 마왕군이 슬금슬금 성벽 위에서 물러났다.

◆애플리코트 : 예정대로다. 전선을 밀어내자.

◆슈바인 : 잠깐, 바츠네가 왔어.

우와, 발렌슈타인이 성벽을 나와서 이리로 오고 있잖아!

◆세테 : 물러나 물러나~.

◆루인 : 여기서 물러나면 어떻게 밀어내는데?

◆슈바인 : 또 위에서 쏴댄다!

"아아, 귀찮아!"

"강력한 유격군이란 이렇게나 성가신가……."

원래는 사거리 차이를 살려서 전선을 밀어내려고 했다.

그러나 최전선에 마법사가 궁수가 서면, 그걸 치려고 발렌슈타인이 견제한다.

그렇다고 나나 슈처럼 전위가 앞에 서면.

"아파아파아파, 혼자라서 가볍게 죽어!"

"나의 슈바인 님으로는 순식간에 녹아버린다고!"

이 게임의 원거리 공격 중에서 제일 사거리가 긴 건 대마법의 끝부분이다. 그건 틀림없다.

하지만 말이지. 그렇다고 그렇게 차이가 심한 것도 아니다.

마법사 앞에 우뚝 서 있으면, 상대의 공격도 평범하게 닿는단 말이지.

그 정도라면 괜찮겠다고 마왕 측이 말해서 설정한 제약이지만, 정말로 대처할 수 있구나.

◆아코 : 이대로는 나아갈 수 없어요.

◆†클라우드† : 뭔가 방책은?

◆애플리코트 : 요컨대 문제인 건 발렌슈타인과 TMW가 연계하고 있다는 점이다.

◆애플리코트 : 누군가를 무너뜨리거나, 완전히 끌어들이면 그걸로 끝이다.

◆슈바인 : 억지로라도 문을 돌파해서 바츠나 깜장이를 쓰러뜨리면 된다는 거냐.

◆유윤 : 간단히 말하는데 그거 가능해?

◆디 : 루시안이 가능하다고 말했어.

◆†클라우드† : 다시 말해.

그때, 모두의 시선이 앨리 캣츠 쪽으로 움직인 것 같았다.

◆†클라우드† : 이쪽에서 끌어들이는 사이에 앨리 캣츠가 한다. 이건가.

◆리미트 : 룰을 만든 쪽이니까 이길 작전도 있겠죠!

◆카보땅 : 어떻게든 해달라고요!

◆루시안 : 좋아. 우리 차례다!

◆애플리코트 : 맡도록 할까.

처음부터 그럴 생각이었다. 중요한 임무를 받았어!

그렇게 의욕을 내는 앨리 캣츠였지만.

◆유윤 : 뭐, 아직 시간은 있으니까, 무리라면 다른 길드가 하면 되겠지.

◆디 : 그러게.

◆루시안 : 우리 기회 한 번뿐이냐고.

어떻게든 한 번에 끝내지 않으면 활약할 자리가 돌아오지 않는다는 거냐!

좋다 이거야. 반드시 해내겠어!

◆†클라우드† : 전 부대, GO다.

공성전에 익숙한 길드가 많아서 움직임에 막힘이 없다.

도전자 팀이 주변에서 둘러싸듯이 전개했고, 견제 마법이나 화살, 투창이나 방패가 오갔다.

그 소용돌이 속에 뛰어든다!

"좋아, 중앙 돌파다!"

"늦지 말라고!"

"네에엣!"

우리는 문을 향해 돌진했다.

좋아. 어떻게든 빠져나갈 수 있겠어.

그렇게 생각한 우리에게, 바츠 일행이 씨익 웃는 감정표현과 함께 안으로 물러갔다.

"……이거 유도하고 있네."

"바라던 바지."

결판을 내자. 발렌슈타인!

"이대로 문을 돌파하자!"

마스터의 목소리가 들리기 전에 전원이 전선의 빈틈으로 뛰어들었다.

아코도 늦지 않게 따라오고 있는 것만 봐도 지금까지의 성장이 보인다.

"좋아, 돌파했다!"

"전원 살아있어?! 탈락자는 없겠지!"

"물론!"

"완포 조금 써버렸어요!"

"적당히 쓴다면 OK!"

아무리 마스터의 창고에서 펑펑 나온다고 해도, 완전 회복 포션은 상당한 귀중품이다. 내일도 고려하면 함부로 쓰고 싶지는 않다.

애초에 상대는 완포 금지 제약이 있는데 이쪽만 연타하는 건 역시 좀 거북하다.

"어쩌지? 이대로 영주의 방으로 돌진해?"

"오늘은 공성이 아니니까 크리스털 없어!"

"우리만 돌진해도 이길 수 없겠지. 전선이 앞에 나갈 수 있게 방어선을 줄이자!"

"라저~!"

성벽 위로 향하기 위해 성문을 지나 성 안뜰로.

여기서 계단을 오르면 성벽으로 갈 수 있지만—.

◆코로 : 어서 와~.

◆바츠 : 기다렸다고.

발렌슈타인 중 근접전에 강한 두 사람이 기다리고 있었다.

◆루시안 : 큭, 역시 여기서 나오나.

물러난 시점에서 기다릴 거라고 예상하기는 했다.

전원이 아닌 건 우리를 얕보는 걸까, 이게 좋다고 생각하는 걸까.

◆애플리코트 : 귀찮은 곳에서 기다리고 있지 않은가.

◆슈바인 : 여느 때의 궁법힐은 방어전에 남아있겠지. 이 녀석들만이라면 이길 수 있어.

◆바츠 : 글~쎄, 어떨까? 나하고 코로한테 대마법 제약은 상관없다고?

완포는 이쪽도 최대한 쓰고 싶지 않다.

그렇다면 저쪽의 제약은 액세서리뿐인 셈이다. 그것만으로 차이를 메울 수 있을지.

"협력해서 가자. 전원이 한 명씩 처리하는 거야."

"아, 미안. 잠깐만."

"뭐야? 시간 없다고."

미안, 그래도 이건 좋은 기회야.

나의 개인적인 미련. 마음의 응어리.

탱커로서, 이 사람을 이기고 싶다.

◆루시안 : 내가 코로 씨를 억누르겠어. 나머지가 바츠를 막아.

나는 오픈 채팅으로 말했다.

저쪽도 일부러 들려주고 있는 건 알고 있겠지.

◆바츠 : 오, 미러전이냐? 청춘이구만.

◆슈바인 : 되겠어? 확실히 루시안, 너 저 녀석한테.

◆루시안 : 그래, 진 적이 있지.

그것도 너덜너덜하게.

한참 전이지만, 아무것도 하지 못하고 당해버렸다.

◆바츠 : 그런 적 있었던가?

◆코로 : 어땠더라. 길고양이 상대는 최종적으로 졌다는 기억만 있으니까.

◆바츠 : 그렇단 말이지.

◆루시안 : 있었다고!!

이 녀석들, 이기는 게 너무 당연해서 졌다는 인상만 남겨 됐나 보네!

그렇기에 리벤지다. 할 수 있는 건 지금밖에 없다.

◆루시안 : 실은 작전도 생각했거든. 맡겨둬.

◆코로 : 흐응. 기대되네.

◆바츠 : ㅇㅋ. 그럼 내가 나머지 처리인가.

바츠는 인원차를 신경 쓰는 기색도 없이 유유히 앞으로 나왔다.

　◆바츠 : 게다가 말이지. 나도 리벤지를 노리고 있었거든. 자, 돈에 의지하라고. 애플리코트. 공성은 아니니까 완포 쓸 수 있잖아?

　◆애플리코트 : 똑같은 승리는 재미없지. 이번에는 정면에서 넘어보이겠다.

　◆세테 : 우리는 무시~?

　◆슈바인 : 이번에는 이쪽이 패링 먹여주마.

　◆바츠 : 잔챙이가 짖어대지 마ㅋ

　채팅과 동시에 바츠가 움직였다.

　마스터의 마법이 날아가면서 싸움을 알리는 종이 울렸다.

　공격이 맞지 않는 사거리 앞으로 나온 슈바인, 그 서포트로 들어가는 아코와 세테 씨.

　◆코로 : 자. 그럼 이쪽도 해볼까.

　채팅 직후, 코로 씨가 방패를 날렸다.

　단순 실드 부메랑인데도 위력이 높다. 이쪽도 마주 던졌지만 방패 강화 상태와 방어구의 방어력에 차이가 있다. 대미지가 노골적으로 다르다.

　그러나 이쪽은 견제에 지나지 않는다. 방패 던지기로 승부를 가릴 생각은 없다.

　앞으로 나가는 거다. 타이밍을 놓치지 마.

내가 방패를 던지면서 슬금슬금 나아가자, 코로 씨도 천천히 거리를 좁혔다.

얼굴은 보이지도 않을 텐데 씨익 웃고 있는 게 전해진다.

탱커끼리의 싸움이라면 당연히 스턴 효과가 들어가는 실드 배시가 중요해진다.

어느 정도 대미지를 준 상태에서 스턴을 넣고, 그때 딜을 퍼부으면서 끝내는 것이 탱커를 죽이는 방식이다.

구체적으로는, 방패를 날리면서 HP가 60% 정도까지 줄어든 지금의 내가 딱 좋은 먹잇감이다.

"그러니까, 여기!"

다가가고 다가가서, 배시 사거리에 들어간 타이밍에 루시안을 뺐다.

헛손질하면 좋고, 안 되더라도 손해는 없다.

그런 수읽기였는데.

◆코로 : 이기러 오는 게 아니었나?

안 쓰잖아!

이때라는 타이밍을 틀어서, 내가 물러나는 걸 읽고 난 뒤에 앞으로 나왔다. 빗나갔다면 그대로 스턴에 걸렸을텐데, 태연히 자신의 수읽기를 관철하면서 왔다!

한 번 물러난 탓에 내가 물러나는 분위기가 만들어졌다. 코로 씨가 좌우로 움직이면서 점점 밀어붙였고, 뒤쪽에 있는 성벽이 다가왔다.

뒤로 물러나지 못하게 되면 저쪽이 생각하는 거리가 만들어진다. 그걸 피해야 하는데, 움직임이 너무 교묘해서 전혀 빈틈이 보이지 않는다!

"루시안, 괜찮나요?"

"아직, 아직 괜찮을 거야."

코로 씨는 완포를 쓰지는 않지만, 비싼 이그물은 쓰고 있다.

사용하는 타이밍은 대략 알게 되었다. 대략 60% 정도까지 줄어들면 이그물을 누른다.

현재 HP는 아직 70% 정도. 조금 이르지만, 이제 치고 나갈 수밖에 없다.

방패를 던지면서 거리를 좁혔다. 내가 물러나는 타이밍은 완전히 읽고 있다고 생각하는 게 좋다.

그러니 굳이 저쪽에서 읽은 대로 잠깐 물러나서, 직전에 앞으로 나와 배시를 휘두르면—.

◆코로 : 네, 유감.

"거짓말이지? 아니……."

명중했다. 내 배시는 확실하게 맞았다.

그런데 그 타이밍에 저스트로 디펜스 스킬을 깔아놨다. 방패로 방어해서 대미지를 줄이는 기본 스킬이지만, 3프레임의 저스트 타이밍으로 들어가면 일부 디버프를 저항하는 효과가 있다.

요컨대, 행동을 완전히 읽고 1/20초라는 한순간을 노려서 완전히 막았다.

역시 이 사람 위험하다. 상상을 훨씬 뛰어넘어서 격이 다르다.

◆코로 : 이봐, 작전은? 왜 그래?

게다가 코로 씨는 유리한 상황을 만들었으면서 여유롭게 다가오고 있다.

오케이 오케이. 알았어. 아니, 알고 있었어.

평범하게 정면에서 싸워서 이길 리가 없다는 건 예정대로다.

"중지중지! 솔로로 리벤지라니 무리! 미안, 그쪽에서 아코 빌려갈게!"

"그럴 줄 알았어! 자, 아코. 가봐!"

"네! 루시안, 작전은요?"

"플랜 P야!"

"알겠습니다!"

바츠와의 싸움을 돕고 있던 아코가 의심받지 않는 정도로 멀어졌다.

그리고 바츠가 다가오지 않는 걸 확인하고 화면을 전환했다.

"준비 OK에요!"

"좋아, 간다!"

자, 히든카드를 쓴다!

나는 키보드 버튼에서 평소에는 전혀 쓰지 않는 귀찮은 단축키를 눌렀다.

구체적으로는 왼쪽 Shift+F1 버튼! 이런 걸 누르겠냐!

◆루시안 : 코로 씨. 전투 중에 이런 말을 하기는 좀 그런데요.

◆코로 : 오?

키를 누르자 동시에 루시안이 채팅을 쳤다.

사전에 문장을 단축키에 등록해서 채팅을 치게 한 거다.

평소에는 잘 부탁합니다, 수고하셨습니다, 축하합니다, 그런 걸 치기 위한 기능이다.

◆코로 : 미안하지만 채팅 공격은 특기인 편이라고?

그렇겠죠!

채팅 공격이라는 건 전투 중에 무심코 답변하고 싶어지는 채팅을 쳐서 상대의 조작을 빼앗는 테크닉.

작계는 지금 몇 시더라? 라든가. 33-4[#4]라고 쓰면 대체 무슨 칸사이냐고 반박하고 싶어지고, 봉인된 초고대 신화 문자 누루포[#5]를 쓰는 방법도 있다.

상대가 채팅을 치는 시간을 노리면 어느 정도 실력 차이를 뒤집을 수 있다. 전에 세테 씨가 했었지.

그러나 그건 어디까지나 어느 정도다.

처음에 싸웠을 때부터 태연하게 조작하면서 채팅을 치는 코로 씨 상대로 통할 리는 없다.

그러나 그건 채팅 공격 레벨일 때의 이야기다.

#4 33-4 2005년 일본 시리즈에서 한신 타이거즈가 치바 롯데 마린즈에게 통합 스코어 33-4로 패했던 참사를 놀리는 인터넷 밈.
#5 누루포 누루포라는 단어를 치면 갓이라고 답변해줘야 한다는 옛날 인터넷 밈.

"아코, 송신 부탁해!"

"네!"

나는 Shift 키를 누르면서 F2를 눌렀다.

◆루시안 : 바로 지금 다이렉트 메시지로 URL 보냈으니까 잠깐 확인해 보실래요?

◆코로 : 뭐?!

이것에는 역시 방패를 던지는 손이 멈췄다.

◆코로 : 전투 중에 뭐 하는 거야ㅋ

단축키를 입력. 다음은 F3.

◆루시안 : 내용은 현실 저의 진짜 코스프레 사진입니다.

◆코로 : 아니, 치사하잖아ㅋ 그럼 보게 되잖아ㅋ

아까까지 밀어붙이고 있던 코로 씨가 슬금슬금 물러나면서 노골적으로 움직임이 조잡해졌다.

내가 오른쪽으로 돌아 들어가자 조금 늦게 왼쪽으로 물러난다. 평소답지 않은, 나의 의도대로 단순한 조작을 하고 있다.

그리고 몇 초 후, 그 후퇴가 우뚝 멈췄다.

◆코로 : 루시안. 뭔가 갑옷 같은 코스프레 옷을 입은 남자가 나오고 있는데.

보낸 사진은 얼굴에 두꺼운 모자이크를 씌우고 곳곳에 가공을 넣은, 진짜 사진.

내가 학원제때 마스터가 준비해준 갑옷을 입었을 때의 사진이다.

그러나 비치고 있는 건 나만이 아니라.

◆코로 : 갑옷 남자는 넘어가더라도, 저기. 저기 루시안.

◆코로 : 팔에 아주 딱 달라붙어 있는 코스프레 거유가 조금 보이던데, 이거 누구?

좋아, 위치 유도는 완벽!

F4는 건너뛰고 F5!

◆루시안 : 옆에 있는 애는 아코입니다.

◆코로 : 이거 완전히 이 승부하고는 상관없는 승리 선언이잖아!

채팅이 딱 표시된 것을 확인한 뒤에 잠깐 시간을 두고, 바로 앞으로!

코로 씨의 채팅이 표시되는 동시에.

◆코로 : 이건 절대 용서 못해.

아까는 막았던 나의 배시가 꽂혔다.

◆루시안 : 스턴 들어갔어! ← 여기!

◆코로 : 아차.

◆코로 : 그냥 정신 놓고 있었네.

하하하! 전부 읽고 있었다고!

상위 플레이어에게 채팅 공격 같은 게 통할 리가 없다.

그럼 그걸 뛰어넘는 사진 공격!

일반적인 플레이어라면 전투 중에 보낸 사진 같은 건 안 본다.

그러나 최상위 플레이어는 자신의 자존심을 걸고, 전투로 바빠서 확인할 수 없었다는 말은 하지 못한다! 그러니 노골적으로 빈틈이 생긴다!

—그럼 좋겠다고 생각하고 한 건데 진짜로 본 건 좀 놀랐지만!

스턴에 걸린 코로 씨에게 서둘러 공격 스킬을 넣었다.

그러나 대미지가 부족하다. HP는 50% 이상 남았고, 남은 스킬은 오버드 실드뿐. 물론 이걸로 쓰러뜨리는 건 불가능.

그러나 중요한 건 최대한 줄이는 것. 그리고 동료를 믿는 것!

"날릴게! 뒤를 부탁해!"

"알았어!"

"맡겨줘!"

"엑스댐 준비할게요."

의식을 돌린 사이에 위치를 유도했다. 중요한 건 사진 같은 게 아니라 이쪽이다.

오버드 실드는 단순한 공격 스킬이 아니다. 탱커가 쓰는 스킬이라 강하게 날려버리는 효과가 있다.

적을 멀리 보내는 건 메리트도 있고 디메리트도 있지만, 기본적으로는 디메리트가 강하다.

그래서 마무리로 쓰는 스킬이었다.

그러나 이번에는 메리트가 빛난다!

"오버실 들어갔어!"

스턴이 풀리는 아슬아슬한 타이밍에 오버드 실드가 꽂혔고, 갑옷을 입은 코로 씨가 크게 날아갔다.

날아간 곳은.

◆바츠 : 뭐? 잠깐, 왜 날아오는 거야?

◆코로 : 미안, 가슴이 조금.

마스터 쪽과 전투 중이던 바츠, 그 바로 위에 코로 씨가 착탄. 노리던 그대로다.

코로 씨와 바츠를 한꺼번에 범위에 넣고 드래곤 브레스, 마법, 펜리르의 돌격이 들어갔다.

바츠는 물론 피했지만.

◆코로 : 띠~잉.

◆바츠 : 너 왜 죽냐고ㅋㅋㅋ

◆코로 : 일대일이라는 약속 어디 갔어~.

좋아! 코로 씨가 쓰러졌다! 격파다 격파!

◆루시안 : 리벤지 성공이다아아아!

◆아코 : 해냈네요, 루시안!

◆코로 : 아니, 이건 아니잖아. 카운트.

최종적으로 이기면 되는 거다!

"이쪽도 완포를 가지고 있는 이상, 탱커끼리의 싸움은 진흙탕 전개라고. 서로 어딘가에서 아군을 의지할 생각이었어. 틀림없는 나의 승리야!"

"자신의 부끄러운 사진으로 이긴 주제에 멘탈 강하네……."

"아코도 찍힌 거지? 괜찮아?"

"두꺼운 모자이크를 넣었고, 아코는 슬쩍 분간할 수 있는 정도일 뿐이니까."

이렇게나 오래 알고 지낸 사이니까 현실과 조금 얽히더라도 곤란한 일은 없다.

◆바츠 : 이거 좀 위험한데. 어쩔 거야?

◆코로 : 가슴은 무리. 못 이겨. 졌어.

◆바츠 : 그 사진 나한테도 보내줘.

◆코로 : 지금 그쪽으로.

◆코로 : 어? 벌써 지웠잖아! 아직 저장 안 했는데.

◆바츠 : 하~, 못 써먹겠네. 진짜 못 써먹겠어.

◆애플리코트 : 즐겁게 이야기하는 와중에 미안하다만.

채팅의 응수에 섞어서 마스터가 아이스 볼트를 날렸다.

원래는 바로 피했을 스킬이었지만, 아무리 그래도 저렇게나 이야기하고 있으면 그럴 경황이 아니겠지.

◆바츠 : 앗, 큰일.

◆루시안 : 스턴 들어갔어. ← 여기!

아이스 볼트로 둔화됐을 때 슬쩍 스턴.

아무리 그래도 발이 멈췄을 때 스턴도 들어가면.

◆애플리코트 : 하하하! 우리의 승리로군!

◆슈바인 : 죽는 꼴이 너무 한심하잖냐.

◆세테 : 남자는 언제나 이렇다니까!

코로 씨와 나란히 바츠도 그 자리에 쓰러졌다.

하하하!

우리의 완전 승리다!

◆바츠 : 그보다도 사진 빨리.

◆코로 : 페이지 끄지 말 걸 그랬어. 남겨뒀으면 저장할 수 있었는데.

◆애플리코트 : 죽은 자가 말하지 마라.

◆코로 : 차가워.

◆루시안 : 아니, 조금 더 분통해하는 게 어떨까요.

나의 작전에 시리어스함이 조금도 없었다는 건 좋지 않긴 했지만!

◆바츠 : 작전이 우리한테 너무 딱 맞췄잖아ㅋ

◆루시안 : 일부러 코로 씨한테 사진 공격을 날린 것도 전략이었으니까!

코로 씨는 바츠와는 달리 상식을 완전히 버리지는 않은 타입. 멋대로 타인에게 보여주거나 하지는 않는다.

그러나 결코 노 리액션도 하지 못한다. 편승하는 사람이다.

그러면 반대로 타인의 사진 같은 걸 신경 쓰는 인간인 바츠가 이쪽으로 의식을 돌려서 조작 정밀도가 떨어지게 된다.

◆아코 : 저희의 작전 승리네요. 훗훗훗.

◆루시안 : 이겼네~, 완승해 버렸네~.

죽은 두 사람을 앞에 두고 나란히 스샷을 찍었다.

이 게임에서도 최대급의 명장면이네!

◆바츠 : 사진이 아니라도 보면 되나. LA 끝나면 다음에 오프라도 할까?

◆루시안 : 멀쩡한 사람이 온다면 딱히 상관없는데.

온라인 게임부 멤버만 만나는 건 여러모로 문제가 있겠지만, 사람 많이 모이는 가운데 조금 끼는 정도라면 뭐.

◆바츠 : 우리 지인 중에 멀쩡한 녀석 있나?

◆코로 : 온라인 게임을 하는 멀쩡한 어른이라니 뭐야……?

◆슈바인 : 근본적인 부분에서 의문을 품지 말라고.

◆애플리코트 : 일단 고양이공주 씨가 있다만.

◆바츠 : 뭐? 냐☆ 라고 말하는 녀석이 멀쩡할 리가 없잖냐.

"냐아아아아아아악?!"

이벤트 관리 담당으로 대기하고 있던 고양이공주 씨가 갑자기 유탄을 얻어맞고 비명을 질렀다.

아니 뭐, 그래도 멀쩡한 축이란 말이죠, 이 사람. 게임 안에서는 이렇지만.

◆애플리코트 : 놀고 있을 때는 아니다. 강적을 쓰러뜨린 거다. 이 틈에 후위를 함락시키자.

이크, 그랬지.

염원하던 설욕을 달성해서 완전히 즐기고 말았다.

◆루시안 : 목적지는 이 앞이지? 검은 마술사 씨의 본부를 뒤에서 강습하자.

◆†검은 마술사† : 할 수 있을 것 같아?

◆루시안 : 엑.

◆아코 : 엑?

생각지 못한 채팅이 날아와서 주변을 돌아보고 뒤늦게 깨달았다.

성벽 위에 선 검은 마술사 씨가 안뜰 중앙에 모인 우리를 내려다보고 있었다.

그 주변에는 다수의 원거리 직업이 완전히 이쪽을 록 온 상태.

◆세테 : 혹시…… 위기라는, 걸까?!

◆슈바인 : 더 빨리 말 걸라고! 차분히 준비하지 마!

◆†검은 마술사† : 즐거워 보여서 무심코.

그렇게 명랑하게 웃은 뒤, 우리의 머리 위에 원거리 공격이 쏟아졌다.

◆†검은 마술사† : 그럼 스타트 지점으로 돌아가라고.

◆애플리코트 : 끄오오오오오.

◆루시안 : 우리는 포기하지 않을 거니까아아아.

◆아코 : 반드시 돌아올 거예요~!

위에서 쏟아지는 마법과 화살, 원거리 공격에 바로 격침당한 우리는 리스폰 지점으로 돌아가고 말았다.

젠장, 괜찮게 흘러가고 있었는데.

그렇기는 하지만.

일시적으로 바츠와 코로 씨를 꺾고, 마법사 부대의 일부도 전선에서 빠지게 만드는 것에는 성공했다.

가뜩이나 두 파티밖에 없는 최종 보스 군단 중에서 이만큼의 인원이 전선을 떠났다.

그동안 참가자 팀도 노력했다.

◆루시안 : 미안, 바츠를 한 번 쓰러뜨렸는데 방심해서 죽었어!

◆이가스 : 괜찮아요. 이쪽은 이기고 있어요.

◆디 : 엄청 밀어붙이고 있어.

◆†클라우드† : 할 수 있다. 밀어붙여라 밀어붙여.

◆피네 : 액세서리 제약 걸려서 화살에 맞으면 영창이 멈춰! 끊겼을 때 나가!

◆오이와이 : 젬 보급합니다～.

◆유윤 : 어새신하고 로그 셋이 전선 뒤까지 갔어. 타이밍 봐서 무너뜨릴 테니까.

◆디 : 나이스으.

◆유윤 : 어디서 돌진할까? 지시 대기 중.

◆†클라우드† : 언제든 어디서든. 다들 바로 움직일 수 있겠지?

◆코시 : 그럼 20:40에.

역시 지금까지 줄곧 LA를 해온 베테랑들이다. 마스터가 지휘하지 않아도 알아서 공격하고 있다.

◆클라우드 : 이제 곧 양동 들어갈 테니까 추가 공격 준비.

◆카보땅 : 어? 근데 왠지 안쪽에서 전투 벌어지고 있는데.

◆리미트 : 들켰어!

"숨어서 잠입한 어새신 부대가 발견된 모양이네."

"역시 프로한테서 오래 숨어있을 수는 없나 보네~."

"호락호락 죽게 둘 수는 없지. 이쪽도 공격 준비다!"

마스터가 우리에게 지시를 내린 동시에.

◆†클라우드† : 플랜 B, 당장 돌격! ASAP!

◆루인 : GOGOGOGOGO.

◆카보땅 : 555555[#6].

플레이어 군단이 팍팍 뛰쳐나갔다.

녹아내리면서도 인원수로 압도해서, 빠져나간 몇 명이 후위로 돌격해 화살과 직사 공격을 억눌렀다.

◆†클라우드† : 좋아, 빠져나갔다 빠져나갔어.

◆카나타 : 55555555555555555555.

◆디 : 551551[#7].

◆루시안 : 갑자기 만두 이야기하지 마.

40명을 넘는 도전자 부대가 PvP 성 맵을 내달렸다.

원래는 성문이 있어야 하지만, 오늘은 공성전 날이 아니

#6 555555 일본어로 5는 '고'라고 읽는다
#7 551551 오사카의 명물 551호라이 만두.

다. 여기는 어디까지나 PvP 맵이니까 문이 개방되어 있다.

성벽을 간단히 돌파한 우리를 보자, 성벽에 있던 원거리 부대가 물러났다.

◆애플리코트 : 안뜰에 방어 전선을 깔게 두지 마라. 이대로 함락시키자.

도망이 늦었던 적을 쓰러뜨리면서 영주의 방까지 말고 들어갔다.

저쪽은 완전 회복 포션이 없고, 대마법을 쓰지 못하니까 방어선이 얇다. 액세서리도 장비하지 않아서 스펙이 많이 내려가 있다.

"어라? 이거 가능하지 않나?"

"흐름은 좋다. 여기서는 대단한 방어선을 만들 수 없지."

"그럼 이제 이기는 거 아냐……?"

그대로 들어간 영주의 방에는 방어 라인이 완벽하게 만들어져 있었지만, 그다지 압력이 느껴지지 않았다.

◆바츠 : 자～, 그럼. 하루 이른 최종 결전인가?

쏟아지는 대마법 앞에서 바츠가 당당히 말했다.

인원차, 장비 제한, 아이템도 제한되었는데 여전히 질 생각은 없다고 전신으로 주장하고 있었다.

◆애플리코트 : 대마법의 사거리 안이면 우리가 유리하다! 끄트머리를 갖다 대서 물러나게 해라!

◆바츠 : 얕보지 마, 알고 있다고!

대마법을 날리기 위해 조금 앞으로 나간 후위가 돌진해온 바츠에게 당했다.

반격을 당하기 전에 물러나는 움직임도 세련되고 빈틈이 없다. 이 사람 무서워.

이쪽도 공격하고 있는데도 잠깐의 방심으로 숫자가 줄어든다.

역시나 최종 보스다운 모습이었다.

◆디 : 최종 보스 너무 세서 웃김.

◆유윤 : 이런데도 제약이 걸렸다니 사기 아냐?

◆루인 : 아직 할 수 있어.

◆피네 : 타이밍 맞춰. 아수라 빨리.

◆슈슈 : 아수라 갈게~.

두~웅! 하는 굉음이 울렸다.

미즈키가 쓴 큰 기술로 아수라봉황각! 이라는 큰 글자가 떴다. 맞은 상대는— 오오, 복귀했던 코로 씨인가!

◆슈슈 : 반사 아파~.

◆아코 : 어머님에게는 훌륭한 죽음이었다고 전할게요!

◆슈슈 : 언니?! 소생은?!

리플렉트 대미지로 미즈키가 죽기는 했지만, 방어의 일각은 무너뜨렸다.

TMW, 발렌슈타인의 멤버도 조금씩 줄어들고 있다.

이제는 바츠를 쓰러뜨리면 아마 밀어붙일 수 있다. 이거라면.

"그렇다면……."

앞으로 나와 스턴을 노리려고 했지만, 그건 어떨까.

"우리는 아까 그럭저럭 활약했으니까. 돌입해서, 방어선에서 전력을 뽑아냈잖아."

"마지막까지 주최자인 우리가 쓰러뜨리는 건 뭔가 아니지."

"우리는 견제에 전념할까."

"다들 힘내라!"

"힘내라~."

이제는 참가자들이 쓰러뜨리고, 최종 보스를 잡은 걸로 달아오르면서 클리어 이벤트로 들어가자.

우리는 마법이나 화살, 방패를 던지며 원호하면서 조금씩 후퇴했다.

그러자, 그에 맞춰서 이쪽의 전위도 같이 물러났다.

"어라?"

"지금 물러났어?"

결과적으로 전선이 물러나서 우리는 여전히 최전선이다.

"조금 더 물러날까?"

"어? 그래도 이 이상 물러난다면."

"큰일났어! 빼고 있어. 다들 물러나고 있다고!"

말도 안 돼. 아까까지 그렇게나 밀어내고 있었는데, 인원은 이기고 있는데!

영주의 방에 들어오고 나서 우리는 전선에서 어슬렁거리

기만 하고 대단한 활약은 하지 않았다.

물러난다고 해서 돌아올 이유는 없을 텐데.

"여기서 이기지 못하는 건 흐름이 이상하잖아. 뭐가 어떻게 되고 있는 거야?"

"저력 차이? 화재 현장의 괴력이라든가?"

"최종 보스가 숨겨진 진정한 힘에 눈을 떴을 가능성이 있어요!"

"그런 말 할 때가 아니야. 벌써 입구까지 밀리고 있어, 도망칠 곳이!"

밀어붙이고 있어야 하는데 영문도 모른 채 밀리고 있다는 예상 밖의 상황 앞에서 모두의 움직임이 제각각이다.

밀어붙이려 하는 사람, 일단 물러나려는 사람, 적어도 이 자리를 유지하려는 사람이 각각 행동해서 점점 숫자가 줄어들었다.

◆애플리코트 : 음, 큰일이다. 복귀한 최종 보스 멤버가 뒤에서 돌아온다!

◆아코 : 지금 뒤에서 오면 무리예요~!

◆루시안 : 퇴각! 끄흑!

밀려나는 상태에서 퇴로가 막혀버린 플레이어 군단.

이길 수 있다고 생각한 싸움이었는데, 훌륭하게 최종 보스에게 분쇄당하고 말았다.

†††　†††　†††

◆애플리코트 : 이벤트로는 좋은 흐름으로 진행했다고 생각한다.

내일이 마지막 싸움입니다! 용사들이여. 그 진가를 보여줄 때입니다!

요컨대 내일이 실전이니까 힘내자~, 라고 전하고 해산한 뒤.

◆애플리코트 : 최종 보스 군단을 아슬아슬하게 몰아붙였지만 패퇴. 그리고 내일의 실전, 정규 공성전에서 플레이어가 이긴다는 왕도적인 흐름으로 가는 줄거리가 보였다고 할 수 있지.

채팅의 글과는 달리, 마스터는 왠지 복잡한 표정으로 키보드를 쳤다.

◆애플리코트 : 그러나 나의 착각이 아니라면, 싸움의 흐름에 위화감이 있기도 했다.

팔짱을 끼는 감정 표현을 한 마스터가 머리 위에 ? 마크를 띄웠다.

옆에서 슈바인이 흥! 하고 불만스러운 감정 표현을 꺼냈다.

◆슈바인 : 나도 이상하다고 생각했어. 마지막 부분이지?

◆루시안 : 나도 동감. 이대로 밀어붙이면 이길 수 있었는데 전체적인 압력이 약해졌어.

그곳에서 밀어붙이고 있었는데 끝장내지 못한 건 역시 좀 이상하다.

오히려 과하게 공격하다가 함정에 걸려서 전멸하는 편이 납득할 수 있는 흐름이었다고 생각한다.

◆애플리코트 : 물론 전장에 불확정 요소는 따라다니는 법이다. 최전선에 나온 우리가 전장의 안개를 내다볼 수는 없지만…….

◆아코 : 저희가 물러났으니까 같이 돌아와버린 걸까요?

아코가 가장 그럴싸한 의견을 냈다.

하지만 좀 아닌 것 같은 느낌이 든단 말이지.

◆루시안 : 예상이지만, 우리에게 이끌려서 물러난 건 아닌 것 같아.

초심자에게는 흔한, 아군이 물러나면 우리도 물러난다. 공격할 때를 모른다. 그런 분위기는 딱히 없었다.

왜냐하면, 주력이 아니라고는 해도 언제나 공성전에 나가는 TMW의 멤버가 많이 있었으니까. 어쩌면 우리보다도 흐름을 잘 알고 있을 거다.

◆루시안 : 역시 공격하면 이길 수 있다는 걸 알면서 앞으로 나가지 않은 게 아닐까?

◆애플리코트 : 그런 점에서는 마지막에 복귀한 래빗 혼이 전선에 나오지 않았던 게 상징적이었을지도 모르겠군.

◆슈바인 : 아~, 거기. 공격하지 않았었지.

◆루시안 : 레이서 길드니까. 공격할 때는 놓치지 않겠지.

마스터가 거론한 길드는 레이서라는 전술로 유명한 곳이다.

공성전은 정확하게 두 시간이 지나면 종료하는데, 끝난 타이밍에 성을 제압하고 있던 길드가 다음 주의 소유권을 얻는다. 긴 시간 소유하던 길드가 아니라, 마지막 순간에만 이기면 그걸로 충분하다.

그래서 이기거나 지는 싸움이 반복되어서 방어선이 완전히 무너진 격전의 성을 노려서 마지막의 마지막에 라스트 어택으로 성을 쟁취하고, 반격당하기 전에 소유권을 확정시키는 전술이 있다.

싸우는 건 마지막 5분뿐. 장기전을 하지 않는 만큼 비용 대비 효과가 뛰어나기에 한 번의 기회에 수많은 소비 아이템을 쏟아부을 수 있다. 상당히 성가신 전술이다.

준비~, 땅! 하고 내달려서 영주의 방까지 내달리는 것에서 따와서 레이스, 그런 전술에 특화된 길드는 레이서 길드라고 부른다.

그리고 래빗 혼은 레이서 길드의 대표격이라고 할 만한 실적을 내고 있다.

그런 아슬아슬한 시간 싸움에 익숙한 길드가 그 최고의 타이밍에 돌진하지 않았다면, 그냥 이길 마음이 없었다는 것 말고는 생각할 수 없다.

◆세테 : 공격하면 이길 수 있는데 공격하지 않았다…… 그럼 이기고 싶지 않았던 걸까?

◆슈바인 : 그렇게 생각하는 게 자연스럽네.

◆아코 : 다들 이기고 싶지 않았던 걸까요⋯⋯.

이기고 싶지 않다는 것도 이상한 이야기는 아니다.

일단 논리적으로는 이해할 수 있다.

◆루시안 : 내일, 주말에 있는 정식 공성전이 실전이란 건 모두에게도 전했으니까. 그 전에 끝나버리면 아깝다고 생각한 걸까.

◆아코 : 그래도 도중에 이겨도 엔딩이라는 건 확실히 전달했는데요?

◆세테 : 오늘 끝나면 내일은 평범한 공성전을 할 수 있으니까~.

그렇단 말이지.

이벤트가 무사히 끝나면 내일 공성전은 일반 참가가 되니까, 그건 그것대로 기뻐하는 사람이 있을 거다. 오늘 끝나도 괜찮을 거다.

뭐, TMW는 에이스 VS 그 밖의 내전이 될지도 모르지만—.

◆루시안 : 설마 TMW 사람이 이겨버리면 내일이 내전이 되니까 승리를 피했나⋯⋯?

◆슈바인 : 그럴 리가 없다고 단언할 수는 없지만, 대체 얼마나 싫었던 거야ㅋ

◆애플리코트 : 래빗 혼을 포함한 다른 길드와는 상관없겠지.

◆루시안 : 그것도 그런가⋯⋯.

으~음. 모르겠다. 어째서 다들 승리를 피하려고 한 걸까.

우리가 그렇게 곤혹스러워하던 중.

◆세테 : 모르는데 계속 이야기해봤자 소용없잖아!

기운차게 말한 세테 씨가 입구에 손을 돌렸다.

◆세테 : 그래서, 알 것 같은 사람을 불렀습니다!

◆루시안 : 엑?

불렀다고? 무슨 소리? 그렇게 생각할 새도 없이 입구에서 몇 명의 그림자가.

◆디 : 안뇽.

◆유윤 : 수고 많으십니다~.

뭔가 왔다~!

◆세테 : 참가자 두 분을 불렀습니다! 실제 의견을 들어보자!

◆슈바인 : 움직임 참 빠르구만.

◆애플리코트 : 풋워크의 가벼움은 역시 대단하다고 말할 수밖에 없군······.

확실히 참가자 측의 의견을 들어보지 않으면 모르기는 하겠지.

이쪽에서 고민하는 것보다는 건설적인가.

◆디 : 세테가 불러서 왔는데?

◆유윤 : 내일 이벤트 이야기? 뭔가 문제 있어?

◆루시안 : 문제라고 할 것까지는 아닌데.

주로 나의 친구인 두 명이니까, 일단 대표로 물어봤다.

◆루시안 : 오늘 마지막에 말이지. 은근히 이길 법한 분위기였잖아?

◆유윤 : 그러게~. 이거 내일 가능하지 않을까?

◆디 : 저쪽의 높으신 분들 지금 작전 회의 한다던데ㅋ 이거 진다면서ㅋ

내일 이긴다면 괜찮다. 문제는 그쪽이 아니다.

◆루시안 : 딱히 내일이 아니라 오늘 이대로 이겨도 되지 않았어? 그런데 왠지 이기려고 하지 않았다는 느낌이 들어서.

◆루시안 : 그쪽 파티의 분위기는 어땠어?

물어보자, 두 사람은 모두 고개를 끄덕이는 감정 표현을 꺼냈다.

◆디 : 그렇기는 했지~. 이거 이기는 건가? 라면서.

◆유윤 : 인원차도 있었고, 생각보다 편하게 이길 것 같기는 했어.

역시 참가자도 그렇게 생각하고 있었나.

그럼 의식적인지는 몰라도, 실패해서 패한 게 아니라 조절해서 이기지 않았다는 분위기가 있네.

◆루시안 : 만약 내일 확실하게 이긴다면 오늘 패한 건 문제없지만.

◆루시안 : 실전에서도 마지막에 텐션이 내려가서 물러나 버리면 곤란하지 않나 걱정되어서 사정을 묻고 싶었던 거야.

◆유윤 : 아~. 그렇지는 않다고 생각하고 싶긴, 하지만 말

이지…….

참으로 미묘한 말투다.

◆애플리코트 : 뭔가 신경 쓰이는 거라도?

◆디 : 그게~, 아까도 말했지만 생각보다 편하게 이겨버릴 것 같으면, 뭔가 좀?

◆유윤 : 상대는 장비나 스킬도 엄청 제약되어 있으니까, 그걸로 이겨버리면 반대로 패한 거나 다름없는 느낌이지 않아?

◆루시안 : 아아…… 그쪽인가…….

그래. 그 마음이었냐!

못 이겨서 난이도를 이지로 내려서 돌파했는데 납득이 안 간다.

강했던 보스가 업데이트로 너프당하면 오히려 열 받는다.

대전 게임에서 상대가 힘을 빼고 있으면 이겨도 이긴 것 같지 않다.

그런 정면 승부에서 못 이기면 즐겁지 않은, 게이머에게는 흔한 감성이다.

◆유윤 : 인원도 늘었고 연계도 잡혔고, 딱히 못 이겨도 되니까 첫날의 진지한 걸로 도전해 보고 싶은 마음은 있네.

◆디 : 은근히 그런 생각 하는 녀석도 있으니까 내일은 그 이야기도 나오지 않을까?

◆애플리코트 : 과연. 이해할 수 있는 이야기다.

◆세테 : 밧츤네. 전혀 전력이 아니었으니까.

이벤트 개최 전에는 제한 없이는 절대 못 이긴다고 생각했지만, 인원이 늘어나니까 문제는 반대가 되었다.

LA에서 최대의 악을 자칭하며 가로막은 적이, 스스로 제한을 걸고 있는 거다. 그런 상태에서 이겨봤자 저 높은 곳에서 「참 열심히 하셨네요~」라고 말하는 듯한 기분밖에 들지 않을 거다.

이기면 의기양양, 지면 으그극. 그것이 대전의 룰이다. 상대의 변명이 준비된 상태에서 이겨봤자 승리라고 말할 수 없다.

◆슈바인 : 이 몸답지 않게 운영 측에 서서 도전자의 소울을 잃고 있었나…….

◆루시안 : 이대로는 흥겹지 않을지도 모르겠어.

◆애플리코트 : 이건 심상치 않은 문제로군…….

◆세테 : 그렇게 어렵지는 않지 않아?

신음하는 우리에게 세테 씨가 태연히 말했다.

◆세테 : 모두에게 고르게 해주자. 제약을 해제할지 말지!

◆애플리코트 : 흠. 선택지의 양도인가.

◆루시안 : 아~, 괜찮을지도 모르겠네.

난이도를 내려서 이지로 해두면 불만이 있는 사람이 많지만, 하드에서 이기지 못하면 싫다는 사람은 결코 많지 않다. 노멀이 좋은 거다. 노멀이.

어느 난이도가 공평한지는 참가자에게 판단을 맡기면 불만도 줄겠지.

"시나리오 담당, 가능한가?"

"딱히 상관없어."

마스터가 구두로 묻자, 시나리오 담당인 세가와가 답했다.

"손에 넣은 아이템을 파괴하면 적의 힘이 돌아간다고 해 두면 되겠지. 원래 최종일은 열심히 해서 이겨달라는 것 말고는 할 말이 없어서 수수했으니까."

"그럼 개막할 때 그 이야기를 해서, 어디까지 제한을 풀어야 이길 수 있는지 모두에게 정해달라고 할까."

"대본을 수정해야겠네."

"최종 보스 측에도 연락 넣을게. 제약 풀지도 모른다고."

좋아좋아. 방향성은 알았다.

이게 불안감 없이 내일을 맞이할 수 있겠어.

◆애플리코트 : 두 사람. 귀중한 의견 고맙다. 내일 이벤트 시작 때 제약을 푸는 방법을 설명하기로 하마.

◆유윤 : 아, 그럼 하나 제안.

그때 유윤이 손을 드는 감정 표현을 꺼냈다.

◆유윤 : 제약 전부 없애고 거기에 너희도 적이 되는 루트 갖고 싶은데.

◆루시안 : 엑?

앨리 캣츠도 적으로?

어째서 그런 걸 할 필요가 있지?

◆루시안 : 우리가 최종 보스 측에 들어가도 딱히 난이도

가 달라지지는 않잖아?

◆아코 : 걸림돌이 되어서 약체화할지도 몰라요.

◆디 : 아니아니, 윤활유가 있는 편이 강하잖냐.

◆유윤 : 선택지가 여러모로 있는 편이 밸런스가 잡힌다고 생각하거든. 실제로 안 하더라도 가능성만이라도 상관없으니까.

으음. 하지만 그런 선택지를 넣어도 말이지.

◆루시안 : 의미 있어? 고를까?

◆애플리코트 : 지금까지 지휘를 담당하던 우리가 갑자기 사라지면 곤혹스럽지 않나?

◆슈바인 : 그 최종 보스 군단에 앨리 캣츠가 섞여봤자 이물질일 뿐이잖냐.

◆아코 : 최종 보스 느낌이 사라지겠네요.

헛수고 아닌가? 우리는 그렇게 말했다.

그러나 화면 끝에서 디 씨와 유윤은······.

◆디 : 응~? 으응? 으으응~?

◆유윤 : 말하지 마. 절대 말하지 마.

뭔가 엄청 뭐라 말하고 싶은 게 있어 보이는데?

◆루시안 : 뭔가 할 말 있어?

◆디 : 아무것도 없어ㅋ

◆유윤 : 아무튼 넣기만 해줘! 약속!

◆애플리코트 : 울트라 베리 하드로 넣어두는 건 상관없다만.

뭐, 어차피 안 고를 테니까 괜찮겠지. 모두의 동료 앨리 캣츠가 없어지면 쓸쓸할 테니까!

그리고 맞이한 유저 이벤트, 그랜드 엔딩 최종일.

공성전 시작 한 시간 전, 집합 장소에는 어제보다 더 많은 플레이어가 모였다.

총원은 놀랍게도 50명 이상. 물론 벼룩시장이나 프리마켓이라면 더 많은 참가자가 오기도 하지만, 이런 타입의 참가형 이벤트에서는 드물 정도의 규모라고 생각한다.

"이거 제약을 풀지 않으면 무조건 이겼겠네."

"상담해서 다행이었어."

그리고 이벤트 최종일이 시작되었다.

◆아코 : 여신님을 대신하여, 많은 용사가 모여준 것에 감사드립니다.

◆세테 : 번역 : 여러분, 모여주셔서 감사합니다~.

시나리오와 번역 채팅이 흘렀다.

◆아코 : 이제는 마왕군을 토벌하고 그 코어를 파괴하는 것뿐.

◆아코 : 하지만 적도 자신들에게 걸린 봉인을 깨기 위해 움직이고 있습니다.

◆아코 : 힘의 원천인 어둠의 결정이 파괴된다면, 마왕군은 힘을 되찾게 되겠지요.

◆아코 : 모험가 여러분…… 부디 조심하시길…….

◆세테 : 번역 : 이제는 공성전에서 최종 보스 팀을 쓰러뜨

리면 되는데요.

◆세테 : 이전 퀘스트를 클리어했을 때 보수로 드렸던 글이 들어간 반지를 버린다면, 그에 따라 최종 보스들의 제약이 해제됩니다～.

◆세테 : 번역 : 어제는 이미 압도했으니까, 그래서는 재미없을 것 같아서 이쪽에서도 고민했습니다.

◆세테 : 번역 : 해제하고 싶은 제약이 있다면 상담해서 버려주세요～.

◆†클라우드† : 그렇게 나와야지.

◆리미트 : 난이도 올릴 수 있는 건～가～.

◆이가스 : 그건 제약이 너무 심했으니까요.

◆내일의 여왕 : 그랬어?

오늘 첫 참가인 사람은 어리둥절하고 있지만, 매번 왔던 사람은 수긍하고 있었다.

뭐, 인원수도 두 배 이상은 되니까 제약이 너무 심했던 걸지도.

◆아코 : 또한, 어둠이 해방되었을 때 사람들의 마음에 생겨난 작은 악이 그들에게 힘을 줄 가능성이 있습니다.

◆아코 : 결코 자신의 악의에 지지 않도록, 마음을 굳게 먹어주세요…….

◆세테 : 번역 : 그리고 반지를 전부 버리고 좀 더 기합을 넣어라! 전력을 다해! 라고 말하면, 우리 앨리 캣츠도 덤으로

적이 됩니다!

　◆세테 : 번역 : 진행 같은 게 조잡해질 테니까 별로 추천하지는 않습니다!

　◆세테 : 이상입니다~. 제약 해제는 최종 보스 측의 준비도 있으니까 30분 이내에 정해주세요~.

　그런 형태로 브리핑이 끝났다.

　자, 그럼. 어떻게 이야기를 진행할까. 멋대로 상의하라고 하면 너무 무책임하니까.

　그래서 이쪽이 말을 꺼내려고 하기 전에.

　◆유윤 : 그럼 예정대로.

　◆카보땅 : 네~에.

　◆재블린 : ㅇㅋ입니다.

　뭔가 노 타임으로 상담이 끝나더니, 클라우드 씨가 뚜벅뚜벅 앞으로 나왔다.

　◆†클라우드† : 불초 클라우드, 대표로 말하도록 하지.

　그리고는 반지를 버리더니…….

　◆†클라우드† : 그 정도로 최종 보스라니 가소롭기 짝이 없군! 전력을 다해라! 뭉개버려 주마!

　◆디 : 좀 더 기합 넣으라고ㅋ

　◆너구리 사부 : 뭐가 마법 제약이냐구리. 그렇게 해서 이길 수 있다고 생각하냐구리.

　채팅창이 오~! 하고 달아올랐다.

어? 잠깐잠깐!

그 흐름은 좀 아니잖아!

◆슈바인 : 이봐, 번역 제대로 읽었냐?!

◆아코 : 기, 기다려 주세요. 모험가여! 그래서는 어둠이 굉장히 불어나게 되는데요?!

◆세테 : 저기, 앨리 캣츠가 적이 되어버리는데…… 괜찮아?

◆루시안 : 우리가 최종 보스로 들어가는 건 뭔가 말이 안 되지 않아?

우리는 황급히 말했지만.

◆이사나 : 되는데요.

◆코시 : 되는 요소밖에 없는데.

◆루시안 : 되, 된다고……?

어라아? 리액션이 상상하고는 다른데에?

진행이 적으로 돌아서면 대체 어떻게 진행하라는 거야ㅋ 이렇게 되지 않나?

◆유윤 : 그보다 너희가 흑막이잖아.

◆카나타 : 최종 보스 군단에 안 들어가 있는 게 줄곧 위화감이었어.

◆이사나 : 저쪽으로 간다면 오히려 안심.

◆명란 불릿 : 어딘가에서 배신할 것 같았는데.

◆가고 : 빨리 처리해서 안심이 될 정도야.

어라아아아아아아?

앨리 캣츠는 최종 보스 쪽이었어?

거짓말이지? 그럴 리가 없잖아?

◆루시안 : 평화로운 소규모 길드 앨리 캣츠가 왜 흑막이냐고!

◆†클라우드† : 웃기지 마라. 친위대에서 고양이공주 씨를 강탈해 놓고서.

◆루시안 : 윽.

◆소나무볼록 : 길드에 들어갔는데, 멋대로 빠져나가서 재결성했었다볼록.

◆슈바인 : 그때는 정말로 미안하다고 생각하고 있어!

◆리미트 : 함대전 때는 버그를 이용한 소형선으로 마구 날뛰었었고.

◆루시안 : 그, 그건 우연이었어! 당시에는 아직 사양이었다고!

◆루인 : 하늘섬 발견 보수도 가져갔었고.

◆세테 : 그건 미캉! 앨리 캣츠이긴 하지만 앨리 캣츠가 아니라!

◆이가스 : 요리 소재 정가를 화려하게 어지럽혔었죠.

◆애플리코트 : 그, 그건 비밀스러운 사정이 있어서…….

◆유윤 : 애초에 줄곧 발전도를 올리고 있던 문벌귀족의 성을 빼앗고 반파시킨 건에 대해서.

◆디 : 그 후에 TMW가 연 단위로 유지하던 수도성도 박살 나버렸던 그 사건 말이지ㅋ

◆이가스 : 대악당이잖아요.

◆†클라우드† : 당장 소굴로 돌아가 악의 흑막.

◆루시안 : 너무해에에에!

◆아코 : 그렇게까지 말할 건 없잖아요!

변명할 수가 없어!

그보다 앨리 캣츠가 정의 쪽이 아니라 악 쪽이었다는 자각은 솔직히 조금 있었어!

이렇게 말하기는 좀 그렇지만 룰의 바깥쪽, 아슬아슬하게 허용되느냐 마느냐의 선을 달리고 있었던 길드니까!

◆애플리코트 : 후후후후후…… 하하하하하!

그때, 마스터가 양손을 펼치며 크게 말했다.

◆애플리코트 : 그렇게까지 말한다면 좋다! 기대에 부응해 주는 게 우리다운 거겠지!

◆애플리코트 : 지금부터 진정한 사악함을 보여주도록 하마!

―그렇지. 이런 말까지 들었는데 물러날 수 있겠냐고.

◆루시안 : 그래, 맞아! 어디 해보자고!

◆슈바인 : 잔챙이들이 짖어대기는. 후회하게 만들어 주겠어.

◆아코 : 정의가 꼭 이긴다고는 할 수 없으니까요!

◆세테 : 반드시 최종 보스를 이기게 해줄 테니까!

◆애플리코트 : 우리 앨리 캣츠의 진정한 힘에 전율하도록 해라!

하하하하하! 그렇게 가슴을 편 앨리 캣츠 일동에게, 나지막한 채팅이 흘렀다.

◆고양이공주 : 악역이 너무 잘 어울린다냐……

시끄러워요! 주인공 같은 게 안 어울린다는 건 알고 있으니까!

◆루시안 : 그런고로 쫓겨났습니다.

◆바츠 : ㅋㅋㅋㅋㅋㅋ

◆†검은 마술사† : 최고의 결말이네.

◆바츠 : 우리도 하면서 왜 이 녀석들이 적이지? 했었으니까ㅋ

◆†검은 마술사† : 이제 전력을 다할 수 있게 된 거지.

거부하면 어쩌나 하면서 왔는데 대환영을 받았다.

태연하게 받아주고 있어서 뭔가 납득이 안 가!

◆†검은 마술사† : 참고로 보고하겠는데, 이쪽도 몰래 인원을 늘렸어.

◆루시안 : 네? 늘리다니 어디에서?

◆아코 : 최종 보스가 되고 싶은 사람이 있었나요?

◆애플리코트 : 넣었다면 강함에 손색은 없겠지? 그런 플레이어가 어디에?

◆할아버지 : 와 줬다.

◆엘피 : 안녕하세요.

◆애플리코트 : 아니, 뭘 하는 거냐. 문벌귀족!

문벌귀족~! 진짜 뭐 하는 거야!

◆루시안 : 댁들은 규모하고 전력이 전체 길드 중 2위잖아! 왜 최종 보스를 하러 온 건데!

◆슈바인 : 자기 성이나 지키라고!

우리가 놀라서 따졌지만, 문벌 멤버는 개의치 않은 기색이었다.

◆엘피 : 반대로 묻겠는데요. TMW가 내전에 힘쓰는 지금, 어느 길드가 문벌귀족을 공격한다는 거죠?

◆루시안 : 그렇게 말하니 딱히 떠오르지 않는데…….

공성전에서 대규모 길드끼리 전력 대전하는 경우는 별로 없으니까.

◆엘피 : 애초에 방어에 성공해봤자 이미 발전도 같은 건 의미가 없어요.

◆엘피 : 의욕이 떨어져 갈 때 이 이벤트를 알게 됐거든요.

◆애플리코트 : 그럼 문벌귀족도 일부가 이쪽에?

◆엘피 : 에이스를 자부하는 멤버예요. 특히 마법직이 많으니까 방어전에서는 톱 클래스겠죠.

◆할아버지 : 맡겨두거라.

◆†검은 마술사† : TMW도 돌파하려면 고생하는 멤버야. 이거면 질 일은 없겠지.

◆루시안 : 으~음. 전력차가 너무 나는 것도 좀 그런데.

◆슈바인 : 제약도 해제했으니까.

어제 질 뻔했다고 해서 간단히 전력이 늘어나면 곤란하다.

그보다 그 정도의 일은 검은 마술사 씨도 알고 있을 거다.

무슨 생각인 걸까?

◆†검은 마술사† : 그 점이라면 걱정할 것 없어.

◆애플리코트 : 뭔가 계산이라도 있는 건가?

◆†검은 마술사† : 곧 알게 될 거야. 그보다도, 말이지.

검은 마술사 씨가 그 자리에서 수십 명의 플레이어를 슬쩍 돌아봤다.

◆†검은 마술사† : 어때? 앨리 캣츠 제군. 인원도 늘어났으니, 이 멤버로 연계하는 건 조금 성가시다고 생각하지 않아?

응? 갑자기 화제가 달라졌네?

그렇게 생각했지만 무시할 수는 없었다.

◆루시안 : 아, 그럼 연락용 파티 만들까요?

◆†검은 마술사† : 이제는 파티를 다시 만들어서 연계할 수 있는 레벨이 아니야.

◆†검은 마술사† : 원래 두 파티를 방어와 유격에 돌려서 억지로 움직였거든. 이 인원으로는 성립하지 않아.

◆애플리코트 : 음. 그럼 새로 길드를 만들어서 그쪽에 일단 모일까?

◆바츠 : 그런 건 귀찮잖냐. 이걸로 가자고.

바츠에게서 길드 표시가 사라졌다.

그리고 서브 마스터 권한으로 로그에 표시가.

▶바츠가 길드 가입을 신청했습니다.◀

◆루시안 : 뭐? 길마인데 대체 왜 탈퇴한 거야?

◆바츠 : 내일 없어지는 길드에 미련이 어딨어?

◆†검은 마술사† : 역시 이야기가 빠르네.

TMW 사람들도 속속 길드에서 탈퇴했다.

엘피 씨와 문벌귀족 사람들에게서도 길드 마크가 사라졌다.

그리고 전원이 앨리 캣츠에 가입 신청을 넣었다!

"어? 이거 전원 넣는 거야?!"

"대체 무슨 상황인 거죠?! 모두 앨리 캣츠인가요?!"

"자, 잠깐. 확인해 보마!"

◆애플리코트 : 뭐냐, 이건. 흐름이 이상하잖나!

◆애플리코트 : 새 길드를 만들거나, 최종 보스에 어울리는 발렌슈타인이나 TMW에 합류하는 게 나았을 텐데!

◆바츠 : 새 길드라면 누가 길마 하느냐로 다투겠지.

◆†검은 마술사† : 우리도 발렌슈타인으로 이 게임을 끝내는 건 역시 좀 피하고 싶거든.

◆바츠 : TMW에 들어가는 게 제일 말이 안 돼.

이 녀석들. 여기까지 와서 아직도 다투고 있어······!

◆†검은 마술사† : 아아, 동맹만큼은 맺자. 소유권을 공유할 테니까 이 성은 앨리 캣츠가 관리할 수 있어.

길드에 펑펑 표시가 나오면서 데이터가 전환되었다.

장난 아니잖아. 이건 진심이다. 동맹 길드에게 성채 관리권을 넘겨주다니 농담으로 할 수 있는 일이 아니라고.

"마스터…… 이건 각오를 다질 수밖에 없을지도……."

"에에잇. 그래! 알았다! 전부 알았다! 의도는 이해하고말고!"

마스터는 자포자기한 듯 말하고는 키보드를 쳤다.

◆애플리코트 : 유저 이벤트, 그랜드 엔딩 참가자!

◆애플리코트 : 그리고 그 존재를 아는 모든 플레이어에게 고한다!

◆애플리코트 : 수도성을 소유하고, 공성전 최강의 칭호를 부동의 것으로 삼았던 TMW의 주력 집단.

◆애플리코트 : 마찬가지로 성을 소유하고, 높은 세율로 악명을 떨치던 문벌귀족의 주력 집단.

◆애플리코트 : 그리고 LA만으로 그치지 않고 많은 온라인 게임에서 악명을 떨치던 발렌슈타인.

◆애플리코트 : 제군들이 버린 우리 앨리 캣츠가, 그들 전부를 끌어들였다.

우와아, 멤버를 보기만 해도 악랄하다.

이건 틀림없이 최종 보스다.

◆디 : 이건 악의 축.

◆이가스 : 틀림없는 인류악.

말이 참 심하네!

나도 적이었다면 그렇게 말하겠지만!

◆애플리코트 : 모든 선한 플레이어여. 정의를 믿는 용사들이여!

◆애플리코트 : 서버 전체의 악을 짊어진 우리를 훌륭히 쓰러뜨려 보여라!

◆애플리코트 : 제군들을 가로막는 적의 이름은 앨리 캣츠! 마왕 앨리 캣츠다!

◆애플리코트 : 이것이 레전더리 에이지 최후의 적!

◆애플리코트 : 이 게임 최종 보스의 이름이다!

오오, 하는 수수께끼의 환성이 전체 채팅에 흘렀다.

뭐야? 좋아하는 거야? 어이없어하는 거야? 이건 대체 무슨 리액션인데?

"이상해……. 우리는 최종 보스를 쓰러뜨리고 기분 좋게 레전더리 에이지를 끝내려고 했을 뿐인데……."

"이쪽이 최종 보스가 되는 전개는 시나리오에 상정하지 않았다고?!"

"마왕 애플리코트라고 부르고 있어요오."

"상관없다. 앨리 캣츠를 최고의 길드로 만든다는 나의 꿈이 이루어진 순간이로군."

이런 방향으로 이루기를 바라지는 않았어!

"어째서 마지막의 마지막에 최종 보스를 하게 되는 걸까아."

"LA의 안 좋은 구석을 전부 우리에게 떠넘기지 않았어?"

"온라인 게임 역사의 한구석 정도에는 남을 것 같다나아."

완전히 예상 밖이었지만, 우리도 최종 보스가 되고 말았다.

에에잇. 이제 됐어. 이쪽에는 TMW에 문벌귀족, 발렌슈타인까지 붙어있다고!

　우리야말로 마왕이다. 정말로 플레이어들을 마구마구 두들겨 패서 대승리 해주겠어!

　레전더리 에이지의 미래는 배드 엔딩으로 결정이다!

4장

"이것이 레전더리 에이지, 마지막 퀘스트예요!"

◆마크롱 : 마왕 토벌팟 힐러1, 전위 딜러3

◆고래데블 : 어새신 로그 한정 마왕 파티 모집, 한 방에 은신 돌파 노립니다.

◆슈슈 : 아수라 충전 샌드백 부탁합니다. 몽크 세 명의 풀 콤 버틸 수 있는 사람~.

◆재블린 : 마왕 상대할 길드 동맹 결정 중, 조건 없음, 팀 킬 피하기 위해 가입 부탁합니다.

◆오이와이 : 길고양이 사냥할 사람한테 POT 배포합니다. 수도 남쪽 교차점.

"우와~, 마왕 상대하는 파티 엄청 모집하고 있네."

"동맹 모집하는 사람 엠퍼러 소드의 마스터잖아. 나 기억하고 있어."

"그런대로 큰 길드잖아?!"

이미 시작한 이상 어쩔 수 없다. —그렇게 간단히 납득할 수는 없지만, 우는소리를 해본들 별수 없다.

이건 이것대로 즐겁다는 마음도 없지는 않으니까.

"현실에서는 싫지만, 여기라면 마왕이라는 것도 즐거워 보이네요."

"여기까지 왔으니 이기자! 이 세계는 배드 엔딩이 되어줘야겠다."

"당하고만 있을 것 같냐고."

"세계에! 평화는!"

"찾아오지 않습니다!!!"

이미 완전히 마왕군으로 싸울 생각밖에 없는 앨리 캣츠였다.

◆애플리코트 : 그럼 작전은 어떻게 할 거냐. 준비 시간은 그리 많지 않다.

◆루시안 : 앨리 캣츠도 나뉘어서 그쪽 파티에 합류할까?

◆†검은 마술사† : 필요 없어. 제약이 해제되고 문벌귀족이 합류한 이상, 일반적인 침공은 방어 부대로 막을 수 있으니까. 앨리 캣츠로 한 파티를 만들어서 유격을 담당해줘.

◆바츠 : 우리가 돌파당했을 때의 최종 라인이지.

바츠 일행을 번외 전술로 쓰러뜨린 뒤, TMW가 원호하러 왔었지.

그 역할을 우리가 맡아서 안정시키는 건가.

◆슈바인 : 일반적인 침공이라고 해도 말이지. 일반적이지 않은 수단이 있냐?

◆†검은 마술사† : 유감이지만 가능성은 있어.

슈가 의문을 던지자, 검은 마술사 씨가 자기 지팡이를 빙글 돌렸다.

◆†검은 마술사† : 첫 번째는 공성 병기 부류야. 이쪽으로

서는 역시 불안 요소지.

◆엘피 : 발렌슈타인도 무적은 아닙니다. 저쪽이 만든 공성 병기를 파괴하면서 돌파하는 건 현실적이지 않겠죠.

◆바츠 : 하겠지만.

◆루시안 : 할 것 같긴 한데 말이지.

그렇다면, 이건 그나마 위험도가 낮은 건가.

◆애플리코트 : 다른 리스크는 뭐라고 생각하나?

◆†검은 마술사† : 한계를 넘어서는 진군이지. 광역 마법은 언뜻 무제한으로 타격할 수 있는 것처럼 보이지만, 실은 한 번에 100 타깃 이상은 타격할 수 없어.

◆루시안 : 그런 시스템이 있었어?!

몰이사냥을 할 때도 100마리 이상의 적을 모은 적은 없다.

내가 버틸 수 없고 민폐니까, 그런 건 확인한 적이 없었다.

◆슈바인 : 그렇다면, 그런대로 버틸 수 있는 전위가 100명이상 돌진하면 어느 정도 돌파하는 건가. 불가능하다고 단언할 수는 없겠어.

◆아코 : 아까 왔던 사람이 50명 정도니까 100명은 안 오는 게…….

◆†검은 마술사† : 과연 어떨까. 조금 전 월드 채팅의 흥겨운 모습을 봤으니까. 이쪽의 정보로는 상당한 인원이 참가한다고 보고 있어.

에에엑? 기쁘긴 하지만, 마지막 공성전에서 과연 그렇게 많이 올까?

◆애플리코트 : 각 길드가 최소한의 방어 인원만을 남기고, 한가한 공격수들은 이쪽으로 보낼 가능성이 있다고?

◆†검은 마술사† : 그걸 상정하고 있어.

모든 길드가 앨리 캣츠에게 포화 공격? 진짜로?

"어제까지는 그 정도까지 하지 않았잖아……."

"앨리 캣츠 너무 미움받고 있지 않나요?"

"그렇게 유명 길드는 아니지 않나~?"

"딱히 우리가 목표일 필요는 없는 거다. 원래는 길드가 그 대로 있었던 만큼 『유명인들의 콜라보 기획』 정도로 생각하고 있었겠지만, 이제 전원이 길드를 탈퇴해서 앨리 캣츠라는 간판 아래에 모였으니 『서버의 적』으로 보기 쉬워졌겠지."

"아아…… 처음에 상정했던, 그야말로 최종 보스! 라는 게 만들어진 거구나."

당초의 의도가 여기서 완성되어 버린 모양이다. 전혀 바라지 않은 형태로.

"그 역할은 발렌슈타인이나 고양이공주 친위대라도 괜찮았잖아……."

"이름이 남지 않아서 정말로 다행이다냐."

레전더리 에이지의 근원적인 악이 되기 직전이었던 고양이공주 씨였다.

◆†검은 마술사† : 그리고 생각할 수 있는 공격 수단은

또 하나, 치트야.

◆루시안 : 그건…… 진지한 의미로?

이 게임에는 치트가 있다는 게 섭종 전에 화제가 되었었다.

◆†검은 마술사† : 그건 아니야. 하지만 실질적으로는 치트 같은 셈이지.

◆바츠 : 은랑, 나올까?

◆†검은 마술사† : 가능성은 항상 있어.

두 사람이 복잡한 표정으로 논의를 나눴다.

그때 아코가 손을 들었다.

◆아코 : 저요! 설명을 요구합니다.

◆슈바인 : 아, 아코는 모르겠네.

◆루시안 : 은랑이라는 건 레어 장비야. 그것도 톱 오브 톱.

뭐니뭐니 해도 이 서버에서는 확인된 게 딱 하나뿐인 아이템이다.

◆애플리코트 : 은랑왕 데미 스콜이라는 필드 보스가 있는데.

◆애플리코트 : 잡는 것도 고생이고 일주일에 한 번밖에 나오지 않는다.

◆아코 : 호에~, 그 아이가 떨구는 장비인가요?

◆애플리코트 : 떨구긴 하지만, 차라리 떨구지 않는다고 말하는 게 올바르겠지.

◆슈바인 : 드롭률 0.005%였던가?

◆아코 : 그건 제로라고 하는 거잖아요!

그렇다. 제로라고 해도 좋을 만큼 낮은 확률이다.

◆슈바인 : 그런데 그걸 뚫고 은랑의 왕미 스콜 스카프를 손에 넣은 녀석이 있어.

◆아코 : 세련된 이름이네요! 어떤 효과인가요?

◆애플리코트 : 마법이 통하지 않게 된다.

이건 카드 게임 같은 데서 자주 나오는 말인데, 효과를 설명하는 문장이라는 건 짧은 게 더 위험하다. 기나긴 설명문이 있는 것보다 단순한 효과가 강한 거다.

스콜 스카프도 그런 장르의 장비다.

짧으면서도 쓰여 있어서는 안 되는 문장을 들은 아코가 곤혹스러워하며 말했다.

◆아코 : 통하지 않는다니…… 어디까지요?

◆루시안 : 전부. 완전히 100% 무효.

◆아코 : 완전히라니. 어, 그치만 힐 같은 게 안 통하면 곤란하지 않나요?

말씀하신 대로입니다.

◆루시안 : 곤란하게도 안 통해. 지원 마법도 안 통해. 진짜로 마법에 속하는 건 모조리 안 통하게 돼.

◆아코 : 그 환상을 부숴버리는 느낌의 치트는 대체 뭔가요!

치트지만, 존재하니까 어쩔 수 없어.

◆†검은 마술사† : 우리 쪽에서도 리스폰될 때마다 토벌하고 있는데, 딱 한 번 드롭된 걸 확인했어. 유감스럽게도

MVP를 놓쳐서 줍지는 못했지만.

◆아코 : 가진 사람이 어딘가에 있는 거네요…….

◆†검은 마술사† : 공성전에는 흥미 없는 길드의 사람이야. 연구소 같은 데서 사냥하는 데 쓰기만 하고 평소에는 창고에 넣어두고 있다고 해.

아까운 이야기이기는 하지만, 툭툭 꺼내놓아도 곤란하니까 고맙기도 하다.

◆바츠 : 돈 잔뜩 쌓아두고 교섭했는데 말이지. 돈에 흥미 없는 타입인 녀석들은 무리야.

◆†검은 마술사† : 굳이 따지자면 공성전이 자기들 때문에 망겜이 되는 걸 기피하고 있던데.

◆바츠 : 알고 있다는 건, 너도 교섭했던 거냐.

◆†검은 마술사† : 당연하잖아. 돈을 팔꿈치 높이까지 쌓아놨는데 말이지.

듣기만 해도 무서운 이야기였다.

우연히 나온 보스 레어템 때문에 톱 길드에서 연락이 쇄도한다면, 나도 무서워서 도망치겠지.

◆†검은 마술사† : 그 밖에도 장난이 아닌 장비는 있어. 몰이 나오면 조금 성가셔.

◆바츠 : 그리고 아스트랄이겠지. 공성전에서 한 번 나왔다고 하니까, 이쪽은 가능성 높다고.

"그건 뭔가요?"

"묠은 천추 묠니르라는 해머 무기. 일반적으로 써도 위험할 만큼 딜이 나오지만, 공성전에서 쓰면 성벽을 박살내."

"인간 공성 병기잖아요!"

"방어고 뭐고 할 수가 없겠네."

커다란 공성 병기를 들고나오지 않는 한 벽을 부술 수 없다는 전제로 지키고 있는데, 그걸 파괴하는 터무니없는 장비다.

물론 몬스터에게 써도 무지막지하게 강하다.

"그리고 에카트 아스트랄. 평범하게 써도 굉장히 강한 창이지만, 장비할 때만 특수 스킬이 생겨서 창을 던질 수 있어. 플레이어가 맞으면 즉사."

"즉사라니, 어느 정도의 즉사인가요?"

고정 확률인가요? 스테이터스 내성인가요? 아코는 그렇게 물었다.

슬프지만 그런 일반적인 장비였다면 화제에 오르지 않아.

"무조건으로 문답무용의 확정 즉사."

"치트에요! 치트잖아요! 그런 장비가 있을 리가 없어요!"

"있단 말이지."

정말로 그런 레벨의 장비가 있어.

레전더리 에이지의 좋은 점이기도 하고 나쁜 점이기도 하지만, 악랄한 장비라는 게 그럭저럭 존재한다.

◆세테 : 밧촌은 안 가지고 있어?

◆바츠 : 있을 리가 없잖냐.

◆†검은 마술사† : 성을 보유한 대규모 길드가 수입 전부를 거기에 쏟아부어서 연 단위를 들여야 만들 수 있는 규모야. TMW에서도 검토했지만 가성비가 너무 안 좋았지.

◆아코 : 만든 길드가 있는 거네요…….

있단 말이지.

◆†검은 마술사† : 일단 길드 통째로 권유했었지만. 뭐, 거절당했어.

◆바츠 : 그런 걸 만드는 녀석은 자기들 말고는 흥미가 없다고.

무조건 갖고 싶어서 만든 게 아니라, 모두가 단결해서 목표로 삼으면 좋겠다, 만들면 재미있겠다. 그 정도의 목표로 한 거겠지.

딱히 완성되지 않아도 된다. 과제로 해두면 매일 할 일이 생기니까.

모두가 함께 즐기기 위한 테마로 초레어 장비를 선정한 결과, 몇 년을 들여서 거기까지 도달했을 뿐이다.

◆애플리코트 : 서버 전체가 적이 되었다면, 그런 진정한 신기가 적으로 돌아설 가능성도 있는 거로군.

◆†검은 마술사† : 가능성에 지나지 않아. 머리 한구석에 넣어두는 정도지.

◆애플리코트 : 그렇다면 좋겠는데 말이지.

마지막의 마지막이니까, 창고에 박아둔 게 아까워서 꺼낼지도 모른다.

　최악의 경우 누군가가 온 경우에라도 대처할 수 있게 고려해 놔야겠지.

　◆바츠 : 뭐, 나오더라도 쓰기 전에 우리가 격추할 테니까.

　◆루시안 : 바츠라도 즉사는 즉사잖아.

　◆바츠 : 죽을 때는 너희가 방패가 돼야지. 죽고 와.

　◆슈바인 : 야, 인마.

　◆애플리코트 : 마왕을 버림패로 쓰는가. 이 대마왕 놈들.

　◆미캉 : 보고합니다. 적, 벌써 모이고 있어요.

　◆바츠 : 이크, 시간이 됐나.

　이야기하는 사이 시간도 지나서, 공성전 준비 시간에 들어갔다.

　시작하기 전에 방어 라인을 만들어야겠지.

　모두 함께 성벽 위로 이동하자, 이미 멀리서 플레이어 군단이 모이기 시작하고 있었다.

　화면을 가득 메우는 거대한 숫자.

　그 총원은—

　◆루시안 : 어? 이거 몇 명 있는 거야? 너무 많아서 표시가 다 안 되고 있는데?

　◆애플리코트 : 최소 200, 그 이상은 계측 불가능이군.

　◆세테 : 어제의 두 배 수준이 아니네…….

◆아코 : 이, 이 인원이 공격해 오는 건가요?

진짜로 장난 아닌 숫자인데?!

어째서 굳이 자신들의 성을 공격해야만 하는 건가. 어제까지는 그렇게 말하던 TMW 멤버도 있었지만, 지금은 대부분 온 것 같다.

◆애플리코트 : 어제까지와 달리 정식 공성전이다. 이벤트 참가 신청을 하지 않아도 이 자리에 오면 싸울 수 있지. 그렇게 허들이 낮다는 점도 클 거다.

◆루시안 : 무언 참가! 이러니까 사람들은!

◆아코 : 그런 말을 할 때가 아니에요! 아직도 늘어나고 있어요!

전챗에서 달아오르고 있었기 때문인지 친한 사람끼리 온 길드도 몇 군데 있는 모양이라서 정말로 서버 전체를 끌어들인 대규모 전쟁이 되어버렸다.

우리는 이 숫자를 이겨야만 한다는 거야? 진심으로 하는 소리야? 무리 아냐?

그렇게 새파래진 우리 앞에서.

◆바츠 : 잔챙이가 떼거리로 몰려오니 좋군. 처음부터 이걸 하고 싶었단 말이지.

◆†검은 마술사† : 몇 명이나 성문에 도착할 수 있을지 볼 만하겠어.

◆미캉 : 한 명이 열 명 잡으면, 가능.

이쪽 에이스 부대는 흥분에 몸을 떨고 있었다.

이 인원차라면 한 명이 열 명 잡아도 한참 남을걸.

◆바츠 : 우리는 앞으로 나가겠어. 이 인원으로는 공성 유닛이 나오고 나서 잡아봤자 늦어.

◆†검은 마술사† : 행운을.

◆바츠 : 그쪽도 말이지.

짧은 대화 후, 발렌슈타인이 출격했다.

◆애플리코트 : 우리도 준비하자. 아코는 버프 갱신, 공격이 닿으면 회복, 평소대로.

이쪽도 마스터가 지시를 날렸다.

◆루시안 : 나는 접근할 때까지 직접 공격의 벽이 될게.

◆슈바인 : 이 몸은 근접 부대와 성 내부를 돌겠어. 은신 부대가 올 테니까.

◆세테 : 정기적으로 무땅한테 짖으라고 할게.

▶지금부터 공성전을 시작합니다.◀

방어 준비가 끝난 즈음에서 시작 알림이 들어왔다.

곧바로 밀려올 줄 알았는데, 적은 의외로 먼 곳에서 대기하고 있었다.

"역시 인원이 많아서 지휘가 잘 안 되는 걸까."

"어제까지 내가 지시하고 있었으니까. 지금은 리더가 있는 것도 아니니 신속한 행동은 할 수 없겠지."

"저렇게 많으면 숫자로 밀어붙이기만 해도 충분히 강하잖아."

"저기, 이건 뭔가요?"

성벽에 서 있던 아코가 말했다.

바라보니 아코의 얼굴 주변에 타깃 마커 같은 익숙하지 않은 표기가 나왔다.

"음? 이건."

◆†검은 마술사† : 루시안, 블록!

그 채팅을 본 순간, 반사적으로 아코 앞으로 이동했다.

무슨 일이 일어나는가. 그리고 이게 의미가 있는 건지도 생각하지 않고 방패를 들자 깡! 하는 새된 SE와 빛나는 빔 같은 이펙트가 반짝였다.

빛나는 무언가가 멀리서 꼬리를 끌며 일직선으로 날아와 나의 루시안을 꿰뚫었다.

◆루시안 : ······어? 죽었는데?

최대 HP와 완전히 같은 대미지 표기가 머리 위에서 반짝였고, 나는 히트 이펙트도 없이 그냥 당연하다는 듯 죽었다.

이렇게 간단히 죽을 만한 내구력은 아니었을 텐데?

◆아코 : 루시안?! 지금 이건 뭔가요!

◆†검은 마술사† : 아스트랄이네. 아까 화제로 나왔던 거야.

◆루시안 : 뭐?

◆아코 : 네? 벌써 나온 건가요?

아스트랄? 에카트 아스트랄? 아까 이야기했던 즉사 치트 창?!

지금?! 개전과 동시에 쐈다고?!

"어째서 첫수에 치트를 날려내는 거냐고오오오오."

"가능성이 있을 뿐이라고 했잖아요 싫어요오오오오."

"우는소리 해본들 별수 없잖아!"

"서, 설마 개막하자마자 꺼낼 줄이야……."

마스터조차도 식은땀을 흘리고 있다. 아까 이걸로 죽은 게 마스터라도 전혀 이상하지 않았으니까.

아코에게 소생을 받아서 복귀하기는 했지만, 이게 이어지면 역시 좀 곤란하다고.

◆†검은 마술사† : 감싸면 막을 수 있다는 건 다른 서버에서 했던 검증 결과로 알고 있었으니까. 루시안이 남아줘서 다행이야.

◆루시안 : 아～. 장거리 필중 즉사지만, 관통 효과가 없는 즉사 스킬인가요?

◆†검은 마술사† : 눈치가 빠르네. 표시상으로는 관통하고 있지만 죽는 건 한 명이야.

표적이 크고 할 일이 없는 탱커 캐릭터, 내가 앞에서 맞으면 된다는 거잖아. 젠장.

경험치가 줄어드는 것도 아니고, 포션도 곤란하지 않다. 딱히 상관없기는 하지만!

◆†검은 마술사† : 신기는 어차피 하나뿐. 진짜가 와.

◆애플리코트 : 위저드 부대 공격 개시한다!

그리고 화려한 섬광을 신호로 플레이어 군이 진군해왔다.

통과하게 두지 않겠다는 듯이, 어제와는 다른 대마법의 바다가 필드를 가득 메웠다.

너무 접근한 몇 명이 단번에 쓰러졌고, 소생을 기다리지 않고 바로 돌아갔는지 빛이 되어 사라졌다.

첫날에도 그랬듯이 마법이 있는 방어선은 무시무시하게 단단하다.

◆†검은 마술사† : 한동안 이걸로 버티겠어. 래빗 혼 같은 대인원을 벽으로 삼은 돌파 전술에만 대처해줘.

◆엘피 : 정면 주의.

◆버섯의 콩가루 : 길마 저거!

마법 공격으로 벽을 만들던 TMW의 멤버가 말했다.

가리킨 곳에는 말도 안 되는 광경이 있었다.

화면을 가득 메우는 광역 마법, 번개에 불꽃, 눈에 얼음, 흔들리는 대지에 엉망진창이 된 성 앞에서, 일직선으로 다가오는 플레이어.

원래는 100번을 죽어도 남을 공격의 비를 전혀 아랑곳하지 않는다.

"저거, 어째서 살아있는 건가요……."

"와, 진짜다. 넉백도 안 당하고 통과하고 있네."

성을 순회하던 아키야마가 아코의 화면을 보고 아연실색했다.

◆애플리코트 : 마법이 전혀 안 통하고 있다.

◆루시안 : 렉은 아니지?

◆†검은 마술사† : 저런 편의적인 렉이 있을 리가 없지.

화면 안의 인원이 많기는 하지만, 딱히 렉으로 워프하고 있는 것도 아니다.

속성이 뒤섞여 있으니까 속성 내성으로 통과하고 있는 것도 아니다.

즉, 근본적으로 무효. 마법이 전혀 통하지 않는다.

그렇다면.

◆루시안 : 은랑 소유자도 왔잖아.

◆아코 : 치트의 템포 빠르지 않나요?!

속속 집합하고 있잖아!

온다고 해도 한 명 정도 아니야?! 왜 몇 명이나 온 건데?!

◆애플리코트 : 내놓는다고 해도 설마 첫수부터일 줄이야. 비밀병기로 마지막에 낼 줄 알았다만.

◆루시안 : 이게 마지막이니까 아끼지 않는 거냐고.

아무리 그래도 좀 봐줘. 그렇게 머리를 감싸 쥔 우리와는 달리, TMW는 냉정했다.

◆†검은 마술사† : 불행 중 다행이야. 작전에 따르는 편이 더 성가셨어.

◆재수인간 : 마지막이니까 써보고 싶다는 가벼운 분위기 겠네요.

◆†검은 마술사† : 쓰는 방식이 초보자니까.

그렇게 말하고는 즉시 지시를 내렸다.

◆†검은 마술사† : 은랑 소유자에게 화살을 집중! 발을 묶어라!

◆미캉 : 다리 노리기, 이얍〜.

애로우 레인을 쏘던 활 부대가 레그 스나이프로 공격을 전환했다.

이펙트가 격렬해서 잘 안 보이는지 은랑 보유 플레이어는 화살을 제대로 피하지 못하고 둔화되었고, 느려졌을 때 저격이 집중되어 금방 쓰러졌다.

"어라? 간단하네."

"치트라는 건 보면서 알게 됐지만, 바로 죽었네요……."

"아무리 강력한 장비라도 쓰는 사람이 익숙하지 않으니 말이지. 비밀병기를 갑자기 꺼내본들 간단히 쓸 수 있는 건 아니다."

마스터는 만족스럽게 고개를 끄덕이며 말했다.

평소에 대인전을 하지 않는 사람이 강한 장비를 들고나온다 해도 느닷없이 히어로가 될 수는 없나.

"강한 사용법은 어떤 느낌일까요?"

"은신으로 숨어서 침입하면 성가셨겠지. 마법으로 잠입 상태를 알아내지 못하는 이상, 꽤 높은 확률로 돌아 들어올 수 있다."

"무서워라."

"마법이 아니라서 무땅의 스턴은 통하니까, 열심히 짖으라고 할게."

"현재는 잠입 없음. 자자, 느긋하게 이야기할 때가 아니야."

처음부터 히든카드를 꺼내기는 했지만, 상대도 그걸로 이긴다고는 생각하지 않았던 모양이다.

산발적인 견제를 나누면서 적당한 거리를 두고 전선을 구축했다.

그리고 안정된 전선이 완성되면, 그 안쪽에서 준비되는 것이 공성 병기.

◆아코 : 8시 방향. 공성 병기에요!

◆†검은 마술사† : 발렌슈타인에게 섬멸을 요청.

◆애플리코트 : 이미 갔군. 지금 쓰러졌다.

◆†검은 마술사† : 아군이 되면 믿음직하다니까. 정말이지.
변함없이 종횡무진.

발렌슈타인은 성 안에서 방어하는 것보다 필드에서 제멋대로 날뛰는 편이 강하네.

인원차가 있다고는 해도, TMW의 에이스 집단의 대마법, 우리 에이스인 마스터, 그리고 발렌슈타인에서도 위저드가 왔다. 지금은 적도 접근하지 못하고 고생하는 상태다.

이대로 방어를 유지하면 이기는 건 이쪽이다.

하지만, 아무리 생각해도 아무 일 없이 이길 것 같지는 않네!

◆아코 : 포션 잔량이 위험한 사람, 보고 부탁합니다〜.

◆정크 : 보급, 50개라도 좋으니까 밑에 떨궈줘.

다른 PC로 부캐 수송 중, 탄막이 조금 줄어듭니다.

◆애플리코트 : 완포가 부족하다면 이쪽에서도 내주마.

◆엘피 : 발렌슈타인이 보급을 위해 성으로 귀환 예정이라네요.

◆루시안 : 마을에서 보급하라고. 왜 적의 전선을 돌파해서 돌아오는 거야.

◆엘피 : 농성전 같은 느낌이 들어서 좋다고 하네요.

◆애플리코트 : 에에잇, 관심종자 녀석들. 죽으면 용서하지 않겠다고 전해라.

싸움이 시작된 지 이미 한 시간.

우리는 몇 번씩 오고 있는 은랑, 즉사 투창 아스트랄을 버티면서 아슬아슬한 방어를 이어가고 있었다.

지금도 성벽에서 마법을 영창하는 아이카 씨에게 타깃 마커가 떴다.

◆루시안 : 아스트랄, 커버 들어갑니다.

어차피 죽는다. 나에게도 생각이 있어.

전신의 장비를 최대 HP가 상승하는 것으로 바꿔서 즉사 확정 대미지를 억지로 늘렸다.

이후에는 리플렉트 대미지!

◆루시안 : 죽는다면 다 함께다 쨔사아아아아!

◆†검은 마술사† : RD는 좋네. 던진 쪽도 격추됐어.

좋~아. 반사 대미지로 던진 사람도 즉사했다.

몇 번이든 던지라고. 죽을 때는 같이 가는 거야. 하~하하!

◆애플리코트 : 집중력을 끊지 마라! 아직도 멀었다!

◆엘피 : 내통자로부터 정보입니다. 적, 온존한 포션류를 방출하는 총공격을 계획 중.

◆†검은 마술사† : 드디어 왔나.

무진장한 과금 포션을 모아둔 마스터와, 그 아이템을 가차 없이 써버리는 앨리 캣츠. 마찬가지로 비축이 많은 TMW 상위진과 발렌슈타인.

사실 우리의 우위성은 가차 없이 써버리는 소비재에 의존하는 구석이 컸다.

그러나 상대도 최종일이라는 건 마찬가지다. 단시간에 한정한다면 전원이 마찬가지로 돈을 날려서 최대의 힘을 발휘할 수 있다.

전반전은 아이템을 온존하면서 여러 진형으로 공격해서 정보를 모으고, 후반전에서 단번에 들이친다. —이건 예상하고 있던 전술이다.

◆애플리코트 : 200명을 넘는 과금 포션 군단인가. 그럼, 우리가 막을 수 있을까?

◆†검은 마술사† : 문은 돌파당한다고 생각하는 게 좋아. 안뜰, 계단, 영주의 방으로 물러나면서 맞이하자.

◆바츠 : 핫. 좋은 타이밍이었지?

대단한 방해도 없이 적진을 돌파한 발렌슈타인이 합류했다.

보급하러 돌아왔다고 했지만, 이거 어딘가에서 정보를 모아서 방어하러 왔구나.

"좋아. 지금부터는 우리에게도 할 일이 생겼네."

"스파이 퇴치도 지겨워진 참이야. 해보자고."

"언젠가는 돌파당하겠지만, 성문을 얼마나 오래 지키느냐가 승부를 가른다고 봐도 좋다. 상대도 건곤일척의 공세에 나서겠지. 전력으로 막자."

대화하는 사이 쿠웅, 하는 무거운 발소리가 들린 것 같았다.

기분 탓일 거다. 이렇게나 마법과 스킬 SE가 울려 퍼지는 가운데 플레이어의 이동음 같은 게 들릴 리가 없다.

그러나 자연스레, 우리의 시선이 소리가 들린 한 점으로 집중됐다.

◆†클라우드† : 앨리 캣츠. 이 세상의 악, 마왕이자, 우리의 공주를 빼앗은 원적이여.

어딘가에서 본 듯한 삐죽삐죽 금발 헤어의 남자 캐릭터가 이리로 걸어왔다.

◆†클라우드† : 네놈들이 공주를 빼앗은 마왕이라면, 도전하는 건 용사여야 하겠지.

평소에는 대검을 든 팔에 거대한 해머와 불길한 장창을 들었다.

그가 걸어오는 곳은 대마법의 바닷속. 그러나 은색으로 빛나는 망토가 모든 마법을 지웠고, 그의 발걸음은 조금도 느려지지 않았다.

◆†클라우드† : 그렇다면 내가 될 수밖에 없지 않나. 고양이공주 님을 구하는, 이 세상의 용사가!

용사를 자칭하고 앨리 캣츠의 앞에 선 남자. 그 이름은 클라우드.

너무나도 흔해빠진 캐릭터 네임이지만, 압도적으로 빛나는 장비가 그를 틀림없는 용사로 끌어올려 줬다.

—이게 아니라. 아니아니아니, 클라우드 씨?

뭘 하는, 뭘 들고, 대체 어떻게, 으응?

◆루시안 : 설마 저 커다란 해머는.

◆애플리코트 : 소문의 묠니르다. 일격에 성벽조차 파괴하는 신조(神造) 유니크……!

◆아코 : 클라우드 씨가 가지고 있었나요?!

◆세테 : 만든 건 고양이공주 씨 일행?

◆고양이공주 : 그럴 리가 없다냐~!!

고양이공주 친위대의 주요 멤버는 짧은 시간 후에 원래 길드로 돌아갔고, 그 이후에는 느슨한 그룹으로 유지되고 있었을 뿐이다. 신조 장비 같은 걸 만들 수 있을 리가 없다.

◆†검은 마술사† : 빌려준 거겠지. 은랑도 함께.

◆바츠 : 빌려줄 마음이 있다면 나한테 내놓으라고.

그런 말을 할 때냐고!

◆루시안 : 즉, 이거 위험하지?

◆애플리코트 : 위험한 수준이 아니다. 은랑과 몰…… 다른 서버에서 1강을 자랑하던 길드가 사용한, 누구도 막을 수 없다고 하던 최강 전술이다.

◆아코 : 우선 그 전술을 처음 듣는데요!

아아, 이야기할 시간이 없어!

활 사거리에 들어가기 직전에 클라우드 씨가 몸을 수그린 자세가 되었다!

◆†클라우드† : 간다, 앨리 캣츠! 우리의 고양이공주 님을 위하여!

◆유윤 : 고양이공주 님을 위하여어어어어.

◆피네 : 고양이공주 님을 구해라!

◆고양이공주 : 나는 원해서 여기에 있는 거다냐아아아아.

그리고 목숨을 아끼지 않는 친위대 전사가 돌진해 오더니, 클라우드 씨를 감싸면서 달리기 시작했다.

게다가 저 포션 이펙트. 저 녀석들 완포를 연타하고 있잖아!

◆애플리코트 : 성벽에 붙게 하지 마라! 무너진다!

◆†검은 마술사† : 화살과 마법을 집중해! 은랑과 몰을 깨부숴라!

◆바츠 : 나가자.

짧게 말한 발렌슈타인이 뛰쳐나갔다.

"우리도 가자! 성벽이 무너지면 지킬 수 없어!"

"오케이! 앞은 맡길게!"

"네. 따라갈게요!"

◆미캉 : 위에서 원호할게요.

아코, 슈바인, 세테 씨와 함께 성문을 넘어서 클라우드 씨를 요격하러 향했다.

서로의 마법이 오가는 최전선을 지나 친위대로 향하는아파아파아파아파!

"대미지가 위험해! 앞으로 나갈 수가 없어!"

"무리에요, 힐로는 너무 부족해요!"

"아코도 완포 씨! 엑스댐 우선!"

◆†검은 마술사† : 클라우드는 3시 방향! 화살을 집중!

◆카보땅 : 고양이공주 님을 마왕에게서 구하는 거다!

◆리미트 : 우리의 고양이공주 님이 마왕의 공주라니 완전 가느으으으으응.

◆루인 : 타락 고양이공주 님은 해석 일치라고밖에 말할 수 없어!

왜 받아들이면서 공격하고 있는 거냐고, 진짜로!

그러나 변함없이 고양이공주 친위대는 강하다.

각각의 길드에서 이동하지 않은 모양이라 표시되는 엠블럼은 제각각. 아무런 통일감도 없다.

그런데도 연계가 잡힌 움직임으로 클라우드 씨를 지켰고,

몇 명씩 마법에 맞아 소멸하면서도 에이스를 앞으로 밀어주고 있다!

"니시무라, 스턴 넣어! 한 명이라도 막아!"

"안 돼. 클라우드 씨한테 집중해야 한다고!"

그렇게 말하는 사이에 다른 길드도 점점 앞으로 나왔다.

틀렸어. 이건 적의 총공격이야!

이렇게나 많은 길드가 뒤섞여 있어서 연계가 잡히지 않는 플레이어 군이, 그럴싸한 말을 늘어놓으면서 집단으로 돌격하는 친위대를 보고 분위기 타서 돌진하고 있어!

◆정크 : 부스트 모두 소비.

◆†검은 마술사† : 릴리스를 모두 써! 여기가 분수령이다!

전원이 필사적으로 방어선을 유지하면서 돌입하는 적을 줄이려고 분투했다.

그래도 점점 밀리고 있다. 숫자의 폭력이 장난 아니다. 이거 적의 숫자는 200명, 아니 300명도 넘어서는 레벨이라고!

◆그로넨코 : 잔챙이는 됐으니까 용사(웃음)를 막아!

길드 채팅의 오폭인지, 아니면 도발의 일환인지 그런 글이 오픈 채팅으로 흘렀다.

◆†클라우드† : 얕보지 마라.

짧은 채팅이 오픈 채팅으로 표시되었다.

클라우드 씨는 마왕군의 집중 공격을, 일부러 마법이 쏟아지는 범위를 골라서 억지로 돌파했다.

◆†클라우드† : 용사 클라우드라니 그야 (웃음)이겠지. 하지만 말이다.

아군의 뒤에서 뒤를 건너서 걸어가는 듯한 매끄러운 움직임, 사선을 잡을 수가 없다.

"스턴을 넣으러…… 젠장!"

억지로 앞으로 나와서 스턴을 걸려던 순간, 타이밍 좋게 블링크.

저쪽도 저쪽대로 히든카드를 온존하고 있었나!

◆†클라우드† : 클라우드라고 이름 붙인 과거의 나는 이미 넘어섰다고. 웃을 테면 웃어라.

◆슈바인 : 녀석을 막아!

◆루시안 : 틀렸어. 따라잡을 수가 없어!

◆†클라우드† : 이것이 용사 클라우드 님의! 리미트기다으랴아아아아압.

휘두른 묠니르가 눈이 타들어 갈 정도의 극광을 발하면서 폭음과 함께 성벽을 박살냈다.

몇 초 전까지는 없었던 거대한 돌입구가 성벽에 만들어졌다.

"젠장, 당했어."

"클라우드 씨 대단하네요~."

"칭찬할 때가 아니라고."

◆킹슬리 : 잘했어!

◆유윤 : 역시 용사! 전 친위대 대장!

◆피네 : 클라우드 님 멋져~!

◆†클라우드† : 흥미 없어!

결정 대사를 말한 클라우드 씨는 해머를 휘둘렀다.

그러나 그 자리에서 느긋하고 있던 바람에.

◆할아버지 : 시끄럽다 지금 당장 ※※※!

◆청순 여우소녀☆사쿠라☆ : 너무 기고만장☆

◆†클라우드† : 끄오오오오.

무너진 성벽 근처에서 광역 공격이 집중됐다.

나도 멍하니 있을 때가 아니었다. 침입하는 적을 막아야 해!

◆†검은 마술사† : 막아라 막아! 방어 라인을 두 개로 나누는 거다!

◆바츠 : 어느 정도는 통과시켜! 안에서 막자, 길고양이!

◆엘피 : 클라우드의 소생을 허용하지 마요! 허용하더라도 리스킬을!

◆†클라우드† : 잠깐, 그만, 이제 완포 없으니까 소생해도 무리.

되살아났다 죽는 걸 무한히 반복하는 클라우드 씨를 방치하고 우리도 전투태세로 들어갔다.

◆바츠 : 야, 미캉. 함정 깔아!

◆미캉 : 오케이.

미캉이 아주 잠깐 비어있던 성벽 구멍에 함정을 마구 깔았다.

구멍을 통과하는 적은 나와 코로 씨, 다른 몇 명이 스턴으로 막아서 어떻게든 딜을 퍼부어 잡고 있다.

확실히 클라우드 씨의 전과는 크다.

그러나 그걸 위해 전원이 돌격하는 상황이 되었다. 지금 시점에서 살아남은 전력은 그리 많지 않다.

◆†검은 마술사† : 밀어붙이게 놔두지 마! 라인을 올려!

◆엘피 : 밀어냈어요. 이대로 성벽 앞에서 막아주세요. 내부 부대는 밖으로!

아직이다. 우리는 아직 지지 않았어!

††† ††† †††

긴 것 같으면서도 짧은, 10분 정도의 싸움이 끝났다.

무너진 성벽에서 들어오는 침입자를 모두 격퇴하자, 적 전선은 크게 물러났다.

◆루시안 : 해냈어…….

◆아코 : 이제 성이 너덜너덜해요오.

◆바츠 : 도중부터 공성 병기를 부술 경황이 아니었잖냐. 어쩔 수 없어.

◆†검은 마술사† : 정보가 들어왔어. 적의 포션은 고갈. 아직 남아있기는 하겠지만, 완포까지 연타할 수 있는 멤버는 소수야.

◆애플리코트 : 지켜냈, 나…….

이길 수 있는 싸움 같은 건 터무니없는 소리였다.

격전 또 격전, 대격전이었다.

◆세테 : 지쳤어~. 이제 못 움직여~.

◆슈바인 : 이게 마왕의 힘이라는 건가. 나쁘지 않네.

◆아코 : 마왕인 저희가 이겨도 되는 걸까요……?

우리는 지켜냈다.

서버에서 하나밖에 없다는 신기가 몇 개씩 나오고, 성문이 무너지고, 방어 설비는 엉망진창이 되었지만, 그래도 물러서지 않았다.

공성전의 남은 시간은 10분. 잔잔한 물결 같은 시간이 흘러갔다.

◆애플리코트 : 마왕 사이드가 이긴 경우의 엔딩을 준비해야겠군…….

◆아코 : 플레이어가 이기면 불꽃놀이고, 패하면 가지를 쓰는 거였죠?

◆애플리코트 : 음. 하지만 공성 맵에 몬스터는 부를 수 없다. 조금 이동한 다른 곳에서.

그때, 로그에 익숙하지 않은 색상의 글이 보였다.

▶레전더리 에이지 운영팀입니다.◀

"어라? 이게 뭐지?"

"공지잖아. 내일 이벤트 같은 거 아냐?"

▶최종 이벤트 마왕의 진군은 공지해 드린 대로◀

▶내일 20시부터 시작합니다.◀

"아, 역시 내일 이야기인가."

"이 타이밍에 느긋하네."

모든 서버가 공성전 중인데, 이상한 시점에서 공지하네. 적어도 10분 후에 하면 되었을 텐데.

그렇게 생각했는데, 공지가 계속 이어졌다.

▶연계하여 일부 맵에서◀

▶이벤트 개최를 위한 테스트를 진행합니다.◀

"테스트……?"

"이상한 곳에 보스를 소환해서 싸우게 해야 하니까 실험하는 거 아냐?"

"그래도 굳이 공지할 필요가 있나요?"

이야기하는 동안에도 공지는 이어졌다.

그 내용은.

▶1분 후에 고난이도 보스 몬스터의 소환을 진행합니다.◀

▶등장한 보스 몬스터에 의한 사망 페널티는 일어나지 않습니다.◀

◆바츠 : 잡으러 갈까?

◆슈바인 : 이 상황에서 방어를 내던지지 말라고ㅋ

◆†검은 마술사† : 오히려 상대가 줄어들면 방어가 힘들어지겠지. 끝이네.

▶내일 이벤트를 위해, 유저 여러분도◀

▶마왕을 격파하기 위해 참가해주셨으면 좋겠습니다.◀

—응?

오싹. 등에 소름이 돋는 감각이 있었다.

◆루시안 : 잠깐. 뭔가 이상해.

◆애플리코트 : 왜 그러나? 루시안. 확실히 공지치고는 두 루뭉술하긴 했는데.

◆루시안 : 아니야. 마지막 부분 말이야.

마왕을 격파하기 위해. 공지에는 그렇게 적혀있었다.

확실히 최종 이벤트는 마왕의 진군이다.

그러나 오늘의 전체 채팅에서 달아올랐던 마왕이라는 존재 는, 내일 이벤트에서 나타나는 적이 아니다. 우리를 말한다.

공지에 나온 마왕이라는 건 과연 몬스터가 맞을까?

아니면 설마—.

◆바츠 : 어이어이, 잠깐. 농담이지?

우리가 선 너덜너덜해진 성문.

그리고 한참 먼 곳에서 모인 플레이어 군단.

그 중간 지점. 공성 맵 평원에 전신이 썩은 드래곤 좀비가 앉아있었다.

옆에는 염소의 뿔이 난 악마 같은 몬스터.

그 옆에는 머리에 왕관을 쓴 거대한 포와링.

뒤에는 성직자 의상을 입고 망치를 든 아저씨도 있다.

그 밖에도 우리가 싸운, 싸우지는 않았지만 아는 보스가 몇 마리나.

◆바츠 : 왜 보스가 나온 거야. 공성 맵에서 적은 안 나오잖아.

◆세테 : 테스트하는 일부 맵이라는 게 여기였어?!

군이 공성 맵을 고를 필요가 있나?!

어째서 이 타이밍에!

◆엘피 : 어라? 하지만 거리상으로는 약간 침공 부대 쪽하고 가까워 보이는데요.

◆바츠 : 저 녀석들을 습격하면 웃기겠네ㅋ

그러면 방어 확정이다. 그렇기는 하지만.

이런 생각은 너무 과하게 의식하는 걸지도 모르지만 말이지.

◆루시안 : 일부러 이런 곳에 보스를 몇 마리나 소환했다는 건, 운영진도 우리의 이벤트를 의식하고 있다는 거 아닐까.

◆애플리코트 : 설마 그런 일이 있겠나.

◆슈바인 : 운영진이 일부러 유저 이벤트에 개입할 리가 없잖냐.

이 녀석. 하하하.

우리는 메마른 웃음을 흘릴 수밖에 없었다. 대량의 보스가 나란히 있는 광경의 압력이 굉장하니까.

그리고 압박감을 느끼는 건 우리만이 아니었던 것 같다.

견디지 못했는지, 플레이어 군단 쪽에서 원거리 공격을 날렸다.

　◆바츠 : 아, 때렸다.

　◆아코 : 저쪽으로 가겠, 죠?

　그 일격이 플래그를 세운 거겠지.

　보스가 포와아아아, 쿠오오오, 초콜릿 오브! 라면서 일제히 움직였다.

　가장 거리가 가까운, 공격해 온 플레이어 군단을 습격하러—

　"안 가는데. 이리로 오고 있어."

　"거짓말이지? 말도 안 돼."

　일반적인 보스에게는 있을 수 없는 행동.

　거리가 가까운, 어그로가 높은 캐릭터를 무시하고 성을 향해 일직선으로 오고 있다.

　◆바츠 : 아……. 오고 있네.

　◆†검은 마술사† : 그런, 것 같네.

　바츠도 검은 마술사 씨도 역시 쓴웃음을 짓고 있다.

　그야 그렇지. 이건 시스템적으로 이상하니까.

　◆아코 : 이거 무슨 이유가 있는 거죠? 성에 반응하게 되어 있다거나.

　◆애플리코트 : 말도 안 돼. 저 보스의 대부분은 어그로가 높은 상대를 노리는 루틴이다.

　즉, 생각할 수 있는 설명은 단 하나.

저건 이벤트 준비를 위해 불러낸 보스 같은 게 아니다.

◆루시안 : 운영진이 플레이어 측에 붙어서 보스를 보내왔어!

◆슈바인 : 뭐? 웃기지 말라고.

◆바츠 : 보스와 인간을 동시에 잡을 수 있겠냐.

◆엘피 : 이건 또…….

◆코로 : 운영진 이러기냐~.

"표면상으로는 테스트를 위해 보스를 보냈다. 그 맵이 우연히 여기였다는 건가."

"변명은 알겠는데, 대놓고 이리로 오고 있잖아!"

"GM이 이벤트에 개입하는 일이 있나요?!"

"오랜 옛날에나 있었던 정도야! 최근에는 전혀 없어!"

최근 게임에서 GM이 플레이어와 얽혀서 이벤트를 한 적은 거의 없다.

그야 그렇지. 진심으로 개입하면 이렇게 되니까!

◆루시안 : 아아, 진짜. 어쩌지. 이거 절대 못 이기잖아…….

◆애플리코트 : 악역이더라도 열심히 노력했는데 말이지.

이길 수 있었는데. 이렇게나 애썼는데.

그렇게 생각하면서 의욕이 시들어 가던 나에게.

◆아코 : 해냈네요!

성벽 위에서 바깥을 내려다보던 아코가 반짝반짝한 미소를 지었다.

◆루시안 : 어디가 해낸 건데?!

◆세테 : 지금부터 지는 거잖아?!

패배 확정 같은 상황인데, 아코는 들뜬 기색을 내면서 기쁜 듯 말했다.

◆아코 : 그야 저희의 이벤트에 운영진까지 참가해준 거잖아요?!

◆루시안 : 참가…… 참가, 인가?

개입해 온 건 참가라고 말할 수도 있다.

적어도 인지하고 있다는 건 틀림없겠지.

◆아코 : 오퍼레이션 그랜드 엔딩은, 저희가 멋대로 엔딩을 정해서 즐기고 골인하자는, 그뿐인 일이었어요.

시작은 그랬다.

그래도 여러 사람이 참가하고, 의견도 내서, 이렇게나 커다란 이벤트가 되었다.

◆아코 : 그런데 마지막에는, 이 게임을 제일 사랑하는 사람들이 룰을 어기면서까지 참가해준 거잖아요! 분위기를 달아오르게 해주고 있어요!

확실히 일찍이 없었을 만큼 달아오르고 있다.

자기들을 공격하지 않는다는 걸 알게된 플레이어 군은 크게 들떴고, 걸어서 진군하는 보스들과 보폭을 맞춰서 성으로 진군하고 있다. 멀리서 보기만 해도 꿈만 같은 광경이다.

◆아코 : 지금이라면 가슴을 펴고 말할 수 있어요!

◆아코 : 이것이 레전더리 에이지, 마지막 퀘스트예요!

눈앞의 광경을 가리킨 아코가 말했다.

격전으로 너덜너덜해진 성.

거기에 붙어있는 소수의 동료들.

덮쳐오는 거대하고 강력한 보스 몬스터.

보스와 함께 싸우게 되어 환성을 내지르며 돌격하는, 서버 전체에서 모인 막대한 플레이어들.

절대로 못 이긴다.

손도 발도 내밀 수 없다.

저항하는 것조차 헛수고인 압도적 전력차.

아까까지는 그저 절망에 불과했지만. ―다시 보니 다른 감정이 솟구친다.

◆루시안 : 어쩌지? 열 받으면서도 조금 두근두근하는데.

◆슈바인 : 확실히 흥분되는 건 부정할 수 없어.

◆바츠 : 뭐~, 최고구만. 이런 전장 누구도 준비할 수 없으니까.

◆†검은 마술사† : 수백 명의 인간으로는 부족해서, 운영진과 보스 몬스터마저도 우리를 쓰러뜨리고자 공격해 온다는 건가.

◆미캉 : 꿈만 같음.

이런 절망적인, 그러면서도 두근두근한 광경을, 우리밖에 볼 수 없는 거다.

그렇게 생각하자 점점 텐션이 솟아올랐다.

◆코로 : 실제로 장난 아니잖아. 정말로 LA의 최종 보스야.

◆바츠 : 내가 저쪽에 있었다면, 부탁이니까 적으로 참가하게 해달라고 말할 자신이 있어.

◆코로 : 크으. 이해해. 무조건 이쪽이 더 재미있을 테니까.

◆엘피 : 동영상 찍고 있으니까 나중에 공유하죠.

지금까지 함께 싸워온 마왕군도 같은 걸 느끼고 있었다.

현실에서 살아가는 평범한 우리는 분명 그 누구도 되지 못하고 끝난다.

그건 당연하게 이해하고 있고, 딱히 불만도 없다.

스포츠도, 학문도, 용기도, 그 어느 것에도 자신감이 없다.

칭송받는 히어로 같은 건 될 수 없다.

그러나 어느 세계에서만큼은 자신감을 가지고 여기에 설 수 있다.

누구에게도 상처를 주지 않는 마왕이 되어서 모두를 용사로 만들 수 있는 거다.

분명 이 자리의 주역은, 운영진의 비호를 받아서 이기려고 하는 플레이어들이겠지. 그건 알고 있다.

하지만—.

◆루시안 : 분명 지금 레전더리 에이지를 최고로 즐기고 있는 건, 우리겠네.

◆아코 : 네! 이런 건 두 번 다시 볼 수 없어요!

◆애플리코트 : 후후후, 하하하, 아～하～하하하!

그때, 갑자기 3단 웃음을 날린 마스터가 양손을 크게 펼치는 모션을 보였다.

　◆애플리코트 : 이 무슨 명예인가!

　◆애플리코트 : 우리의 승리를 이 세계의 관리자마저도 저지하려고 하고 있다!

　◆애플리코트 : 그러나 생각처럼 처참하게 쓰러져 주지는 않겠다!

　◆애플리코트 : 마지막까지 저항하여 승리의 가능성을 찾아내 보이마!

　◆애플리코트 : 우리가 바로 레전더리 에이지의 승자가 되는 거다!

　◆슈바인 : 그래. 덤벼봐!

　◆바츠 : 어디 해보자고!

이긴다고 생각하지는 않는다.

하지만 싸움을 포기한다는 생각도 하지 않는다. 왜냐하면 이 싸움은, LA의 서비스 중 한 번도 일어나지 않은 진정한 기적이니까.

"마스터, 작전은 뭔가 없어?"

"잠깐. 생각하고 있다…… . 좋아!"

　◆애플리코트 : 잘 들어라, 마왕군이여. 우선은 보스를 잘 이용해라! 타깃은 이쪽으로 오더라도 광역 공격에는 말려들게 할 수 있을 거다!

◆슈바인 : 그렇구만. 좋아!

확실히 플레이어 군을 공격하지 않을 뿐, 저쪽도 대미지는 들어갈 거다.

말려들게 해서 한꺼번에 숫자를 줄일 수 있을지도 모른다.

◆애플리코트 : 성으로 오는 공격은 방향을 유도해라! 밖으로 돌리는 거다!

◆그로넨코 : 우왓, 무리무리무리! 보스의 평타로 벽이 날아가.

◆버섯의 콩가루 : 위력 이상해!

◆바츠 : 타깃 마커! 아스트랄이 온다!

노리는 건— 마스터! 마왕을 노리는 건가!

여기서는 내가 감싸서……. 아니, 그게 아니야!

"마스터, 물러나서 보스를 방패로!"

"—앗. 그렇구나!"

마스터가 성벽을 내려온 순간 아스트랄이 비상. 사이에 있던 엠퍼러 포와링에게 직격했다.

대미지 기준이 이쪽에 있었는지 즉사는 하지 않았지만, 포와링은 마스터의 HP만큼의 큰 대미지를 입었다.

우리를 향한 유도의 한계를 뛰어넘은 어그로 수치였겠지. 엠퍼러 포와링은 맹렬한 기세로 창을 던진 클라우드 씨에게 돌격했다.

◆†클라우드† : 잠깐, 타깃 왔잖아! 앨리 캣츠한테만 가는 거 아니었냐?!

그런 소리를 누가 했어! 포와링하고 놀고 있으라고, 풀 치트 클라우드!

◆애플리코트 : 좋아! 난전이 벌어진 이후에는 어그로가 넘어서면 바꿀 수 있는 모양이다!

◆†검은 마술사† : 적의 공격을 보스에게 유도해라! 어그로를 넘기는 거다!

이런 싸움이 되면 탱커에게도 할 일이 있다.

나도 난전에 뛰어들어 적의 타깃을 유도해서—.

그렇게 앞으로 나가기 전에 깨달았다.

적진 조금 후방에, 묘하게 질서 있게 모이는 집단이 있다.

엠블럼은 TMW, 문벌귀족, 엠퍼러 소드, 래빗 혼. 빗자루를 든 메이드들은 청소조합의 마크가.

"저기, 에이스가 모이고 있어! 돌파할 생각이야!"

"성가시네. 준비가 끝나기 전에 무너뜨리지 않으면 늦을 거야"

"이 엉망진창 뒤엉킨 곳을 돌파해서 안쪽까지 돌파할 수 있을까?"

게다가 그냥 난전이 아니다. 인원차는 압도적, 대부분이 적으로 구성된 난전이다.

"그러나 유격을 맡은 우리의 임무는 바로 그거다. 하지 않는다는 선택지는 없어."

마스터는 「그리고」라며 씨익 웃었다.

"마지막까지 최종 보스답게, 상대의 꿍꿍이를 박살내러 가보지 않겠나!"

"좋았어. 그렇게 나와야지."

"남은 포션 전부 쓸게요!"

각각 무기를 들고 성벽에 뚫린 큰 구멍에 집합했다.

"가자, 앨리 캣츠! 이게 최후의 길드 사냥이다!"

"좋았어어어어어어어어어."

"내가 길을 만들게! 똑똑히 보라고. 아끼지는 않을 거야!"

선두에서 내달린 슈바인이 귀환을 생각하지 않는 대시 블링크의 연타로 적의 일각에 파고들어 대검을 휘둘렀다.

그리고 휘두르는 모션을 캔슬하고 드래곤으로 변화.

◆슈바인 : 뜨거운 맛을 보여주는 궁극 오의! (`·ω·´) 란란 브레스!

램페 모션으로 주변의 적을 억지로 물러나게 하고, 스킬을 캔슬해서 정면에 드래곤 브레스를 발사.

환생해서 다시 시작할 기회를 얻었는데도 더더욱 예리하게 만들었을 만큼 딜에 특화한 슈바인이 우리의 진행 방향에 억지로 빈틈을 만들어 냈다.

"그 희생을 헛되이 하지 않으마!!"

뚫린 구멍에 대마법 영창이 꽂혔다.

"릴리스, 스타 라이트닝! 에서!"

심상치 않은 강화치를 자랑하는 폭격이 적을 쓸어버리고,

거기에 추가타.

"발밑 퍼펙트 블리자드다! 나와 상대는 죽는다!"

"마스터!"

"굉장한 인원을 끌어들여서……!"

당당하게 대마법을 영창하는 아크메이지라면 간단히 잡을 줄 알았겠지만, 마스터는 완포를 귀신처럼 연타해서 버텨냈다.

그대로 마법을 발동시킨 직후에 숨이 끊어져서 대량의 적을 길동무로 삼아 쓰러졌다.

"지금이라면 갈 수 있어! 돌진하자!"

"오른쪽 막을게요."

"무땅 고~!"

오른쪽에는 미캉이 함정을 뿌리면서 미끼가 되었고, 왼쪽에서는 세테 씨가 펜리르를 돌입시켜 거대화한 뒤 울부짖으면서 돌아다녀 시간을 벌려고 움직였다.

그래도 적의 숫자가 많다. 나에게도 공격이 집중되어 히트스톱으로 잘 움직일 수 없었다.

"루시안, 괜찮나요?!"

"나는 됐어. 가, 아코!"

"─알겠습니다!"

힐러가 혼자 돌입해봤자 의미가 없다. 바로 죽고 끝이다.

그러나 아코는 주저하지 않고 앞으로 뛰쳐나갔다.

이런 곳에 마왕군의 힐러가 있다고는 생각하지 않겠지. 예상 밖의 캐릭터여서 그런지 적의 공격이 조금 늦어졌다.

그래도 닿지 않는다. 적의 돌격 부대는 시야에 들어왔지만 아직 거리가 있다.

"아니─ 시야에 들어왔지. 아코!"

"날아갈게요!"

쇼트 텔레포트. 시야 안이라면 어디든 날아갈 수 있는 편리한 스킬로 적 한가운데에 뛰어들었다.

◆LAX : 어떻게 된 거야?!

◆너구리 사부 : 어째서 이 맵에서 텔포를 쓸 수 있냐구리?!

곧바로 아코에게 공격이 날아왔다.

애초에 힐러인 아코 한 명이 돌파했다고 해서 뭘 할 수 있다는 건가.

적은 틀림없이 그렇게 생각할 거다. 누구나 그렇게 생각하겠지.

그러나 나에게는 확신이 있었다.

어떻게든 기회를 붙잡은 아코가, 자기 혼자만의 힘으로 상황을 바꾸려고 할까?

◆아코 : 루시안, 사랑해요!

◆아코 : 「언제나 함께예요!」

채팅을 통해 사용하는 결혼 특수 스킬.

아코의 곁에 루시안이 순식간에 워프되었다.

그리고 아코를 감싸려고 방패를 들면, 루시안에게 대미지가 집중된다.

"나이스 아코! 완벽해!"

"최대한 회복할게요! 뒷일은 부탁드려요!"

누르는 버튼은 두 개뿐. 하나는 마스터에게 받은 대량의 완전 회복 포션.

다른 하나는 단순 반사 스킬. 리플렉트 대미지.

받은 대미지의 일부를 공격자에게 반사하는 기술이다.

그러나, 이 자리에서 그 효과를 표현한다면, 그거다.

"사랑하는 두 사람을 방해한다면, 반사 대미지로 죽어버려라!"

"줄고 있어요 줄고 있어요! 한 명, 두 명 세 명! 다섯 명 격추했어요!"

귀신 같은 연타하는 과금 표션과 맞바꿔서 굉장한 기세로 적의 숫자가 줄어들었다. 역시 에이스. 공격력이 높네! 하하하!

미안하지만 이쪽은 내구력만큼은 높거든! 사랑하는 신부를 위해서 말이야!

환생해서도 내구력에 편중된 빌드를 꾸린 나의 루시안이 광채를 발하고 있어!

◆샤이몬 : RD! RD! 공격 스톱.

◆재블린 : 아, 큰일.

◆리미트 : 그보다 왜 텔포와 결혼 스킬이 나오는데?! 못

쓰는 맵이잖아?!

말 그대로! 공성 맵에서 거리가 긴 텔레포트 스킬은 쓸 수 없다! 방어선을 무시해 버리니까! 부부 소환도 당연히 무리!

하지만 말이지. 여기는 애초에 보스도 몬스터도 절대 안 나오는 맵이라고!

그걸 억지로 꺼냈으니까, 지금만큼은 맵 그 자체의 설정이 달라지지 않았나 예상했었어! 노림수 그대로야!

돌입한 아코, 그리고 전이해 온 루시안에 의해 돌입 부대의 진형은 엉망진창이 되었다.

공격하는 측인데도 날아오는 맹렬한 대미지 때문에 점점 숫자가 줄어든다.

"좋아. 이대로 어느 정도 무너뜨리면."

"저희의 승리예요!"

그 승리를 의식한 타이밍을 노린 것처럼, 머리 위에 ……라는 침묵 아이콘이 출현했다.

스킬 실링! 리플렉트 대미지 대책!

"곧바로 해제를!"

"이쪽도 만능약을."

재정비하려던 내 옆을 작은 그림자가 돌파했다.

붉은빛을 두른 소녀는 크게 다리를 들더니.

◆슈슈 : 오빠 비켜! 그 녀석을 ※※※ 없어!

아수라봉황각! 이라는 커다란 글자가 아코의 머리 위에

표시되었다.

만능약은 늦지 않았다.

아코를 버리고 리플렉트 대미지를 눌렀으면 조금 더 적을 무너뜨릴 수 있었다.

이기기 위해 노려야 하는 건 그쪽이다.

알고 있었지만, 나는 단축키를 2연타했다.

◆루시안 : 아코, 사랑해!

◆루시안 : 「너를 놓지 않겠어!」

콤보수를 전부 소비해서 폭발적인 대미지를 뽑아내는 아수라봉황각이 아코에게 꽂혔다.

그러나 아코는 죽지 않았고, 그 모든 대미지가 나의 루시안에게 쏟아졌다.

부부 한정 결혼 스킬. 상대의 대미지를 대신 받는 효과.

그러나 아수라의 위력은 아코의 최대 HP를 대폭 웃돈다. 루시안이라도 버틸 수 있는 게 아니다.

일격에 쓰러지면 포션도 의미가 없다.

"루시안~!"

"미안해, 아코…… . 아무리 그래도 저 대사와 함께 아코가 죽기를 바라지는 않았어…… ."

누가 말했는지는 잘 보이지 않았지만, 아코 상대로 핀 포인트인 대사를 꺼내다니. 적이지만 대단했다. 나의 패배다…… .

그리고 내가 소생할 여유 같은 건 없었고, 아코도 루시안

옆에서 격침됐다.

◆머스통 : 좋아. 앨리 캣츠 본대 격추했다!

그때, 나에게 스킬 봉인을 걸었던 파티가 그렇게 말하는 게 보였다.

어느 멤버도 이름을 기억하고 있다.

아니? 어라. 이거 혹시.

◆루시안 : 전 앨리 캣츠 여러분인 게…….

◆밀크 : 전 섭마 안녕.

◆머스통 : 그때는 신세 많이 졌다.

◆소나무볼록 : 덕분에 TMW에서 그럭저럭 잘살고 있다볼록.

◆디 : 그건 넘어가고 앙갚음은 Ok!

◆밀크 : 남은 건 배신자 검은 마술사!

◆디 : 그래그래. GOGOGO!

뭐야? 즐겁게 하고 있다고 안심하고 있었는데.

"그렇구나……. 우리는 그날 방출했던, 앨리 캣츠에 들어와줬던 사람들에게 진 건가."

"자업자득이라는 느낌이 드네……."

"그래도 저 중에서 몽크는 없었잖아?"

아까 아수라는 그럼 누가? 그렇게 찾을 것까지는 없었다.

하수인은 이미 눈앞에 있었으니까.

◆슈슈 : 미안, 오빠. 언니.

다리에 붉은 오라를 두른 슈슈가 뚜벅뚜벅 걸어와서 쓰러진 우리를 내려다봤다.

아까 그 아수라, 미즈키였다고?!

어째서?! 대체 왜 이 중요한 국면에서 여동생에게 당해야 하는 거냐고?!

◆루시안 : 어째서야…… 슈슈…….

◆아코 : 제가 적이라고 해도, 새언니한테 그 아수라는 뭔가요!

◆슈슈 : 나도 용사 팀이니까 어쩔 수 없는걸! 최근 놀아주지 않아서 이쪽에 온 거야!

에헤헤, 하고 웃은 슈슈는 전선으로 향했다.

최근 미즈키를 신경 써주지 못했던 자각은 있었지만, 설마 이런 곳에서 아코에게 마무리를 먹이다니.

그날 날리지 못했던 아코를 향한 일격이 이번에는 들어가고 말았다.

"인과는 돌고 도는가."

마스터가 중얼거리며 어깨를 으쓱했다.

"버린 동료와, 헤어진 가족에게 쓰러지다니. 마왕의 죽음으로는 타당하군."

"그래도, 할 수 있는 일은 했어요."

에이스 부대는 무너뜨렸다. 남은 시간으로는 연계에서 돌격하지 못할 거다.

복귀한 사람부터 한 명씩 축차 투입된다면 분명 방위대가 지켜낼 수 있다.

그런 희망을 깨부수듯이, 우리 앞에 커다란 마법진이 나타났다.

거기서 하나의, 그러나 너무나도 거대한 몬스터가 나타났다.

지금까지 나타난 몬스터는 보스는 보스여도 고난이도 보스 정도의 상대였다.

그러나 이건 격이 다르다.

최고 난이도의 레이드 보스. 게다가 우리도 본 적이 있다.

마군의 진왕 알케쉬 딥 드래곤.

사람들이 부르기를, 진 군마가 강림했다.

"에, 에에엑…… 거짓말이죠……?"

"24명이라도 상당히 연습하지 않으면 못 잡는 보스라고. 이봐."

"아무리 그래도 이건 무리야!"

출현 직후에 발사한 직선 무한 사거리의 카오스 레이가 성에 있던 방어 설비를 모조리 깨부쉈고, 중앙에 잠든 크리스털에 꽂혔다.

이미 폐허 직전이 된 성 밖에서, 플레이어 군이 승리의 함성을 내지르고 있었다.

문 앞에는 공격이 무효 상태가 된 보스가 정렬해 있다.

▶이벤트를 위해 보스 몬스터의 조정을 진행하고 있습니다.◀

▶몬스터의 조정이 끝날 때까지 잠시 기다려 주세요.◀

그런 공지가 구실에 지나지 않는다는 걸 많은 플레이어가 알고 있었다.

운영진 공인 스샷 타임으로서, 다들 기뻐하며 사진을 찍고 있는 모양이었다.

그리고 성에서 꽤 떨어진, 전장을 한눈에 볼 수 있는 언덕 위.

마왕군 패잔병, 우리 앨리 캣츠의 애플리코트 부대가 도망쳐 있었다.

"이야~, 졌어 졌어. 완전히 졌네!"

세가와가 기쁜 듯이 말하고는 각도를 바꾸면서 슈바인의 모습을 촬영했다.

"조금은 이길 수 있을지도 모른다고 생각했는데, 마지막의 마지막에 저건 치사하네요~."

아코가 치사하다며 가리킨 건 성채 앞에 당당히 머물고 있는 진 군마.

공격도 날아가고 있지만 반응하는 기색은 없었고, 그 자리에 모인 플레이어 군단의 스크린샷용 배경이 되었다.

전에 수많은 기믹을 처리하면서 싸웠던 대인원 레이드 보스.

그런 적이 성을 공격하러 온 거다. 그야 이렇게 되겠지.

어떤 대미지 판정인지는 모르지만, 아마 성 안에서 격파 판정이 있는 부분은 전부 부서졌을 거다.

방어 능력 같은 건 없는 거나 다름없다.

마지막에 영주의 방을 지키고 있던 마왕군도 한가운데에 큰 구멍이 뚫려버리면 막을 도리가 없다. 밀려들어 온 적에게 바로 토벌당하고 말았다.

"맞아. 이런 게 진짜 치트라는 거야!"

"불합리. 불공평. 수정을 요구합니다."

아키야마와 후타바가 무척 화를 냈다.

"진짜야 진짜. 치트 중의 치트네."

"저건 무리야. 무리무리 불가능~."

"패배 이벤트네요~."

나와 세가와 그리고 아코는 명랑하게 말했다.

"왜 그렇게 만족하는 거야? 처참하게 졌는데!"

그러나 아키야마는 납득하지 못한 기색이었다.

아~, 그렇지. 이게 일반적인 반응이겠지.

화내는 게 당연해. 하지만.

"그야, 말이지."

이상하다. 불합리. 말도 안 된다. 완전히 동감이긴 하지만.

"우리가 이 정도까지 하게 만든 거니까."

"그래. 우리는 모든 예상을 뛰어넘은 거다."

마스터도 만족스럽게 말했다.

"수많은 플레이어가 참가해줬다."

물론 서버 전체의 인원으로 따지면 그렇게 많지는 않지만,

그래도 충분하고도 남는 대인원이었다.

"이렇게나 많은 인원을 막을 수 있을 리가 없다는, 그런 예상을 뛰어넘었다."

터무니없는 인원의 파상 공격도 어찌어찌 막아냈다.

"지금까지 숨겨왔던, 이 서버의 신기도 격파했지."

"맞아. 다들 애썼어!"

"보스를 소환해서 보냈는데도 승리의 가능성을 붙잡으려 하고 있었다. 그 정도로 불가능을 넘어서서, 마지막으로 보낸 불합리함이 레이드 보스다."

"정말 불합리해~."

성 앞에 머물고 있는 불합리를 바라본 아키야마가 눈살을 찌푸렸다.

"이거, 패배 이벤트라고 하는 거지!"

그녀는 불만스러워 보였지만, 이쪽은 전혀 불만이 없다.

"정말로 패배 이벤트까지 도달한 거구나."

그것에 감동조차 하고 있다.

해냈다. 이렇게 될 줄은 몰랐지만, 지금이라면 확신을 가지고 말할 수 있다.

"LA를 클리어한 거야. 우리."

"그러게. 이보다 더할 수 없을 만큼."

"엑? 최종 보스가 패했으니까 굿 엔딩이지만……. 우리는 졌잖아?"

응. 아키야마의 말도 올바르다고 생각해.

그래도 패배한 게 클리어가 되는 일도 있거든.

"그게, 아키야마도 알고 있겠지만, 끝이 없는 게임도 많이 있잖아. 난이도가 올라가면서 무한히 계속할 수 있는 거."

"아, 응. 알고는 있는데."

진행하려면 진행할수록 한없이 난이도가 올라가는 액션 게임.

무한히 속도가 올라가는 퍼즐 게임.

회피할 여지가 없어지는 슈팅 게임.

만약 그걸 어디까지나 해나간다고 친다면.

"기술을 높이고, 실력을 갈고닦고, 레벨을 올리고, 이론상의 한계를 넘어서 그 이후로 나아가다…… 이쪽의 조작과는 상관없이 무조건 죽는, 물리적으로 이길 수 없는 설정이 튀어나오게 된다면, 어떻게 생각해?"

"절대로 못 이기니까 거기서 끝나는 게……."

아키야마가 아! 하고 목소리를 냈다.

"그거야. 이미 그 이상은 없는 거야."

게임 오버라고 표시될 뿐. 엔딩 롤이 나오는 건 아니다. 그러나 불합리한 패배를 밀어붙이기만 하는 간결한 끝.

그러나 이건 게임 제작진이 준비한 한계 지점. 이 너머가 없다는 증명.

무한히 나아가던 도전자에게 주는, 다정한 최종 통고.

"우리는 이걸— 클리어라고 부르는 게 아닐까?"

"그렇구나……. 골이구나. 여기가."

"……클리어, 한 거네요."

아코는 아직도 믿을 수 없다는 목소리로 중얼거렸다.

이건 운영진이 엔딩을 추가해주지 않으니까 우리가 직접 준비한 이벤트. 이기든 지든 엔딩이라는 라스트 퀘스트일 뿐이었다.

그러나 여기서 증명된 거다. 이 너머는 없다고. 이 이상은 운영진이 상정하지 않은, 나아갈 수 없는 완전한 도달점인 거다.

"그래. 우리는 레전더리 에이지를 클리어한 거야."

이것이 보고 싶었던 광경. 끝이 난 풍경.

많은 플레이어가 승리를 기뻐하고 있고, 우리는 그 안에 들어있지 않다.

그래도. 아니, 그렇기에.

"이게 레전더리 에이지의 엔딩인 거야."

왕도가 아니라, 어째서인지 조금 엇나간 길을 나아가고 말았다.

그래도 누구보다도 이 게임을 즐겨왔다고 가슴을 펼 수 있다.

우리이기에 도달할 수 있었던, 레전더리 에이지의 끝이 있었다.

"저희답네요."

아코는 웃으면서, 그래도 조금 유감스러운 듯이.

"그래도…… 사실은 이기고 싶었어요."

사소한 어리광을 말했다.

그렇게 이야기하는 사이.

◆바츠 : 여~, 있다 있어.

◆†검은 마술사† : 너희는 왜 이렇게 멀리 있는 거야?

◆코로 : 여기 잘 보이네. 스샷 찍기에 좋아.

◆바츠 : 오오. 아래쪽에 잔챙이들이 몰려있네.

쓰러졌던 마왕군 멤버가 조금씩 모였다.

일단 패잔병 취급이지만 다들 텐션은 높았다.

◆바츠 : 이야~, 이겼네. 압승이었어.

◆†검은 마술사† : 공성 필드에 보스, 그것도 대규모 레이드 보스라고? 전대미문이네.

◆바츠 : 엄청 초조했겠네. 우리가 이겨버릴 테니까.

◆코로 : 여기까지 했는데 일반 플레이어가 져버리면 식겁할 거 아냐.

◆†검은 마술사† : 최종일 전에 분위기는 최악. 이기게 해줄 수밖에 없었던 거겠지.

역시 최종 보스 군단. 우리 이상으로 사정을 잘 아는 모양이다.

오히려 이쪽은 이겼다고 주장할 수 있을 정도다. 정말 꾕

장한 자신감이야.

　◆루시안 : 이쪽은 그대로 이기고 싶었다고 말하고 있는데.

　◆†검은 마술사† : 멸망의 미학이라는 거지. 훌륭한 타이밍에 져야만 전설이 되는 거야.

　◆루시안 : 오오, 어른의 의견.

　훌륭하게 당할 때까지가 최종 보스라고 한다면 이의는 전혀 없다.

　우리는 전설의 최종 보스가 되었다. 그건 틀림없겠지.

　◆바츠 : 뭐, 나는 패해서 대놓고 실망하는 일반인들의 채팅 보고 싶었지만 말이지.

　◆루시안 : 그건 망할 꼬맹이나 내놓는 의견이잖아.

　◆바츠 : 키즈는 저쪽 아니냐. 운영진의 손바닥 위에서 이겼으면서 기뻐하기는.

　◆애플리코트 : 훗, 손바닥 위인가.

　마스터가 웃으며 말했다.

　◆애플리코트 : 우리가 운영진을 휘두른 것이든, 아니면 휘둘린 것이든. 어느 쪽이든 상관없겠지.

　그리고 성 앞에 모인 막대한 숫자의 플레이어를 보고 진심으로 만족스럽게 말했다.

　◆애플리코트 : 틀림없는 건 하나. 이번 이벤트는 대성공이다.

　◆루시안 : 이의 없음! 완전 동의!

　◆아코 : 그러게요! 즐거웠어요!

◆†검은 마술사† : 그래. 예상을 뛰어넘는 결과였어.

◆바츠 : 우리가 최강이라는 걸 세상에 증명했군.

마왕 측도, 아마 플레이어 측도 모두가 만족하며 싸움을 끝냈다.

이렇게 성공한 이벤트는 분명 두 번 다시 없지 않을까 싶은 최고의 결과였어.

◆†클라우드† : 마왕군, 마왕군 응답하라.

◆유윤 : 그쪽 스샷 끝났어? 슬슬 전체 스샷을 찍으려고 하는데.

◆디 : 기왕이면 보스 앞이지ㅋ

◆사쿠라이트 : 표시 인원 제한 해제 모드 쓰는 사람, 나중에 SNS에 올려줘.

◆유윤 : LA에 모드라는 개념 있었던가?

◆오라클 : 모드(그냥 개조).

◆코시 : 모드(완전히 밴 대상).

◆바츠 : 이쪽은 개조 같은 건 안 쓴다고.

◆슈바인 : 왜 마왕 측이 더 건전하냐고. 이상하잖아.

아까까지 용사니 마왕이니, 해악이니 일반이니 싸우고 있었는데, 끝난 뒤에는 다들 스크린샷.

이것이 이 세계의 가장 평화로운 룰이다.

마왕군도 플레이어도 대량의 보스를 배경으로 모여있는데, 인원 참 많네 많아.

게다가 다들 감정 표현이나 포즈나 마법 스킬 어빌리티를 마구 쓰고 있으니까 화면이 엉망진창이다.

　◆세테 : 포즈 지정 있어~?

　◆슈바인 : 어차피 안 모이니까 마음대로 해.

　◆아코 : 감정표현 연타해도 전혀 안 나와요~!

　◆루시안 : 렉 쩔어 렉 쩔어 렉 쩔어!

　"진짜로 무거워! 인원 너무 많아서 스샷이 찍힐지도 모르겠어!"

　"그냥 찍으면 되잖아!"

　"이예~이!"

　스크린샷 버튼을 몇 번이고 연타했다.

　인원이 너무 많아서 표시되는 캐릭터가 안정되지 않는 게임 화면은 스샷을 찍을 때마다 멤버가 변하는 이상한 구도가 되고 있었다.

　"그럼 슬슬 이벤트 종료를 선언하기로 할까."

　"나나코, 아코. 마지막 일이야."

　"네~에."

　◆아코 : 모험가들이여. 그 활약상에 진심으로 감사드립니다.

　◆아코 : 여러분의 힘으로 마왕을 멸할 수가 있었습니다.

　◆디 : 마왕(자신).

　◆슈바인 : 야, 그만둬.

　그렇게 이벤트 마무리에 들어가려던 우리에게, 최후의 공지가 들어왔다.

▶보스 몬스터의 조정이 완료되었습니다.◀

▶플레이어에게 공격적인 반응을 보입니다.◀

▶주변 플레이어는 주의해 주세요.◀

◆아코 : ……어?

조정 완료? 공격적 반응?

그 말의 의미를 생각할 시간은 없었다.

진 군마가 목을 빙글 돌려서 이쪽을 타게팅했다.

◆아코 : 아아아아아앗!

◆루시안 : 웃기지 마ㅋㅋㅋ

대기 상태였던 다른 보스 몬스터도 대난동을 시작.

우리는 용사이고, 마왕이고, 영웅이고, 그리고 신인 운영 진 앞에서는 평등하게 유저였다.

마왕도 용사도 상관없이, 모든 플레이어가 대폭소하면서 오퍼레이션 그랜드 엔딩은 종료되었다.

분명 모두가 웃으면서 끝났을 최고의 엔딩.

후회는 없고, 미련도 없고, 이 이상의 순간은 이제 없을 거다.

오늘 이날, 우리는 레전더리 에이지를 클리어한 거다.

그래픽 카드의 온도가 설정 라인을 넘어선 거겠지. 팬 회전수가 올라가는 소리가 귀에 닿아서 의식이 각성했다.

일어날 때 팔이 마우스에서 확 틀어져서 무의식적으로 상반신을 들었다.

"우왓⋯⋯. 이런. 자고 있었나."

곯아떨어지려다 일어났다―라고 하기에는, 몸은 나른해도 의식은 선명하다.

이건 잠깐 곯아떨어진 게 아니라 진짜로 자고 있었다는 걸 마음으로 이해하고 말았다.

"으으음. 몇 시지⋯⋯?"

멍하니 방 안을 돌아봤다.

불이 켜져 있던 컴퓨터실은 몇몇 컴퓨터가 가동하고 있어서 조금 더운 정도의 온도였다. 이러면 곯아떨어졌어도 감기에 걸릴 일은 없겠지.

"으응⋯⋯. 머어야진짜아⋯⋯."

맞은편 자리에서 세가와가 잠꼬대를 하고 있다. 책상에 엎어져서 부드러운 뺨으로 키보드를 누르고 있다. 자국이 생기겠네.

"후아…… 좋은 아침이에요."

그때, 옆에서 잠에 취한 목소리.

내가 일어난 기척으로 깨어났는지 아코가 몸을 일으켰다.

"아코도 자고 있었구나."

"네에…… 언제 잤는지 전혀 기억이 안 나요……."

"정말로 어느 타이밍에 잔 걸까……."

자도 되겠구나 싶어서 눈을 감는 타입인 자각 있는 곯아떨어짐과는 달리, 진짜로 어느새 잠들어버린, 진짜 곯아떨어짐이었다.

"그게, 이벤트 뒤풀이를 하고…… 그로부터……."

"처음에는 평화로운 이벤트 감상을 이야기했지만, TMW가 마지막에 내전을 한다고 해서 그에 말려들어 우리도 PvP 맵까지 간 건 기억해."

"지면 어제 사진을 보내달라고 바츠 씨가 루시안을 덮쳤던 것 같은데요……."

"아~. 확실히 내가 지켜주겠다면서 고양이공주 씨가 도와줬던 기분이."

"그러다가 친위대 사람도 끼게 되어서, 어느새 다들 싸우다가……. 어라? 그래도 그 후에는 필드에서 레어 사냥을 했던 기억도."

"확실히 몇 명이 결판이 안 나니까 먼저 레어가 나온 쪽이 이긴 걸로 하자면서 필드로 나가서……. 그로부터는 틀렸어.

기억이 안 나."

"돌아왔으니까, 도중에 잔 건 아니었던 것 같은데요."

비몽사몽으로 귀가했는지, 루시안과 아코는 모임장으로 돌아와 여느 때의 위치에 머물고 있었다. 앉힐 정도의 이성은 남아있었던 모양이다.

"지금 시간은……. 우왓, 벌써 정오 직전이잖아. 몇 시간 잔 거야."

최종일 전날, 이벤트가 대성공으로 끝난 뒤의 뒤풀이는 그야말로 성대했다.

꽤 늦게까지, 솔직히 아침까지 소란을 부렸다고 해도 이렇게나 잤으면 너무 많이 잔 수준이다.

"저도 푹 자버려서……. 으으, 마지막 날인데 절반이 지나 갔어요……."

"아까운 일을 해버린 걸지도."

한동안 바빴으니까, 오히려 개운해진 게 왠지 열 받는다.

푹 자는 건 내일 해도 되었을 텐데.

이렇게 푹 잠들지 않아도―.

푹, 잤다고?

"……아코, 도중에 일어났어?"

"전혀요오. 조금 떠올랐는데요, 이제 곯아떨어지겠다~, 라고 생각하면서 돌아와서, 모임장에 돌아왔을 때는 이미 의식이 없었어요."

아코는 아하~, 하고 한심하게 웃었다.

"그럼 도중에 일어나서 화면을 보거나 했어?"

"한 번 일어났다면 다시 자지 않았을 거예요~. 마지막이니까요!"

거기까지 말하자, 아코도 알아챈 모양이었다.

"……어라? 저, 계속 자고 있었나요? 화면을 안 보고요?"

그렇게 놀란 듯이 말하고는 자기 뺨을 찰싹찰싹 만졌다.

아코는 친가에 있을 무렵에는 한 시간에 한 번, 최근에도 몇 시간마다 일어나서 LA 화면을 보고 있었다.

LA 의존증의 증세인지, 자려고 해도 저절로 일어나고 있었다.

"그렇구나……. 낮까지 일어나지 않고 잔 거구나."

그래도 오늘은 일어나지 않고 푹 잘 수 있었다.

LA 의존증이, 일어나지 않았다.

"……나은 걸까요?"

아코는 불안하다기보다는 의아한 듯 말했다.

과연 어떨까.

중요한 일이지만, 자기 몸으로 확인하기를 바라지는 않는다.

"나는 왠지 모르게, 정말로 왠지 모르게지만— 이제 괜찮을 것 같아."

아코는 어떻게 생각해? 그렇게 물어봤다.

그녀는 살며시 화면에 손을 가져갔다.

"저, 게임을 클리어한 건 처음이에요."

그렇게 중얼거리면서 『아코』를 매만졌다.

"콘솔 게임은 전혀 하지 않았으니까. 게임을 클리어하는 건 처음 하는 경험인가."

"네. 잠깐 빌려서 하기는 했지만, 마지막까지 한 적은 없었으니까요."

최근에는 그런 사람이 많을지도 모른다.

모바일 게임은 한다. 기본적으로 무료 게임도 한다. 그러나 그런 게임에는 클리어라는 개념이 없으니까, 클리어까지 한 게임은 존재하지 않는다는 사람.

아코도 그런 타입이었다.

"저도 놀란 일이지만요. 클리어하기 이전과 이후로 LA에 가지는 인상이 달라진 것 같아요."

그러더니 할 말을 고르면서 말했다.

"레전더리 에이지는 그저 좋아하는 게임인 것만이 아니라, 이 게임을 확실하게 클리어했다는 것이 마음속에서 제대로 자리를 차지하고 남았다는 느낌이 들어요."

"그래. 이해할 수 있을 것 같아."

클리어하지 않고 끝난 게임과, 클리어까지 한 게임은 어딘가 다르다.

이 게임은 한 적이 있다는 넓은 카테고리가 아니라, 마지막까지 클리어한 게임으로 추억에 강하게 남는다.

"화면을 보지 않아도, 로그인하지 않아도, 그곳에— 여기에, 제대로 있다는 느낌이 들어서. 그래서 괜찮은 걸지도 몰라요."

확실하게 일단락을 지어서, 추억으로 변한 걸지도 모른다.

늦었는지 늦지 않았는지는 끝나지 않으면 모른다.

그러나 어딘가 어른이 된 것처럼 보이는 아코는, 진정한 의미로 LA의 끝을 받아들이게 된 것처럼 보였다.

마지막 시간을 소비해서 도전한 우리의 퀘스트는 헛된 것이 아니라, LA를 추억으로 바꾸게 되었다. 그런 느낌이 들었다.

"—응. 이제 마지막 날을 확실하게 맞이할 수 있겠네."

"……네."

LA는 끝나지 않는다고 말하는 게 아니라.

아코는 나와 눈을 마주 보면서 끄덕였다.

그 눈동자는 오히려 나보다도 강한 의지가 깃든 것처럼 보였다.

"일어났어~? 밥 다 됐어~."

"이제 정오가 되어간다. 우리도 슬슬 움직이자."

반쯤 열려있던 문에서 고개를 빼꼼 내민 것은 아키야마와 마스터.

"으그윽……. 팔이 아파아……."

그리고 세가와도 느릿느릿, 키보드 자국이 남은 얼굴을 들었다.

이렇게 LA가 끝나는 마지막 날이 시작되었다.

"—자신감은 없지만, 그래도, 이제 괜찮을 것 같아요."

아코가 말과는 달리 차분한 기색으로 말하자, 다들 부드럽게 수긍했다.

"뭐, 아코가 그렇게 말한다면 괜찮겠지."

"응, 괜찮아!"

"어젯밤의 성과를 생각하면 믿을 수 있지."

"여기까지 와서 허둥대봤자 별 수 없다냐."

앞으로도 모두와 함께 살아가고 싶다.

레전더리 에이지라는 게임을 진심으로 클리어했다고 생각한다.

지금의 아코라면 마지막 순간을 받아들일 수 있다.

—나 자신도, 서비스 종료가 눈앞에 다가왔는데도 놀랄 만큼 차분했다.

마지막의 마지막까지 레전더리 에이지와 마주한 결과, 납득하고 이날을 맞이할 수 있게 된 걸지도 모른다.

"자, 그럼. 이미 절반이 지난 최종일의 예정 말이다만……저녁에 공식에서 마지막 이벤트를 연다."

그때, 마스터가 화제를 전환했다.

"그때까지 미련을 끝내둬야겠네."

"실컷 했으니까 아무것도 생각이 안 나네~."

"친구와 인사하는 것도, 어제 이벤트에서 전원 있었으니까."

로그인하지 않았던 은퇴 상태인 친구 말고는 다들 왔었다. 뭐, 대부분이 적이었던 건 유감이지만!

"마지막으로 할 일이라니 어렵네……."

"레벨을 올리는 의미도 없고, 레어도 필요 없으니까."

"채팅을 치기만 해도 괜찮기는 하겠지만……."

으~음. 그렇게 고민하던 우리에게 세가와가 떠오른 듯 말했다.

"스샷은 이미 다 찍었지만, 추억의 장소라도 돌아볼까?"

"아~. 그거 좋을지도."

멍하니 모임장에 있는 것도 나쁘지는 않지만, 기왕이면 LA의 세계를 돌아보고 싶다.

다들 똑같은 생각을 한 모양이었다.

"가보고 싶어요! 추억이 있는 곳은 전부 가봐요!"

"그거 거의 전 맵 아닌가냐……?"

"밤까지 끝낼 수 있을까?"

"끝나지 않더라도 그건 그거지!"

그렇게 여러 장소를 돌았다.

몇 번이고 사냥하러 왔던 화산부터, 최종 이벤트에서도 퀘스트에 사용한 해저신전, 어거스트에서 날아가는 비공정으로 관광지 모코모코 비치를 돌고, 콜라보 이벤트에서 썼던 호텔에 놀러 갔다가 안으로 들어가지 못해서 실망했다.

몇 번이고 싸웠던 공성전 맵을 돌고, 돈벌이를 위해 마구 잡았던 슬리퍼 선생님 맵은 들어간 순간 트라우마가 발동해서 바로 도망쳤고, 언제 와도 설경인 루티가 계절에서 벗어난 특별 크리스마스 사양이 되어있어서 감동했다.

지나가다가 들른 고양이공주 성이 벌써 재건되어 있어서 안심했고, 올해는 밸런타인 이벤트가 없어서 개방되지 않은 발렌티누스 던전에 시무룩해지고, 도플 맵에서 부스트 상태라 경험치가 무지막지한 것에 크게 기뻐하면서 한동안 사냥을 하고, 초심자 사냥터를 돌면서 아직도 새 캐릭터를 만들어서 육성하는 사람이 있는 것에 놀라고, 초기 캐릭터로 고생하며 내달렸던 칸토르에서 로드스톤으로 가는 길을 느긋하게 산책했다.

유저 홈 니시무라 가의 문을 잠그며 마지막 작별을 하고, 어제의 원한을 풀고자 진 군마에 돌격했다가 일격에 분쇄당하고, 서바이벌 맵 영락한 섬에 실례해서 멋들어지게 전원 탈락하고, 포와링 호수에서 잠깐 쉬고 나서 포포리호를 타고 천공섬으로 가려다가 여전히 해적질을 하던 플레이어와 마주쳐서 필사적으로 마을로 귀환.

돌아온 흐름을 타고 기념할 만한 마지막 패션 콘테스트에 출전했다가 빡겜러가 만들어낸 경이로운 의상에 완패당했고, 그란베르그에서 영주의 성이 너덜너덜하게 파괴당한 걸

목격하고 돈의 원한은 무섭다는 걸 실감하면서, 최종일에 한꺼번에 개최된 극단이나 악단의 이벤트를 보러 갔다.

이런데도 모든 맵을 봤다고 말할 수는 없건만, 끝났을 때는 한참 전에 해가 저무는 시간이 되어있었다.

"시간이 엄청 오래 걸렸네……."

"아직 다 돌아보지 못했는데 말이죠."

"추억이 남은 곳을 잠깐 돌기만 했는데도 하루가 끝났네."

"이렇게나 긴 여행이었구나."

"이 게임을 얼마나 오래 해왔는지 알 수 있었던 셈이로군."

몇 년이나 이 세계에서 살아왔다.

현실에서 간 적이 있는 가게는 적지만, 이 세계의 숍은 모두 본 적이 있다.

반 친구의 이름도 모르지만, NPC의 이름은 보기만 해도 떠오른다.

추억이 남은 곳에 가보자고 생각했을 뿐인데도 전 세계를 돌아야 할 만큼, 우리는 이 세계의 주민이었다.

"미련은 끊이지 않지만……. 그래도. 엔딩은 이미 봤으니까."

"클리어한 게임이니까. 적당히 접고, 마지막 이벤트를 하자."

"……그러게요. 이게 마지막이니까, 확실하게 참가하고 싶어요."

최종 이벤트, 그 제목은 마왕의 진군.

마왕이라는 건 마왕군 앨리 캣츠의 마왕 애플리코트가 아니라, 이 세계의 보스 몬스터를 말합니다.

　"이벤트 내용은 간단하다. 마을 중심에 출현하는 코어 크리스털을 노리고 각 마을에 일반 몬스터, 보스 몬스터, 대형 보스 몬스터가 습격한다고 한다."

　"어딘가 하나의 마을이라도 방어에 성공하면 퀘스트는 성공이라고 해."

　"전에 우리가 집을 지킨 것과 똑같은 이벤트네요."

　"이번에는 트랩을 설치할 수는 없지만 말이지!"

　참가자도 적의 강함도 격이 다르지만, 종류로 따지면 비슷한 셈이겠지.

　그보다, 이제 LA는 완전한 신규 이벤트를 추가할 여력이 없을 테니까.

　"공략이라는 의미에서는, 하나라도 지켜내면 OK라는 게 포인트네."

　"어딘가로 좁혀서 모든 유저가 방어하는 게 정답이겠지."

　순순히 생각하면 유저의 총력을 기울여 마을 하나를 지키면 된다.

　그러나 세가와는 자신의 말에 눈살을 찌푸렸다.

　"그래도 말이야~. 이벤트를 만든 지금이니까 느끼는 걸지도 모르지만, 다른 마을을 버리는 걸 최적의 해답으로 만들지는 않았을 거야."

"아~, 확실히."

마을을 버리는 선택을 정답으로 하기를 바라지는 않는다. 퀘스트를 만든 쪽이라면 그렇게 생각할 거다.

"음. 굳이 코어 크리스털이라는 기믹을 만든 거다. 하나가 부서질 때마다 유저가 불리해지는 요소가 발생한다는 기믹은 들어있을 것 같군."

"마을이 함락될 때마다 자연스레 유저는 한곳에 모이게 될 테니까, 그에 맞춰서 적도 강해지는 게 자연스럽나……."

그렇다면, 처음부터 풀 스펙의 습격이 이어지면 플레이어 측이 회복 아이템이나 촉매 아이템 고갈이 일어날 거다.

가뜩이나 전날에도 마왕군과의 싸움이 벌어져 아이템이 고갈 직전이니까!

"게다가 전원이 모여 이 마을을 방어하자고 해도, 자신이 살던 마을을 지키고 싶은 사람이 많지 않을까?"

"어느 마을에도 그곳을 모임장으로 쓰는 사람이 있으니까요."

아키야마와 아코가 플레이어의 감정적인 의견을 말해줬다.

"우리도 로드스톤을 버리고 지키기 쉬운 마을로 가라는 말을 들으면 거절하겠지."

성을 가진 영주 길드는 물론이거니와, 돈과 운을 타고난 길드는 거주지에 집을 두고 있다.

그야 마을에 애착도 강하겠지.

"플레이어의 의사 통일은 불가능하다고 보고 마음대로 움직이게 두는 게 좋겠지."

"그럼 저희는 로드스톤 방어네요!"

"음. 우리의 마을을 마지막까지 지켜내지 않겠는가."

"어제는 졌지만, 오늘은 질 수 없어!"

"힘내자~!"

최종 이벤트, 마왕의 진군.

우리의 모임장을 지키기 위해, 앨리 캣츠는 마지막 싸움에 도전한다.

—그렇게 폼을 잡기는 했어도, 수도를 지키는 인원을 고려하면 우리에게 과연 할 일이 있을지 의심스럽기는 하지만.

††† ††† †††

◆니쥬니에몬 : 로드스톤 북문팟 탱1 딜2 지원1 임시 광장에서.

◆오이와이 : 회복 아이템 노점, 남쪽 큰길에서 원가 판매합니다.

◆이사나 : 라이소드 방어 전혀 없습니다. 지원 부탁.

◆명란 불릿 : 어차피 전부 지킬 수는 없으니까 버리라고.

◆킹슬리 : 비인기 마을도 사랑해줘!

마을은 이미 방어 퀘스트 일색으로 물들었고, 전체 채팅도 달아오르고 있었다.

아무리 우리의 유저 이벤트가 성황리였다고 해도, 모인 사람은 수백 명.

이쪽은 전 서버에서 만을 넘는 유저가 참가한다.

역시 규모의 숫자가 전혀 다르네.

"적은 어디에서 와? 마을 밖에서 들어오는 느낌?"

"각 마을의 문을 통해 침입한다고 한다. 문 안에서 방어하는 형태지."

"파티를 맺고 어딘가의 방어에 참가할까~."

"공식으로는 남쪽이 정문일 테니까, 사람이 많을 것 같은데……."

"굳이 주전장에 가지 않아도 되잖아. 인적이 드물 것 같은 동쪽 같은 데 가자."

"사람이 많으면 무거울 테니까."

"모임장과도 가까우니, 그렇게 할까."

사람이 많은 방어 지점으로 가봤자 마스터의 대마법 정도말고는 활약할 기회가 없을 거다.

그렇기에 인기가 없어 보이는 동문으로 이동했다.

비인기라도 해도, 수도의 네 방향에 있는 출입구 중에서 비교적 사용할 기회가 적다는 정도다.

그곳에는 이미 수백 명의 플레이어가 들어차 있었다.

"우왓, 사람 많네."

"이래도 어떻게든 움직이고 있으니까 마스터의 컴퓨터가 고맙네."

"집에서 했다면 이미 멈췄을지도 몰라요."

"워프하는 사람도 꽤 있어~."

"이쪽도 조금 버벅거린다냐아."

상당한 인원이 모인 데다, 마법이나 스킬을 시험 삼아 쓰거나 버프를 뿌리는 사람이 있어서 이펙트가 겹쳐서 컴퓨터가 무척 무겁다.

그런 데다 대미지 표시까지 뜬다면, 내 컴퓨터라도 버티지 못했을 거다.

마스터가 준비한 컴퓨터가 쓸데없이 하이 스펙이라 아깝다고 생각했지만, 이렇게 되니 선견지명이라고 하지 않을 수 없었다.

◆†검은 마술사† : 로드스톤 각 문의 방어 파티에게, 영주인 TMW입니다.

◆†검은 마술사† : 일단 이쪽에서 파티를 파견했습니다만

◆†검은 마술사† : 이제 와서 군사(軍死)를 할 생각은 없으니 각자 마음대로 하세요.

◆로코모콘 : 군사(軍死)가 아니라 군사(君師)를 요청합니다.

◆미캉이요캉 : 마지막의 마지막에 말이 통해서 웃김.

채팅 쪽도 최종 확인에 들어갔다.

제어할 수 있는 인원이 아니니까, TMW도 임기응변으로

하려는 모양이다.

"시작 시간도 얼마 안 남았나."

"종료 시각이 정해지지 않은 게 무섭다니까～."

"방어 이벤트인데 끝이 없다니 괜찮을까요?"

"아, 아코. 시작하기 전에 평소처럼 지원……."

말하려던 아키야마가 멈췄다.

"미안. 전부 받았으니까 괜찮아."

"여기저기에서 버프를 날리고 있으니까요～."

"아니 정말, 버프창이 엄청나게 변했어."

무차별로 버프를 날려대고 있으니까 본 적도 없는 숫자의 버프가 쌓였다.

환생 레벨 123까지 도달한 나의 루시안은 환생 전과는 스테이터스가 전혀 다르고, 버프도 받아서 평소와는 스텟이 너무 달라져서 이제 영문을 모르는 상태다.

그런 플레이어가 이만큼 모였으니까. 그야말로 레이드 보스가 습격하더라도 순살할 수 있는 기세다.

아무리 그래도 질 일은 없겠지～. 그렇게 플래그 같은 생각을 하며 잠시 기다리자.

▶어둠의 심연으로부터 마왕의 파동이 방출되고 있습니다.◀

그런 안내 채팅이 나왔다.

"분위기가 있잖아. 나레이션부터 스타트라는 거야?"

"그 파동으로 뭐가 일어나는 걸까."

▶마왕의 파동을 막기 위해 각 마을이 코어 크리스털을 이용한 결계를 전개했습니다.◀

◆가고 : 중앙에 크리스털 나왔어요.

◆고라이오 : 로드스톤의 코어, 중앙 광장 분수 위!

과연. 마왕의 파동을 막기 위해 크리스털로 결계를 쳤다는 설정인가.

"크리스털은 중앙 분수네. 거기까지 가게 해버리면 우리의 패배인가."

"뭐, 거기겠다 싶은 곳이군."

"어느 루트에서 돌파당해도 곤란해지는 귀찮은 곳이란 말이지."

"마을 구석에 나온 편이 편했을 텐데."

"그런 곳에서 최종 결전을 해도 재미있지 않아~."

이야기하는 사이에도 이벤트는 진행되었다.

▶마왕의 군세가 결계를 부수고자 진군하고 있습니다.◀

▶모든 플레이어는 각 마을의 코어 크리스털을 방어해 주세요.◀

▶이것이 마지막 싸움입니다.◀

▶영웅들이여.◀

▶이 전설의 시대를 지켜내는 겁니다.◀

동시에 QUEST START! 라는 커다란 글자가 표시되었다.

"자, 시작됐어! 상대해 주자고!"

"누가 습격하는 걸까요?"

"마왕의 부하라고 하니까 악마계 몬스터라거나?"

"그렇게 생각해서 어둠 내성을 많이 준비했는데……."

아직 아무것도 나타나지 않은 동문을 향해 대마법이나 지면 지정 스킬이 날아갔다.

그런 방어 준비 만전인 우리 앞에 나타난 것은—.

포왓.

포와와!

포와~?

그렇게 뽀용뽀용 점프하는, 귀여운 몬스터였다.

"……포와링이잖아."

"이렇게나 달아오르는 분위기를 만들어 놓고 제일 잔챙이를 내보내지 말라고……."

"최초의 적이니까, 그렇겠죠?"

뭐, 처음에는 평범한 몬스터, 그다음부터 보스가 나온다고 퀘스트 설명에 있었으니까.

스타트가 포와링부터인 건 딱히 이상한 이야기는 아니긴 해도 말이지.

레벨 1 추천 몬스터인 포와링이 뭔가 할 수 있을 리는 없었고, 플레이어들의 총공세로 바로 소멸했다.

그러나 사라지는 것보다 빠른 페이스로 점점 나타나서 끝이 보이지 않는다.

근접 직업이 공격하기 전에 사라지고는 있지만, 조금 불길한 예감이 들었다.

"아무리 그래도 너무 많잖아. 숫자로 대항해봤자 광역 공격의 먹잇감이 될 뿐인데."

"아니, 그게 아니다."

그때, 조금 떨어진 위치에서 마법을 영창하던 마스터가 고개를 내저었다.

"잘 봐라. 출현하는 포와링이 수천의 대미지에도 버티고 있다. 일반적인 포와링이 아니야."

"어? 진짜로?"

그 말을 듣고 잘 보니, 공격이 집중되고 있어서 간단히 쓰러지고는 있지만 한두 방은 버티는 포와링도 꽤 많았다.

HP 5인 포와링이 한 방에 쓰러지지 않다니 보통은 말도 안 되는 일이다.

이 녀석들 평범한 포와링이 아니네!

◆시바멍멍이 : 이쪽은 루티 방어대, 포와링에게 밀려서 후퇴 중!

◆시바멍멍이 : 증원을 구한다! 들리는가 본대!

◆†검은 마술사† : 통신 상태가 안 좋아! 다시 반복해라!

◆시바멍멍이 : 루티 방어대, 포와링의 공격으로 반파! 증원, 아니 구원을!

◆†검은 마술사† : 잘 안 들려!

◆디 : 이 망할 본부가 진짜ㅋ

◆유윤 : 본부의 함정 그만둬.

◆ME짱 : 제각각 나뉘어서 방어하는 건 무리 같아. 집합해서 코어 앞에서 지키자.

◆시바멍멍이 : 루티 방어대는 코어 앞까지 후퇴!

"우와, 다른 마을은 포와링에게 밀리고 있어."

"HP가 만 단위는 되는 포와링의 대군이잖아. 인원이 적으면 힘들 거야."

"그러게요. 로드스톤은 괜찮지만, 다른 마을은⋯⋯."

"어라? 포와링이 안 나오게 됐어."

최전선 바로 앞에서 대기하던 세테 씨가 보고했다.

원거리 공격이 많아서 잘 안 보였지만, 적의 출현이 멈춘 모양이다.

그러나 멈췄다고 생각한 직후에 다른 몬스터가 나타났다.

이번에는 몇 종류는 되는 모양이다.

"으으음. 다음은 킬러 호넷하고 드래곤 퍼피에⋯⋯."

"기계 공장의 일렉 로켓이네요~."

"이놈이고 저놈이고 비행형이잖아."

"즉, 발이 빠르다는 뜻이다. 성가시겠군."

게다가 각각의 속성이 다르다. 포와링이 상대라면 뇌속성 공격을 연타하면 됐지만, 그러면 번개를 흡수하는 일렉 로켓이 통과한다.

"속성 마법으로는 좀처럼 막기 힘든 편성이네."

"속성 상관없는 램페의 차례네. 맡겨두라고."

"이거 다른 마을은 괜찮을까요?"

"아까 루티가 위험해 보였는데."

그때, 마침 루티 방어대에서 채팅이 왔다.

◆시바멍멍이 : 루티 방어대, 다른 마을에서 구원이 와줘서 어찌어찌 코어 앞을 유지.

◆둥실둥실 날개 : 모코모코, 코어 얻어맞고 있어요~. 앞으로 50%.

아아, 역시 꽤 밀리고 있나 보네.

이대로 가면 다음 몬스터가 나올 즈음에서 깨지는 크리스털이 나올지도ㅡ

▶라이소드의 코어 크리스털이 파괴되었습니다.◀

▶라이소드가 어둠에 잠깁니다.◀

ㅡ뭐라고?

"에엑?!"

"잠깐, 벌써 당했어?!"

함락된 마을이 나왔잖아ㅡ!

딱히 아무런 연락도 없었는데 마을이 바로 함락됐어!

◆디 : 라이소드 보고 없이 함락된 거냐고ㅋ

◆나인즈 : 함락됐어! 무언으로 함락됐어!

◆버섯의 콩가루 : 다른 마을에서 방어 파티를 보내지 않

게 묵묵히 함락됐어!

◆†검은 마술사† : 아니, 이럴 때는 보고해 줘야지.

◆이사나 : 다섯 파티밖에 없어서요.

◆6월의 유킨코 : 크리스털이 파괴되니까 검은색 일색의 맵으로 전환되었어요.

◆6월의 유킨코 : 다른 마을로 날려 보내서 그쪽의 방어를 할 수는 있는 모양.

원래부터 포기하려는 모양이었는지, 비인기 마을의 코어 크리스털이 파괴되고 말았다.

모든 마을을 지켜낼 수 있다고 생각하지는 않았으니, 함락된 건 어쩔 수 없다.

"하지만, 이걸로 아무 일도 일어나지 않으면 좋겠는데……."

"그렇게는 안 되는 모양이다."

이펙트가 확 나오더니 출현하는 몬스터가 검은 오라를 두르기 시작했다.

그 변화는 겉보기만이 아니었다.

"에에엑? 단단해 단단해 단단하다고!"

"HP 몇만이나 되는 거야. 레벨 20의 잔챙이잖아!"

잔챙이여야 하는 킬러 호넷이 평범하게 대마법을 버티고 있다!

히트 스톱으로 움직임은 멈춰있지만, 일반 몬스터로 보이지 않는 내구력이다.

로드스톤에서 이런 상태라면, 다른 마을은.

◆시바멍멍이 : 루티 이제 못 버팁니다. 안녕히, 안녕히…….

◆둥실둥실 날개 : 모코모코도 무리입니다~.

◆디 : 잠깐잠깐ㅋ 좀 더 버티라고ㅋ

◆이가스 : 이런 기세로 강화되면 어떤 마을도 못 버티겠네요.

그런 채팅이 흐른 지 얼마 되지도 않아서.

▶루티의 코어 크리스털이 파괴되었습니다.◀

▶모코모코의 코어 크리스털이 파괴되었습니다.◀

▶루티가 어둠에 잠깁니다.◀

▶모코모코가 어둠에 잠깁니다.◀

아아, 또 마을이 당했다!

◆시바멍멍이 : 사이좋게 죽음!

◆고래데블 : 완전히 동시에 깨져서 웃김.

웃고 있을 때가 아닌데 말이죠!

▶오거스의 코어 크리스털이 파괴되었습니다.◀

▶오거스가 어둠에 잠깁니다.◀

아앗, 다른 마을도 함락되고 있어!

"위험한데. 페이스가 빠르다."

"점점 단단해지고 있어. 마법을 태연하게 통과하고 있잖아."

"광역이 놓치는 건 이쪽에서 스턴 넣고 있지만, 너무 많으면 힘들지도."

수백 명의 방어대가 있는 로드스톤 동문조차도 적이 방어선을 돌파하고 있는 상태다. 이거 오래 버틸 수 없겠어.

그러나 더 안 좋게도.

"음. 몬스터의 출현이 멈췄다."

"우와. 또 다른 게 나와?"

"다음에는 뭐가 올까요……."

"그리즐리라든가 골렘 같은 거려나?"

"레벨로는 적정이라는 느낌이지만— 아아. 이거 그렇게 쉽지는 않겠네."

문에서 나타난 건 플레이어와 비슷한 모습의 적 몬스터.

전에 경험치를 벌려고 PvP 필드에서 싸운 상대다.

"도플갱어! 느닷없이 레벨이 올라갔다냐!"

"게다가 엄청 단단하잖아."

우왓, 힘들어 힘들어 힘들어!

대마법 방어 라인을 태연하게 돌파하고, 전위의 벽을 뚫은 도플갱어의 대군이 몰려오고 있다!

"이쪽도 사람이 늘어났으니까 어떻게든 밀어내자!"

"당해버린 마을 사람이 와준 모양이야!"

"평소와 다르게 다가올 때까지 공격하지 않으니까, 떨어져서 회복하면 괜찮아 보여요."

"코어를 우선적으로 노리는 루틴인가. 이용해서 어떻게든 딜을 뽑아내자."

필사적으로 막아내는 방어대.

누가 지휘하는 건 아니었지만, 탱커는 흩어졌고, 딜러는 모여서 자연스레 방어 라인이 생성되었다.

그러나 플레이어의 노력을 비웃듯이.

"또 몬스터가 바뀐다! 이번에는 뭐냐!"

"보스! 보스가 나왔어!"

"뭐가 왔어?! 처음 보스니까 잔챙이겠지?!"

"시그마 버스터하고 알파 드레이크다냐!"

"전혀 모르지만 이름만 들은 시점에서도 강해 보여요!"

보스 중에서도 그런대로 강한 녀석!

이렇게 HP가 버프된 상태에서 이길 수 있겠냐!

인원수의 유리함을 살려서 로드스톤이 어떻게든 버티는 사이에도 마을들이 속속 함락되었다.

▶가이오니스가 어둠에 잠깁니다.◀

▶스펠러너가 어둠에 잠깁니다.◀

▶사이레인이 어둠에 잠깁니다.◀

▶칸토르가 어둠에 잠깁니다.◀

우리도 이용하던 마을이 어둠에 잠겨갔다.

◆할아버지 : 미안하구나. 그란베르그도 못 버티겠다.

◆엘피 : 여러분 안녕히…….

◆청순 여우소녀☆사쿠라☆ : 다들, 언젠가 또 만나자☆

▶그란베르그가 어둠에 잠깁니다.◀

도플갱어의 맹공에 그란베르그마저 함락되었다.

"남은 마을은 로드스톤 단 하나인가."

"여기가 인류 최후의 마을이네요……!"

"갑자기 최종전처럼 되는 거 그만두라고!"

▶인류에게 마지막으로 남은 거점은 로드스톤입니다.◀

▶부디 희망을 이어주세요.◀

그런 안내 채팅이 흐른 동시에, 적의 움직임이 바뀌었다.

"어라? 도망치네."

"보스가 게이트 쪽으로 돌아가잖아? 아니, 사라지는 건가."

"플레이어에게서 도망치면서 소멸하고 있는 모양이군."

"그, 그건 왠지 불길한 예감이 드는데요."

"위험해 보이네~."

함락된 마을에서 사람이 모이자, 로드스톤의 방어선은 터무니없는 규모로 부풀어 올랐다.

이 상태에서 다시 적이 온다면, 그 녀석은 이미 터무니없는 상대일 거다.

그렇게 경계를 높이던 상황에서.

◆마스터 베엘제붑 : 헛된 저항을 계속하는 인간 놈들.

◆마스터 베엘제붑 : 이 내가 직접 절망이라는 것을 가르쳐 주마.

로드스톤의 BGM이 멈추고, 보스전 BGM이 흐르기 시작했다.

그리고 맵 바깥, 먼 곳에서 공격 SE가 들려왔다.

◆고라이오 : 남문에 보스! 무식하게 강해!

◆명뢰 : 점점 다가오고 있어. 구원 부탁함.

"나왔나. 마왕!"

"역시 남문이 메인인가! 다들 가자!"

"네!"

마스터의 지휘 아래에서 서둘러 남문으로 향했다.

그곳에는 마왕에 어울리는 이형이 기다리고 있었다.

한 손에 해골 지팡이를 든 거대한 파리 몬스터.

악마족의 대 보스, 베엘제붑이 더욱 거대화되어 있었다.

"우왓. 커다란 베엘제네!"

"파리 보스였지? 마왕이었어?"

"베엘제붑은 마계의 왕이 그 분신을 보냈다는 설정이었어요! 그래도 저건 마스터 베엘제붑이니까요!"

"그 본체라는 거네! 설명 고마워!"

LA의 설정을 잘 아는 아코 씨. 설명 감사합니다!

그 강함도 마왕에 어울리는 레벨인 모양이다.

어둠의 파동 같은 빔 공격이 날아올 때마다 사선상의 플레이어가 소멸했다.

지금까지 나오지 않았던 잔챙이 몬스터도 부활해서, 대량의 잔챙이가 보스와 함께 다가오고 있다.

"그야말로 마왕의 진군이로군……."

"이게 진짜 마왕!"

"우리는 마왕 중에서도 최약……."

"그럼 여기서 하극상이야!"

마왕은 공격에 맞는데도 히트 스톱 없이 오로지 전진해 왔다.

우리, 마왕 앨리 캣츠로는 도저히 어찌할 수 없어 보인다.

"이거, 어떡하지?"

"타깃을 가져와봤자 즉사할 뿐이야. 막을 수 없어!"

"트랩, 아이스 월 같은 이동 방해는 안 통하는 모양이군."

"침묵도 안 들어가요! 상태 이상은 안 되는 모양이에요!"

"보스 속성이라면 당연히 그렇겠지. 즉, 잡을 수밖에 없다는 거야! 슈바인 님의 마지막 영웅담을 역사에 새겨아아아아아아무리이이이이이!"

앞으로 나간 슈바인이 다른 플레이어와 함께 바로 소멸했다.

"웃기지 말라고. 거의 즉사잖아!"

"원거리 공격으로 깎아낼 수밖에 없는 걸까."

"그것만으로 쓰러뜨릴 수 있으려나아."

다가오는 페이스가 빠르다. 이대로 가면 곧 크리스털에 도착할 거다.

발을 멈추려고 해도 상태 이상은 안 통하고, 나의 스턴도 물론 효과가 없다.

오히려 스턴을 넣기 위해 다가간 나의 루시안이 어둠의 빔에 맞아 소멸하는 상황이다.

"……응?"

가까이 있었으니까 알기 쉬웠는데, 잠깐이나마 발이 멈춘 느낌이 든다.

혹시 이 녀석, 공격할 때마다 조금 멈추나?

"시험해보고 싶은 게 있으니까 한 번 죽고 올게."

"조심해~."

"무사히 돌아와 주세요."

"반드시 죽어서 돌아올 테니까."

마을 골목을 지나 적의 뒤로 돌아 들어갔다.

그리고 계속 전진하는 베엘제붑의 뒤를 향해 돌격했다.

◆루시안 : 으랴아아압! 얕보지 마라, 이쪽도 마왕이라고!

뒤에서 도발 스킬을 날린 루시안을 돌아본 보스가 검은 빔을 날렸다.

빔의 사거리에 있던 루시안은 물론 소멸했지만— 보였다!

돌아보면서 빔을 날리는 동안에는 발이 멈췄다!

"이거, 뒤에서 타깃을 따면 죽을 때까지 움직임이 멈추는 것 같아!"

"지금 잠깐 멈춘 건 그런 거였어?!"

"과연. 그걸로 시간을 버는 건가."

이거라면 딜이 안 나오는 탱커라도 할 일이 있을지도 모른다.

"그거 공유하는 편이 낫지 않을까?"

"확실히!"

모두와 협력하면 적의 발을 묶을 수 있을지도 몰라!

◆루시안 : 베엘, 뒤에서 다가가서 타깃 따면 잠깐 멈추는 걸 확인.

◆루시안 : 좀비 어택으로 발을 묶을 수 있을지도.

서둘러 전체 채팅으로 보고했다.

직후.

◆†검은 마술사† : 이쪽에서도 확인했어. 남십자로 리스폰에서 효율 좋게 막을 수 있어 보이네.

이미 알아챈 모양이라, 다른 플레이어들도 보고를 이어갔다.

◆코로 : 한 방 버티면 두 방째를 날리니까 암속성 내성 방어구 추천.

◆너구리 사부 : 옆에서도 멈추니까 전 방향에서 할 수 있다구리.

◆피네 : 즉사 있으니까 내성을 올리거나 버프 걸어.

난전 중에서도 마찬가지로 검증하던 플레이어가 있었던 모양이다.

점점 정보가 모이고, 전략이 정해졌다.

◆†검은 마술사† : 손이 빈 탱커, 각 문의 리스폰 지점에서 좀비 어택을.

"나는 좀비 어택 팀에 갔다 올게!"

"리스폰 지점도 적투성이일 거다. 암속성 내성 방어구로는 보스에 도착하기 전에 사고가 난다!"

"근딜이 리스폰하고 베엘로 가는 루트를 확보 중이야. 신경 쓰지 말고 와!"

"다른 근딜은 탱커가 가지 못할 때 대신해서 들어갈 수 있게 준비 중이야~."

"역시나!"

믿음직한 동료들이다.

"그럼 저도 그쪽으로 가는 게 좋을까요?"

"죽으면 리스폰하면 되니까 회복은 됐어. 마스터에게 엑스댐 걸어줘!"

"네!"

◆오이와이 : 콤보 충전용 머드백 소환했습니다. 죽이지 말아 주세요.

◆초코 : 죽이지 말아 주세요~. 콤보 충전하는 몽크는 솔로로~.

◆슈슈 : 갑니다!

"고양이공주 씨는 저쪽을 지원하러 가겠다냥. 콤보 충전용 적에게 힐이 필요하다냥."

"코어 앞은 이대로 막고 있겠다. 가라."

정신이 들자 길드 단위, 파티 단위가 아니라 각자가 해야할 일에 착수하고 있었다.

그러나 제각각 싸우고 있다는 감각은 없다.

같은 목적을 위해 플레이어 전체가 팀이 되어 움직이고 있다.

마지막의 마지막에, 정말로 모두가 하나가 되어 싸우고 있는 느낌이 든다.

그러나 그래도 마스터 베엘제붑은 쓰러지지 않았다.

"젠장. 조금씩 전진하고 있어."

"벌써 십자로를 지났어. 중앙까지 얼마 안 남았어!"

"공격 범위가 넓어서 별로 시간 없을지도!"

"이쪽도 타이밍을 조절하면서 아슬아슬하게 들어가고 있어! 아무리 그래도 완전히 멈추는 건 힘들어!"

슬금슬금 진군하던 마스터 베엘제붑이 마침내 중앙 광장에 침입했다.

이제 코어 크리스털은 눈앞까지 다가와 있다!

◆마스터 베엘제붑 : 네놈들의 저항도 여기까지다.

◆마스터 베엘제붑 : 세계의 종언을 기다릴 것 없이

◆마스터 베엘제붑 : 지금 이때 모든 걸 끝내주마.

"이상한 메시지가 나왔어요!"

마스터 베엘제붑이 뭐라 말하고 있잖아!

그냥 덮쳐오기만 하는 게 아니라 특수 기믹이 있는 건가?!

"음, 적의 진군이 멈췄다……?"

"이쪽도 적이 안 오게 됐어~."

마스터 베엘제붑의 대사가 열쇠인 건지, 잔챙이의 출현이 멈춘 모양이다.

여기까지 와서 편하게 될 리가 없다.

즉, 퀘스트가 다음 전개로 진행된 거다!

◆**마스터 베엘제붑 : 세계여, 어둠이 잠겨라! 다크니스 엔드!**

대사와 동시에 베엘제붑이 오라를 내뿜었고, 머리 위에 긴 게이지가 출현했다.

무거운 영창 SE와 함께 조금씩 게이지가 메워진다!

"긴 게이지가 나오고, 뭔가 영창하고 있어요! 위험해 보여요!"

"이거 이제 때리라는 거지?!"

"여기까지 와서 수수께끼 풀이 같은 건 없겠지. 이게 마지막 DPS 체크다. 하자!"

저 게이지가 메워져서 발동하기 전에 잡으라는 거냐고!

"미자믹의 마지막에 와서 내가 거북한 분야!"

"슈바인 님의 특기 분야야!"

"무땅 최후의 거대화~!"

"전 마법에 부스터를 넣는다! 다 쓰기 전에 격추하자!"

"아코. 그냥 눈에 들어오는 전원에게 엑스댐을 넣는 거다냐!"

"네!"

천천히 천천히, 원래대로라면 어이없을 만큼 느린 속도로 진행되는 영창 게이지.

그것이 지금 이때는 꺼림칙할 정도로 빠르게 느껴진다.

"아아 정말, 당장 당해버리라고!"

"HP가 대체 얼마나 있는 거냐고! 이거 이상하잖아!"

"이제 MP가 못 버텨요!"

"아끼지 마라. 남은 완포도 물방울도 전부 써라!"

여기에 모인 모든 플레이어의 공격이 집중.

날아가는 대마법, 공격 스킬, 개중에는 자폭 스킬에 좀비 어택을 거는 캐릭터도 있었다.

화면이 버벅거려서 정말로 자신의 스킬이 발동하고 있는지도 확인할 수 없는 가운데, 필사적으로 버튼을 연타했다.

그러나 마스터 베엘제붑이 쓰러지지 않은 채 영창 게이지가 진행되어 간다!

"앞으로 10? 아니, 이제 5%다!"

"여기까지 왔는데 부족하다는 거야?!"

"아직 끝나지 않았잖아! 마지막까지 쥐어짜내!"

"MP 떨어졌어요! 회복도 제로에요! 그냥 저도 때릴게요!"

"해! 이런 보스 두들겨 패버려!"

아이템을 보급하러 돌아가면 늦을 거다.

조금이라도 많은 대미지를 뽑으려면 때릴 수밖에 없다. 해 버려!

플레이어로 가득 메워진 화면 속에서, 달려간 아코가 반짝반짝 지팡이를 들었다.

"에~잇!"

콩, 하고 작은 대미지가 들어가면서 반짝☆ 하고 별이 튀었다.

아코가 넣은 아무런 의미가 없는 공격이, 대량의 대미지 표시에 섞여서 사라지려던 그 순간.

◆마스터 베엘제붑 : 몸이 무너진다…… 말도 안 돼…… 인간 따위에게 이 내가……!

"앗! 게이지가 깨졌어!"

끝나가던 영창 게이지가 쨍그랑 깨져서 무너졌다.

아슬아슬하게 늦지 않았나?!

"이건…… 해치웠나?!"

"잠깐, 마스터! 이상한 소리 하지 마!"

"그래도 이거, 정말로 해치운 것 같은데?"

"영창도 멈췄어요! 저와 루시안의 지팡이로 잡았다고요!"

"네 대미지는 오차 중의 오차잖아!"

그리고 마스터 베엘제붑이 몸을 떨면서 흐릿해지며 사라져갔다.

◆마스터 베엘제붑 : 나의 야망이, 끝났다…….

◆마스터 베엘제붑 : 하지만 세계의 종언은 멈추지 않는다.

◆마스터 베엘제붑 : 인간이여! 무력한 신이여! 얼마 남지 않은 시간을 즐기도록 해라!

◆마스터 베엘제붑 : 크크크…… 후하하하하!

웃음소리만 긴 채 사라진 베엘제붑.

전투 BGM이 천천히 평소의 마을 BGM으로 돌아왔고.

▶마왕 마스터 베엘제붑이 격파되었습니다.◀

▶어둠에 잠긴 세계가 그 모습을 되찾았습니다.◀

그런 안내 채팅이 나오면서 QUEST CLEAR라고 화면에 크게 표시되었다.

이건 플래그도 뭐도 아닌, 퀘스트 성공이다!

"좋~았어! 어떻게든 클리어했어!"

"해냈네요! 오늘은 저희의 승리예요!"

"아~, 정말~. 스킬 너무 써서 손가락 아파. HP 얼마나 많았던 거야?"

"계산하는 게 바보 같을 정도겠지. 나의 아이템도 바닥을 드러냈다."

"다들 애썼네!"

정말로, 마지막의 마지막에 퀘스트 실패 같은 일이 일어나지 않아서 다행이었다.

서비스 종료를 기다리지 않고 세계가 어둠에 삼켜져서 끝난다는 엔딩은 역시 좀 슬프니까.

"……."

아니, 그런 끝이 될 가능성이 정말로 있었나?

베엘제붑을 쓰러뜨린 건 정말로 아슬아슬했고, 조금이라도 딜이 부족했다면 퀘스트에 실패했을 타임이었다.

즉, 보스의 발을 묶는 방법을 누군가가 눈치채지 못했다면 도저히 대미지가 충분하지 않았을 거다.

평범하게 싸워서 못 이기는 보스가 최종 보스라니, 그런 우리 같은 발상을 운영진이 할까?

생각해보면, 로드스톤이 마지막에 살아남은 마을이라고 확정된 직후에 저 마스터 베엘제붑이 나타났다.

그리고 똑바로 코어 크리스털로 나아가서, 사거리에 들어가자 발을 멈추고 영창을 개시. 그리고 영창 종료 직전에 격파되었다.

그 너무나도 잘 들어맞은 흐름은 처음부터 모두 정해진 것처럼—.

"니시무라. 쉬잇, 이야?"

나의 그 리액션으로 알아챘는지, 선생님이 입술에 검지를 대며 말했다.

"……그럴까요."

사실은, 원래부터 이런 흐름이 되는 게 정해져 있었더라도.

모든 게 운영진의 손바닥 위라고 해도.

이 만족감과 달성감이라는 마지막 보수를 마음껏 기뻐하면 되겠지.

"우리의 승리다~!"

"해냈어요~!"

전원이 자신이 할 일을 하고, 마지막의 마지막까지 필사적으로 스킬을 연타하고, 아이템을 쏟아부어서, 단 하나의 보스와 싸웠다.

그리고 아슬아슬한 타이밍에서 토벌에 성공.

이 결과에 많은 플레이어가 주먹을 들고 기뻐했다.

진정한 의미로 하나가 되어서, 레전더리 에이지 마지막 이벤트가 끝났다.

"……다행이네."

"이겨서, 말인가요?"

"그것도 그렇지만……. 마지막으로 이렇게, 모두가 마음을 하나로 모은 게 기뻐서."

분명 이게 이 이벤트의 목적이었겠지.

"이 이벤트를 기획한 사람도 만족했을 것 같아서, 그게 기뻐."

"……그러게요."

아코는 환희에 휩싸인 화면을 보며 미소 지었다.

"저희가 만든 엔딩은 분명 최고였지만, 이 게임을 만든 사람들이 준비한 엔딩도 굉장히 근사했어요."

"그래. 참가해서 다행이야."

레전더리 에이지의 마지막 이벤트는, 이렇게 끝났다.

아니, 마지막은 아닌가.

지금부터 진정한 의미의 마지막 이벤트가 시작된다.

서비스 종료, 라는 이벤트다.

드디어 로드스톤에, 이 세계에, 평화가 돌아왔다.

세계가 끝나기 전까지의, 정말로 짧은 평화가.

††† ††† †††

◆디 : 후오오오오오오 다음은 아직이냐아아아아.

◆이가스 : 불꽃놀이 불꽃이 부족하잖아 불꽃!

◆유윤 : 이펙트 때문에 아무것도 안 보여ㅋ

플레이어들이 크게 날뛰는 지금을 평화라고 부른다면, 말이지만!

"이런. 이래서는 화면도 제대로 안 보인다. 탈출해서 모임장으로 도망치자."

"알았어. 조금 이동하는 데 시간이 걸릴 것 같지만!"

"아코. 모임장이면 돼? 집까지 갈까?"

"가면 밭의 정비도 해야만 할 것 같아서 그만둘래요!"

"마지막 정도는 깔끔하게 해두자고! 어째서 거기서 힘을 빼는 건데?!"

"그치만 조금 쇠퇴한 집이 더 익숙한 느낌이 나잖아요오."

우리는 인파 때문에 랙이 심한 로드스톤을 필사적으로 걸어서 겨우 모임장에 도착했다.

이렇게나 사람이 많은데 이 가게만큼은 아무도 없다.

여긴 대체 얼마나 인기가 없는 거냐고.

"자, 그럼. 예정으로는 서비스 종료 시각은……."

"이벤트 종료 후 지체 없이 종료라고 적혀있는데……. 보통은 날짜 변경과 동시겠지."

"지금 시간은 11시, 58분이네."

"아슬아슬했네~."

이동할 때 버벅거려서 생각보다 시간이 걸렸다.

아슬아슬하게 늦더라도 이상하지 않은 타이밍이다.

"로드스톤의 노상에서 타임 업이라는 것도 추억이 되었을 지도 모르긴 하지만~."

"싫어! 모두 함께 끝내고 싶어~!"

"마지막이니까 스샷 찍자. 2분 이내에 잽싸게 끝내는 거야."

"냣. 그러면 의상을 창고에서 꺼내고 싶다냐."

"저도 가고 싶지만, 분명 돌아올 수 없겠죠?!"

와글와글 이야기하는 사이에 시간이 점점 지나갔다.

11시 59분. 남은 시간은 1분.

"앞으로 1분! 1분 남았다!"

"어, 어쩌죠? 마지막은 어떤 식으로 보낼까요?"

"물론 카운트다운이야! 섣달 그믐날 같은 느낌으로!"

"정말 슬픈 섣달 그믐날이네."

"카운트다운에 로스타임은 없을까. 3, 2, 1, 0, 0, 0, 0이 라고……."

"마스터, 그건 안 되는 패턴!"

"마지막의 마지막에 위험한 소리 하지 말라고!"

"너, 너도 알고 있었던 거냐. 슈바인……."

"루시안도 말이지……. 역시 얕볼 수 없어……."

"왠지 수상쩍은 예감이 드니까, 나중에 설명을 요구할게요."

앞으로 30초.

"30초 안에 뭘 할 수 있을지 생각해 봤는데, 슬리퍼 선생님이라면 열 마리는 잡겠다는 생각밖에 안 들어."

"드롭품을 팔 시간도 돈을 벌 시간도 없어요오."

"이제 끝이라고 하는데 생각보다 차분하네……."

"저희는 이미 엔딩을 봤으니까요!"

"어제 할 만큼 했으니까. 그렇게나 했는데 납득하고 끝내지 못한다면 어떻게 해도 무리야."

"그렇, 겠지. 고생했던 만큼 보람도 있었다."

"가능하면 이기고 싶었는데~."

"아무리 그래도 그건 어려웠다냐."

앞으로 10초.

"정말로 카운트다운은 어쩌지? 채팅?"

"입으로 말하면 되지 않을까?"

"LA에서도 확실히 말하고 싶어요."

"아, 공지 나왔어 공지!"

그 말을 듣고 바라보니 공지란에 몇몇 로그가 나왔다.

▶오랫동안 레전더리 에이지를 사랑해 주셔서 감사합니다.◀

▶모든 유저 여러분에게 진심으로 감사의 말씀 드립니다.◀

▶이제 곧 모든 서버를 정지합니다.◀

▶모든 유저 여러분에게 진심으로 감사의 말씀 드립니다.◀

►이제 곧 모든 서버를 정지합니다.◄

"마지막 공지는 조금 사무적이네."

"감정이 너무 담기면 울어버릴 테니까요."

"어라? 그래도 이미 날짜 바뀌었는데?"

이런. 공지 보다가 눈치채지 못했어!

시계를 보니 시각은 이미 0시 1분. 벌써 날짜가 변했다.

"정말 엉망진창인 끝이네……."

"공지가 있었던 게 문제라는 걸로 해두자."

"그래도 아직 안 꺼지네. 의외로 로스타임이 있는 걸까."

"지금 이럴 때 작별하자! 잘 있어. 세테. 고마워, 레전더리 에이지."

"슈바인 님. 다음 게임에서 금방 생성할 테니까……."

"나와 애플리코트는 언제나 하나. 작별 같은 건 필요 없다."

"온라인 게임은 한동안 됐다냐……. 수고 많았다냐……"

다들 각자 마음에 담은 말을 자신의 캐릭터에게, 그리고 게임에 던졌다.

나는 뭐라고 말할까.

어떤 걸 루시안에게 전하고 싶은 걸까.

"……고마워, 루시안. 네 덕분에 나의 인생은 변했어."

잘 있어. 그리고 앞으로도 잘 부탁해.

나는 작별할 생각이 없으니까.

다음 자캐도 또 루시안이다.

"아코…… 저는……."

그리고 아코가 화면을 바라보며, 말을 꺼내지 못하고 막혀버렸다.

몇 번 호흡을 반복하고는, 양손을 꾹 쥐고 말했다.

"저는…… 당신의 몫까지, 루시안과 행복하게 살 테니까요!"

마지막까지 이거냐고— 그렇게 지적하려던 그때.

화면이 뚝 새까매지더니, 중앙에 작은 윈도우가 표시되었다.

"서버와의 접속이, 단절되었습니다……."

"아…… 멈춘, 건가."

시간은 0시 3분.

생각보다 여유가 있었던 모양이다.

"조금 시간이 있었던 덕분에 확실하게 작별을 말하게 되어서 다행이네."

"그러게요. 저도 마지막으로 하고 싶은 말은 했으니까요."

"나나코, 나이스 판단이야. 난 어떻게 해야 할지 몰랐어."

"에헤헤. 브이!"

"음. 어젯밤의 엔딩을 봐도, 오늘의 작별을 봐도, 모든 것이 만족스러운 끝이었다."

다들 평온하게 이야기를 나누면서 단절된 LA의 게임 화면을 바라봤다.

끊어졌지만, 다시 시도해보면 들어갈 수 있지 않을까? 잠깐만이라도, 모두가 없는 마을을 볼 수 없을까?

"아……. 안 되, 나."

"그런 모양이네요……."

옆에서 아코도 똑같은 시도를 했던 모양이다.

클라이언트를 켜려다가 표시된 『레전더리 에이지는 서비스를 종료했습니다』라는 글을 보고 얼굴을 마주 봤다.

"뭐야. 아코랑 니시무라도 했어?"

"그러는 슈바인도 몇 번이나 클라이언트를 켜고 있지 않은가."

"한 번은 할 수 있지 않을까 생각했을 뿐이야. 무리인 건 알고 있었고."

"후후후. 다들 미련이 가득하네."

"아니아니, 미련 같은 건……."

없을, 거다.

후회가 없도록, 미련은 모두 끝냈다.

그렇게나 완벽한 엔딩을 만들었다.

우리는 이 게임을 누구보다도 즐겼다.

이 이상 LA에서 할 일은 없다. 가슴을 펴고 졸업할 수 있었을 거다.

"우리는 LA가 끝나는 걸 납득하고, 제대로 만족하면서……."

"맞아. 전부 납득하고 끝냈으니까……."

"납득…… 납득이라니……."

아코가 코를 훌쩍이는 소리가 들렸다.

뭐야. 역시 울어버렸나.

옆으로 시선을 돌리자— 눈앞의 아코가 일그러져 보였다.

"아…… 어, 나……."

뭔가 싶어서 얼굴을 만지자, 촉촉한 물의 감촉이 손끝을 덮었다.

"싫다. 조금만 더. 한 번이라도 좋으니까. 포포리호 앞쪽에서 양손을 펼친 스샷을 안 찍었으니까, 그거면 되니까, 그것만 찍으면 포기할 테니까, 열어줘. 5분이면 되니까."

화면 반대쪽에서는 세가와가 몇 번이고 마우스 버튼을 누르며 클라이언트를 켜고 있다.

"채팅만이라도, 그것만이라도 하게 해주면 되는데에에에에에."

아키야마는 세가와의 어깨에 얼굴을 누르며 우는소리를 하고 있다.

"—으, 큭, 으으으."

"응응. 그렇겠지……."

얼굴에 팔을 대고 조용히 우는 마스터와, 그 머리를 쓰다듬는 고양이공주 씨.

뭐야? 우리는 해냈잖아.

우리가 만족하고, 가슴을 펴고 LA를 끝내지 못한다면 다른 누구도 납득하지 않는다고 할 만큼 완벽한 엔딩이었잖아.

그런데, 어째서, 어째서.

"납득…… 납득 같은 걸, 할 수 있을 리가 없잖아……. 젠장, 닫지 마! 아직 할 수 있잖아! 망가진다면 망가진 채로 하라고! 마지막까지 망가지지 않았으니까 그때까지 하라고 오오오!"

3분 로스타임을 만들 수 있었다면, 오히려 마지막에 그렇게나 보스를 날뛰게 놔둘 여유가 있었다면, 아직 며칠, 몇 시간, 몇 달은 더 서버를 유지할 수 있지 않았냐고!

갑자기 데이터가 사라지는 게 제일 슬프니까 안정되어 있을 때 닫는다고?! 닫으면 데이터도 사라지잖아! 왜 깔끔하게 끝내려고 하는 거냐고. 죽을 때까지 버티란 말이야!

"으, 으, 아, 아아아아아아!"

내 옆에서 마음이 찢어지는 듯한 비명이 들렸다.

"어째서, 어째서인가요! 정말로 사라지지 않아도, 저는, 어째서…… 으아아아아아아아아아아아아앙!"

양손으로 얼굴을 가린 아코가 머리를 휘저으며 절규했다.

딱하고, 괴로워 보이는 광경인데도, 그저 공감밖에 들지 않았다.

"맞아. 어째서냐고! 젠장, 이런 건 싫어. 싫다고. 나도 싫어!"

"루시안, 어째서, 저, 와아아아아아아아아아아앙!"

아코와 얼싸안고 어린애처럼 울부짖었다.

뭐가 납득하며 끝낸다는 거야.

뭐가 엔딩을 보고 끝낸다는 거야.

뭐가 만족하면 졸업할 수 있다는 거냐고!!

"납득 같은 걸 할 수 있을 리가 없잖아!"

"으아아아아아아아아아앙."

아무리 궤변을 늘어놓으면서 자신을 얼버무려도, 결국 납득 같은 건 할 수 없었다.

용납할 수 없다. 인정할 수 없다. 받아들일 수 없다.

그 세계가 사라진 것을 납득할 수 없다!

컴퓨터에 둘러싸인 방 안에서, 우리는 울부짖었다.

이런 걸로 현실이 달라지지 않는다는 건 알지만, 견딜 수 없는 마음이 터져버린 것처럼.

만족감과 달성감으로 뚜껑을 닫아둔 감정이 흘러넘친 듯이, 목소리를 높였다.

―그래도 10분인가, 20분인가, 30분인가.

울고 또 울고, 울다 지친 무렵.

"……아아…… 으아. 목 따가워……."

"루시안, 갱장한 소리여쓰니까여."

"너도 남 말할 소리는 아니잖아."

"아카네의 목소리도 다른 사람처럼 되었는데……?"

"끄응. 너무 울어서 코와 귀가 따가운데…… 인간은 대체 무슨 원리로 되어있는 거냐……."

"정말. 선생님까지 울어버리고 말았잖니. 다 큰 어른이 부끄럽네."

울 만큼 울었더니 의외로 차분해진 우리가 있었다.

아니, 착각은 하지 말았으면 좋겠다.

납득도, 이해도, 만족도 하지 않았고, 받아들이지도 않았다.

지금이라도 LA가 재개한다는 공지가 나오면 격노한 뒤에 활기차게 로그인할 거다.

그러나 현실은 그렇게 되지 않는다. 내가 무슨 생각을 한들 아무런 변화도 없다.

자신의 분노에, 슬픔에, 통곡에 아무런 의미가 없다는 것이 괴로워서 견딜 수 없다.

우리의 한달에, 슬픔을 없앨 힘은 없었다. 분노를 식힐 수도 없었다.

—하지만, 그렇더라도.

"……그래서, 어쩔 거야? 이대로 해산하는 것도, 좀 아니지?"

"으음, 스샷 정리라도 할까?"

"보면 또 오열할 거잖아. 아카네."

"하는 게 뭐가 어때서. 우리 중 누구도 놀릴 권리 같은 건 없거든."

"선생님은 돌아가서 일을 한다는 선택지도 있다냐."

"그렇게 말씀하지 마시고 조금 더 어울려 주시죠. 후야제입니다."

생각보다 훨씬 크게 상처받았지만.

상상했던 것보다 빨리, 눈물을 닦을 수 있었다.

이 슬픔과 불합리에 대한 분노를 끌어안은 채, 그래도 앞으로 나아가자.

그렇게 생각하게 되는 힘을, 그 즐거웠던 추억이 나눠주었다. 그런 생각이 든다.

"다음 게임을 찾는 건 어떤가요?"

"우와. 그걸 아코가 처음 말할 줄은 몰랐어."

"그래도 의외로 납득은 갈지도. 어쩔래? 적당히 게임 할까? 겉보기에 비슷한 걸 찾아서."

"나는 겉모습보다는 게임 시스템 쪽이 중요하려나."

"캐릭터 메이킹 자유도도 중요하잖아."

"과금 쪽도 중요하다. 영향력은 있어도 모든 것을 결정하지 않는 밸런스가 필요하겠지."

서비스 종료 전에는 의욕 같은 건 조금도 없었는데, 다들 이것저것 다른 게임에 주문을 달았다.

각자 브라우저를 열고 신경 쓰이는 게임을 검색.

이러쿵저러쿵 의논이 시작되었다.

"걱정했지만, 이렇게 기운차면 걱정할 것 없겠다냐."

"무슨 남 일처럼 말하는 거야. 선생님. 희망 말하지 않으면 의견이 없는 걸로 할 거야!"

"……다음 게임도 강제 참가인 건가냐."

우리는 추하게 울고, 아우성치고, 화내고, 두 번 다시 이런 경험은 하고 싶지 않다고 마음속 깊이 맹세했으면서, 또 다음 모험을 떠날 곳을 찾고 있었다.

상실의 괴로움이 아무리 많아도, 이 세계에서밖에 얻을 수 없는 게 있다.

꿈과 모험, 승리와 패배, 사랑과 우정, 만남과 이별.

결국 우리는 온라인 게임에서 멀어질 수 없고, 떨어지려는 생각도 전혀 없다.

즐거움만 있는 건 아니다. 좋은 사람만 있는 것도 아니다.

근사한 추억만 있는 건 아니고, 언젠가 헤어지게 될 수도 있다.

그래도 우리는, 다음 모험을 찾지 않을 수 없는 거다.

"아코는 뭔가 다음 게임에 희망 같은 건 없어?"

"양보할 수 없는 게 딱 하나 있어요!"

그녀는 눈물에 젖은 눈가를 닦으며 말했다.

"결혼 시스템이 있는 거요!"

"으응······? 이제 와서 그거 필요해?"

"필요하죠! 루시안은 필요 없다고 말하려는 건가요?!"

아코는 항의하듯이 말하면서도 입가에 미소를 지었다.

왠지 그리운 마음이 들어서, 나도 웃어주며 말했다.

"그야 온라인 게임에 여자아이는 없잖아. 결혼 시스템 같은 게 있어봤자······."

지금은 이미 안다. 온라인 게임에는 누구나 있다. 동료가 되는 사람도, 적이 되는 사람도, 부부가 되는 사람도, 여자아이도.

"정말. 그건 편견이에요. 루시안!"

그건 눈앞의 그녀가 가르쳐준 일이다.

그야 그녀가, 이 세계에서, 다른 세계에서도, 분명 몇 번 세계를 바꾸더라도 언제나 나를 좋아해 주는 모든 세계에서 가장 귀여운 여자아이가, 언제나 반짝이는 미소로 이렇게 말해주니까.

"온라인 게임의 신부는 여자아이가 아니라고 생각한 거야?"

에필로그

"루시안, 정말 좋아해요!"

"좋아. 사내 서버에 업로드했어. 이걸로 전부 OK야!"

회사 서버에 데이터가 추가되는 걸 확인한 나는 양팔을 위로 쭉 뻗었다.

"이제 시간 아슬아슬한데요? 이런 날까지 일하지 않아도 되잖아요!"

"아니, 어떤 날에도 일은 하지 않으면 안 되거든요."

쉰다고 하더라도, 이건 이유로 쓰기에는 너무나도 제멋대로잖아. 굉장히 신경 쓰이던 온라인 게임의 서비스 개시일이니까, 라니.

"아, 오히려 시간 오버일지도 모르겠네요. 벌써 다들 모여 있을지도……"

『니시무라~? 아직도 애먹고 있어?』

스피커에서 들려오는 세가와의 목소리. 아아, 계속 연결되어 있던 통화에 사람이 늘어났어!

『그렇게 아슬아슬할 때까지 끝내지 않으니까 언제나 고생하고 있는 거잖아.』

"진지하게 대미지 입으니까 정말로 봐줘."

정론이, 정론이 나를 상처입히고 있어!

사회인이 일을 똑바로 하는 존재라고 생각하지 말라고! 다들 이런 법이니까!

『일하고 있는 것만으로도 훌륭한 것이지. 뭐니뭐니 해도 오늘은 레전더리 에이지의 정신적 속편, 엔들리스 디어의 선행 서비스 개시일! 나는 일 같은 건 아침부터 완전 방치다!』

마스터가 평일 밤에 터무니없는 소리를 하고 있어!

『마스터가 아니었다면 진짜로 폭발했을 거야, 나.』

『평소에 누구보다도 열심히 일하던 건 이걸 위해서다. 문제없겠지.』

『좀 더 다른 이유로 힘내보자~.』

아키야마는 목소리만으로도 어이없어하는 표정이라는 걸 알 수 있다. 응. 전원 모였네.

아니, 한 명 더 오려나. 그렇게 생각하던 중, 약간 피곤한 목소리가 들렸다.

『그래서, 이번에는 어느 정도의 신뢰도니? LA의 실질적 속편이라던 게임은 시스템도 그래픽도 3세대 정도 이전 레벨이었고, 거의 LA의 복각판이라고 했던 건 내용물이 완전히 달랐고, LA의 진화계라고 하던 게임은 서비스도 시작되지 않았잖아?』

지금까지 몇 번이고 우리의 『이거 LA 같은 게임이니까 꼭 하죠!』라는 말에 말려들었던 선생님이다.

우리를 지켜봐야 하는 의무는 없어졌지만, 이러니저러니

해도 어울려 주는 좋은 사람이다.

『틀림없습니다. 뭐니뭐니 해도 게임 디자인에 LA의 GM이었던 냐크 씨가 관여하고 있으니까요.』

『게임 마스터는 게임 내용에 관여하고 있었던가……?』

『아~, 그렇게 기운 떨어지는 소리 하네~.』

『선생님. 말하는 내용에서 나이가 느껴져.』

『오랜만에 하는 로그인 게임 기대된다냐! 비밀번호 연타하는 준비는 만전이다냐! 언제든 오라냐!』

연령 문제를 들먹이자 선생님이 갑자기 고양이공주 씨로!

"고양이공주 씨. 딱히 신경 쓸 만한 나이는 아니잖아요?"

"그야 나도 그렇게 생각하는데."

『학생이 먼저 결혼하는 걸 본 교사의 마음 같은 건, 니시무라 남편과 니시무라 부인은 모른다냐!』

"마에가사키에 다니던 시절부터 식에는 몇 번이나 나갔었잖아요."

『결혼식은 괜찮아도, 혼인신고서 보증인에 이름을 적을 때는 괴로웠다냐……. 주회에서 뒤처진다는 건 이런 기분이었다냐…….』

"행복은 누군가와 속도를 경쟁하는 게 아니잖아요~."

『그건 무조건 도발하는 발언이다냐아아아아아!』

아니, 완전히 진심입니다. 악의는 없어요.

그래도 딱히 용서하지 않아도 괜찮습니다.

『나는 아코가 니시무라 씨라고 불리는 것에 위화감이 있는데 말이지.』

"네? 저는 이미 익숙해졌는데요?"

"정말이야? 이름을 부를 때마다 기쁜 듯이 대답하니까 이쪽이 다 부끄럽거든?"

"병원에 가면 매번 니시무라 씨~, 라고 부른다고요?! 당연히 기쁘잖아요!"

『깜짝 놀랄 만큼 간단히 상상되는 광경이네…….』

세가와가 질색하듯이 말한 직후.

『—음? 공식에서 안내다! 조금 일찍 서버를 연다는 공지가 나왔다!』

『또 그런 짓을 하네! 어째서 공식은 그렇게 꼭 상상을 뛰어넘는 걸까!』

『로그인 타이밍의 일점 집중을 피하는 합리적 판단이다냐.』

"시간대로 온 사람에게는 미안하지만, 보고 있던 우리에게는 잘된 일이네!"

"그러게요!"

나란히 게이밍 체어에 앉아 화면을 바라보는 우리.

옆에는 언제나 아코가 있고, 회선 너머에도 동료가 있다.

처음 만났던 세계가 사라져도, 그곳에서 맺은 인연은 사라지지 않는다.

—하지만, 그렇지 않아도 괜찮다.

"루시안."

그때, 우리 사이에 놔둔 마이크를 뮤트로 바꾼 아코가 말했다.

"이 엔들리스 디어, 지금까지 했던 게임보다 계속할 수 있을 것 같나요?"

"글쎄. 지금까지도 오래 했던 건 적었으니까."

그렇다. 지금까지 몇 번이나 LA 같은 게임을 찾아서 즐기긴 했지만, 정주했다고 말할 만큼 계속한 건 없었다.

짧으면 며칠, 길면 몇 달 정도 하다가 적당히 멀어졌다.

물론 나와 세가와만큼은 빠져서 한동안 계속했던 TPS MMO나, 아코와 세테 씨가 마지막까지 남아서 했던 샌드박스 게임 같은 것도 있었지만 그것도 1년을 가지는 않았다.

며칠, 몇 달이라는 시간을 적당히 써서, 아무것도 얻지 못하고 떠나기만 했다.

"LA를 제외한 게임에서, 지금도 친한 친구가 생긴 적은 없네요."

"그러게. 길드에 들어온 녀석들도 게임 밖에서 교류한 적은 없고."

LA 이후에 접한 온라인 게임은 모두 오래 이어지지 않았고, 오래 사귄 친구도 없었다.

우리는 잃어버린 LA를 대신할 것을 계속 찾았지만, 아직 성과는 나오지 않았다. ―그러나.

"뭐, 없으면 없는 대로 상관없잖아."

"그러게요~."

내가 단호하게 말하자, 아코도 느긋하게 수긍했다.

그야 성과가 안 나오더라도 딱히 상관없으니까.

레전더리 에이지에서는 평생 친구와 만났다. 그 이외에도 지금도 교류가 있는 친구가 몇 명이나 있다. 분명 그곳에서 밖에 얻을 수 없었던 수많은 추억이 있다.

그러나, 친구를 얻지 못했던 게임도 있다.

지금은 이름밖에 기억하지 못하는 게임을 몇 주일이나 즐기기도 했다.

그렇게 보내온 시간은, 분명 우리의 마음속에 아무것도 남기지 않았다.

하지만 『하지 말 걸 그랬다』라는 생각은 한 번도 한 적이 없다.

그 이유는 굉장히 단순하다.

"결국, 모두 즐거웠으니까."

"이번에도 기대되네요~."

아코가 우훗, 하고 느슨한 미소를 지었다.

그렇다. 즐거웠다.

새로운 게임을 알고, 이거 재미있어 보이지 않아? 그렇게 생각해서 조사하는 시간도.

들뜬 마음으로 켜는 순간도, 어색한 조작으로 즐기기 시작할 때도.

생각했던 것과는 조금 다르네~, 라고 생각한 것도, 정말로 이게 바닥인가? 진정한 재미가 있지 않을까? 그렇게 자기 나름대로 즐기는 법을 모색하는 게 즐거웠다.

"결국은 LA에 비견되는, 뛰어넘는 게임을 찾겠다는 이유로 모여서 모두 함께 게임 하는 게 즐거울 뿐이라는 설도 있지."

"다들 이게 아니야! 라고 말할 때도 즐거워 보였으니까요."

언제까지나 이상적인 게임을 찾지 못하더라도, 딱히 괴롭지는 않다.

계속 찾아다니는 것이, 그 과정에서 만나는 세계가 즐거우니까.

타인이 보면 시간 낭비에 불과할지라도.

아무것도 얻지 못하고, 미래의 자신에게 아무것도 남지 않더라도.

그 순간에 있는 『즐거움』을 위해 시간을 써도 괜찮잖아.

현실에서 여러 경험을 하면 칭찬받는데, 여러 게임을 했다고 어이없어할 이유는 어디에도 없으니까.

현실과 게임에 어떤 차이가 있더라도, 거기에 있는 즐겁다는 마음과 좋아하게 된 자신의 마음은 변하지 않는다.

『아코, 니시무라? 마이크 끊기지 않았어?』

"앗, 죄송해요. 잠깐 오프로 해두고 있었어요."

마이크 음량을 되돌린 아코가 말했다.

『두 사람이 입 다물고 있는 사이에 서버가 오픈되었다! 서둘러라!』

"진짜냐! 변경된 시간보다 더 빠른 거냐고!"

『무시무시하게 빠른 서버 오픈! 우리가 아니라면 놓쳐버렸겠네!』

"아, 연결돼요! 서버를 골라서, 캐릭터를!"

황급히 서버에 연결해서 오프닝 영상 확인도 대충 넘기고 캐릭터를 생성.

엔들리스 디어의 세계에 내려서서 일단 기본 조작 확인을 했다.

이런 느낌인가 하고 가볍게 움직여 보다가— 문득, 느껴지는 게 있었다.

"응······? 이, 건······?"

"그렇죠······?"

아코와 얼굴을 마주했다.

아니, 이건 이미 정말로 직감에 불과하지만.

『······잠깐만. 들어오자마자 노 타임으로 말하는 건 좀 이상하지만.』

우리와 같은 감상이 든 건지, 세가와가 기대감과 불안감이 섞인 목소리로 말했다.

『이거, 혹시 재미있지 않을까? 기회 있지 않을까?』

"있는 것 같아!"

"있죠?!"

그렇지?! 이거 좀 느낌이 있지?!

이해하려나? 갓겜 특유의, 움직인 순간 알 수 있는 『아, 이거 재미있네』라는 그 느낌!

그게 있다고. 이미!

『……좋아. 개막부터 진심으로 움직이자. 최속으로 길드 제작을 진행할 거다. 이름에 희망은 있나?』

『언제나 다음 게임에서 헤매고 다녔으니까. 다시 길고양이로 돌아간 느낌이 드네.』

『그럼 앨리 캣츠로 결정이군!』

『미캉한테서 연락 왔어~. 구 발렌슈타인 팀도 들어온대!』

『그만둬. 갑자기 망겜이 될 예감이 들잖아.』

『친구가 늘어나니까 기뻐해야지?!』

『아까 친위대 집합이라는 전챗이 보인 기분이 든다냐.』

"루시안, 이 게임의 결혼 제1호가 되어보죠!"

"아까 행복은 속도를 경쟁하는 게 아니라고 말하지 않았어?!"

갑자기 소란을 부리기 시작한 우리.

카오스에 휩싸인 통화 속에서, 각자가 하고 싶은 것을 위해 움직였다.

조금 건드려 보니 재미있었다고 해도, 금방 질릴 가능성은 있다.

하지만 그걸 알면서도, 눈앞의 즐겁다는 감정을 전력으로 추구한다.

우리는 오늘도, 이 언젠가 사라질 세계 속에서 새로운 여행을 시작한다.

『음. 길드 제작에는 4인 이상의 파티 멤버가 필요하다고 한다. 전원, 마을로 집합이다!』

『잠깐잠깐. 메인퀘 같은 걸 받아버렸으니까 적당히 괜찮은 부분까지 해도 될까?』

"처음 마을에서 나왔으니까, 다음 마을에 도착하고 나서 가도 될까요?"

『이거 랜덤 이벤트 같으니까 마지막까지 하고 싶어~.』

『전원이 일단락지을 때까지 기다릴 수 있을 것 같으냐. 퀘스트도 이벤트도 모두 중단이다!』

"마스터의 강권이 나왔어!"

『부~부~. 아직 길마가 아닌데 이런 횡포라니!』

『돼지 울음소리를 내도 오더는 안 바뀐다.』

『누가 돼지야 누가!』

『어차피 이번에도 이름은 슈바인이다냐…….』

함께 이야기하고, 함께 웃는, 우리는 언제나 떠들썩한 소규모 길드다.

"그래도 마스터를 계속 기다리게 할 수도 없으니까, 전원 집합할까."

『어쩔 수 없네.』

"마침 선공형 적한테 죽었으니까 돌아갈게요~."

『아코. 개시 30분 만에 바로 죽었네?!』

『다른 직업의 장비를 주웠으니까, 모이면 나눠준다냐.』

『좋아. 모이는 대로 앨리 캣츠 재결성이다! 다시 이 게임에서 톱을 노린다!』

그런 우리가 조금이라도 즐거워 보인다고 생각한다면, 누구든 놀러 와줘.

"루시안. 저희, 언제나 함께죠?"

"……응? 뭘 새삼스럽게. 당연하잖아."

양식과, 약간의 장난기와, 게임을 즐기는 마음이 있다면 언제나 환영이다.

"그렇죠! 그러니까 소생하러 와주시지 않을래요! 마을에서 되살아나면 돈이 주니까요!"

"지금 당장 갈 테니까 거기서 가만히 있어. 빌어먹을!"

우리는 언제나 이 세계에서, 누구보다도 떠들썩하게 모험을 계속할 테니까.

"그러니까 루시안, 정말 좋아해요!"

"그래그래. 나도 정말 좋아해. 아코!"

■작가 후기

전챗 실례합니다.

마지막이니만큼, 다소 억지를 쓰더라도 전원에게 들려주고 싶다.
이런 마음을 담아 전챗으로 인사하도록 하겠습니다.
키네코 시바이입니다.

온라인 게임의 신부는 여자아이가 아니라고 생각한 거야? 최종권, 구입해 주셔서 감사합니다.
Lv.1부터 Lv.23까지 오랫동안 이어진 본 시리즈는 이로써 완결됩니다.
일단락이라고 해도 되는 건가 싶습니다만, 이렇게 납득할 수 있는 마지막을 맞이하게 되었다고 생각하니 완결이라고 말할 수 있게 된 것이 오히려 기쁘다는 생각이 듭니다.
그런 만감이라고 해도 좋을 마음이 있는지라, 이 짧은 후기에서 뭘 적어야 좋을지 반대로 곤란하기도 합니다. 추억 이야기를 하게 되면 권당 1페이지만 말해도 23페이지나 필요한 대 장편이 되어버리므로, 그렇게 할 수는 없습니다.

그런고로 여러분도 분명 아직 기억하고 계실, 최종권에 관해 조금이나마 이야기하려고 합니다.

사실 최종권은 에필로그가 없는 상태로 본문을 완성했었습니다. 그들, 그녀들이 앞으로도 즐거운 나날을 보내고 있으리라는 건 여러분도 의심하지 않을 테니까요.

그래도 에필로그가 필요하지 않을까, 일단 써보고 나서 생각할까, 그렇게 해서 시도해 봤더니 그들이 멋대로 움직여서 굉장히 굉장히 중요한 말을 해줬습니다.

딱히 얻는 것이 없어도 괜찮지 않을까, 라는 말을요.

아코 일행은 게임에서 평생 친구를 얻었습니다.

충분하다고 할 정도의 결과도 남겼습니다.

그러나 그런 교류 없이 솔로로 하는 사람도, 즐기고 있습니다.

게임에서 모두가 납득하는 성과 같은 게 없더라도, 그날에 놀았던 시간이 즐거웠다면 그걸로 충분합니다.

어떤 게임, 어떤 서비스이든, 종료하는 그날에 쓸데없는 시간을 보냈다고 생각하지 않아도 됩니다. 즐거웠던 시간에서 의미를 찾아내도 되는 겁니다.

그들이 해준 그 말을 꼭 전하고 싶어서, 에필로그를 쓰게 되었습니다.

—그리고 이 시리즈를 읽고 있던 이 시간에 조금이라도 즐

거운 마음이 드셨다면 이 책이 세상에 나온 가치가 있었다고, 저는 그렇게 생각합니다.

그랬으면 좋겠다고 진심으로 기원하면서, 이것을 마지막 후기로 하려고 합니다.

전챗 실례했습니다.

마지막으로 시리즈에 대한 감사의 멘트를.

일러스트의 Hisasi 씨. 지금까지 시리즈를 계속하게 된 것은 물론이거니와, 무엇보다도 1권에서 끝나는 걸 각오하고 있던 저에게 2권이라는 가능성을 주신 건 거짓 없이 모두 Hisasi 씨의 힘 덕분이었습니다. 근사한 일러스트로 저의 인생을 바꿔주신 것에 진심으로 감사드립니다. 정말로 감사합니다.

코미컬라이즈를 담당해주신 이시가미 카즈이 씨. 코미컬라이즈를 받아주시지 않았다면 이 시리즈는 좀 더 짧고, 작은 규모로 끝났을 겁니다. 정말로 감사합니다.

이 시리즈를 함께 만들어 주신 이전 담당자님과, 힘든 인수인계를 해주신 현 담당자님. 23권을 이어왔으면서 아무것도 하지 못하고 문제투성이였던 걸 다양한 형태로 뒷받침해 주셔서 정말 감사합니다. 아무쪼록 앞으로도 잘 부탁드립니다.

사실은 관여해주신 모든 분에게 감사를 남기고 싶지만,

글자수 제한 때문에 도저히 전부 쓸 수 없는 것을 양해해 주세요.

그럼 아무쪼록 다른 책에서 다시 만나 뵐 수 있기를 바라며. 키네코 시바이였습니다.

온라인 게임의 신부는 여자아이가 아니라고 생각한 거야? 23

초판 1쇄 발행 2023년 9월 10일

지은이_ Kineko Shibai
일러스트_ Hisasi
옮긴이_ 이경인
일본판 오리지널 디자인_ AFTERGLOW

발행인_ 최원영
본부장_ 장혜경
편집장_ 김승신
편집진행_ 권세라 · 최혁수 · 김경민 · 최정민
편집디자인_ 양우연
국제업무_ 박진해 · 조은지 · 남궁명일
관리 · 영업_ 김민원 · 조은걸

펴낸곳_ (주)디앤씨미디어
등록_ 2002년 4월 25일 제20-260호
주소_ 서울시 구로구 디지털로 32길 30, 코오롱디지털타워빌란트 1301-1308호
전화_ 02-333-2513(대표)
팩시밀리_ 02-333-2514
이메일_ lnovellove@naver.com
ㄴ노벨 공식 카페_ http://cafe.naver.com/lnovel11

NETOGE NO YOME WA ONNANOKOJANAI TO OMOTTA? Lv.23
©Kineko Shibai 2023
Edited by 전격 문고
First published in Japan in 2023 by KADOKAWA CORPORATION, Tokyo.
Korean translation rights arranged with KADOKAWA CORPORATION, Tokyo.

ISBN 979-11-278-7759-0 04830
ISBN 979-11-278-4218-5 (세트)

값 8,500원

*잘못된 책은 구매처에 문의하십시오.

온라인 게임의 신부는 여자아이가 아니라고 생각한 거야? 1~22권

키네코 시바이 지음 | Hisasi 일러스트 | 이경인 옮김

온라인 게임의 여자 캐릭터에게 고백!
→ 아깝네요! 실제로는 남자였답니다☆

그런 흑역사를 감추고 있는 소년 · 히데키는 어느 날 게임 안에서
한 여자 캐릭터에게 고백을 받는다. 설마 그 흑역사가 다시금 반복되는 것인가?!
그렇게 생각했으나, 게임 안에서 내 「신부」가 된 아코 = 타마키 아코는
정말로 미소녀에, 현실과 가상세계를 구분하지 못한⋯⋯다고⋯⋯?!
"안녕, 루시안!"이라니, 하, 하지 마! 창피하니까 캐릭터명으로 부르지 마!
다른 사람들 앞에서도 게임 캐릭터명으로 부르며 게임 속 남편에게 착 달라붙는 아코.
히데키는 너무나도 유감스럽고 위험한 아코를 「갱생」하기 위해
길드의 동료들을(※단, 다들 미소녀)과 함께 움직이는데—.

유감스러우면서도 즐거운 일상 ≒ 온라인 게임 라이프가 시작된다!

TV애니메이션 방영 화제작!!

라이트노벨의 새로운 빛! ㄴ노벨의 신간은 매월 10일에 발매됩니다. http://cafe.naver.com/lnovel11

히카루가 죽은 여름 1권

누카가 미오 지음 | 모쿠모쿠렌 원작·일러스트 | 송재희 옮김

어떤 마을에서 사는 소년, 요시키.
폐쇄적인 환경을 혐오하며, 동갑내기 죽마고우인 히카루와 함께
몇 년이나 변함없는 나날을 살아왔다.

오늘도 평소와 똑같은 얼굴로 평소와 다름없이 옆에 있는 죽마고우.
그러나 요시키는 히카루가 다른 무언가로 바뀌어 있음을 확신한다.
동시에 마을에서는 괴상한 사건이 일어나는데…….

이대로 괜찮을 리가 없다.
하지만 진짜 히카루가 아니더라도 함께 있고 싶어.

모순되는 갈등을 품고서 요시키가 취한 선택은—?
화제의 인기 만화, 대망의 노벨라이즈.

©Koushi Tachibana, Tsunako 2023
KADOKAWA CORPORATION

마술탐정 토키사키 쿠루미의 사건부

타치바나 코우시 지음 | 츠나코 일러스트 | 이승원 옮김

토키사키 쿠루미— 남들에게 이야기할 수 없는 과거를 지닌 여자 대학생.
그리고, 마술공예품 범죄를 전문으로 해결하는 탐정.
저격 불가능한 거리에서 발사되어, 탐정의 가슴을 꿰뚫은 『마탄(魔彈)』.
원인 불명의 연속 혼수상태 사건에 휘말린
인형 애호가들 사이에서 소문이 돌고 있는 『살아 있는 인형』.
회원제 고급 레스토랑에서 제공되는 1인분 500만 엔의 『젊어지는 요리』.
자살 미수 사건이 일어난 여학원에서 목격됐다고 하는 『또 하나의 자신』.
마술공예품에 의해 일어난 상식으로 가늠할 수 없는
불가사의한 사건들 앞에서, 쿠루미가 추리의 시간을 아로새긴다!

자— 저희의 추리를 시작하죠.

전생 왕녀와 천재 영애의 마법 혁명 1~7권

카라스 피에로 지음 | 키사라기 유리 일러스트 | 송재희 옮김

어릴 때 전생의 기억을 되찾은 왕녀, 아니스피아.
마법을 쓰지 못하기에 귀족들에게는 낮은 평가를 받지만
독자적인 마법 이론을 만들어 혼자서 연구를 계속하고 있었다.
그녀는 어느 날 천재 공작 영애, 유필리아가
차기 왕비 자리에서 밀려나는 장면과 맞닥뜨린다.
그녀의 명예를 회복하기 위해
아니스피아는 유필리아와 함께 살며 마법을 연구하기로 하는데?!
"유피, 나랑 같이 가 줄래?"
"바라신다면 어디까지라도 함께하겠어요. 아니스 님."
기상천외한 전생 왕녀와 쿨한 천재 영애의 만남이
나라를, 세계를, 두 사람의 미래를 바꿔 나간다!

사랑스런 두 사람의 왕궁 백합 판타지 개막!